稻草人

金凌云 著

欲望乃万恶之源
人间悲苦，求而不得

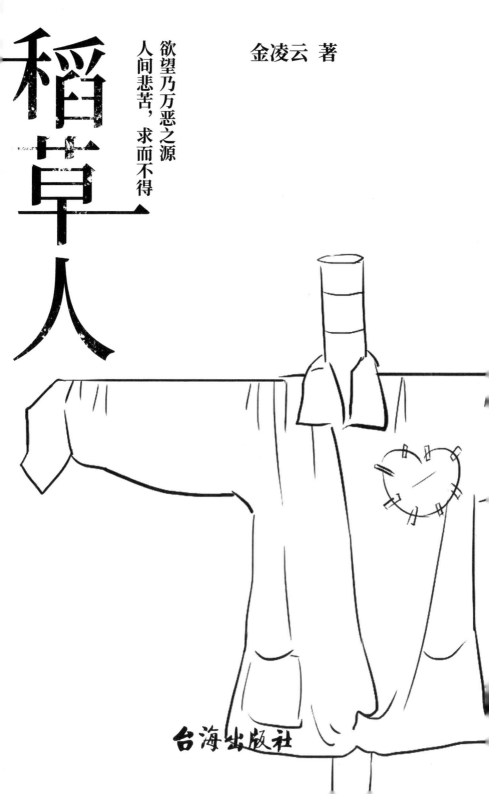

台海出版社

图书在版编目（CIP）数据

稻草人 / 金凌云著. -- 北京：台海出版社，
2022.11

ISBN 978-7-5168-3414-5

Ⅰ. ①稻… Ⅱ. ①金… Ⅲ. ①推理小说－中国－当代
Ⅳ. ① I247.5

中国版本图书馆 CIP 数据核字（2022）第 189145 号

稻草人

著　　者：金凌云	

出 版 人：蔡　旭	封面设计：阿龍
责任编辑：魏　敏	

出版发行：台海出版社
地　　址：北京市东城区景山东街 20 号　　邮政编码：100009
电　　话：010-64041652（发行，邮购）
传　　真：010-84045799（总编室）
网　　址：www.taimeng.org.cn/thcbs/default.htm
E - mail：thcbs@126.com

经　　销：全国各地新华书店
印　　刷：文畅阁印刷有限公司
本书如有破损、缺页、装订错误，请与本社联系调换

开　　本：880 毫米 ×1230 毫米　　　1/32
字　　数：256 千字　　　　　　　　印张：8.75
版　　次：2022 年 11 月第 1 版　　　印次：2022 年 11 月第 1 次印刷
书　　号：978-7-5168-3414-5

定　　价：58.00 元

目　录

引子

从空中俯瞰，天沐山仿佛一道天然屏障，隔绝了外面的世界。绵延的山体之下，有一片广阔的水域。那是天沐水库，一望无际。

此刻，天沐水库正在开闸泄洪。巨大的水龙飞出闸口，发出震耳欲聋的嘶吼，挣脱堤坝的束缚，迅猛地潜入下游的天沐河中。

一艘橡皮船驾驭着这条水龙，在天沐河上随波逐流。船上有四个年轻人，在惊声尖叫和大笑声中享受着漂流带给他们的快感。在他们放肆的笑声中，水龙似乎被激怒了，急于摆脱这些在无聊中寻求刺激的人类。

这就像是一场人类与自然的搏斗。水龙代表的是自然的力量，它笑到了最后。借助河水中央一块突起的礁石，它掀翻了橡皮船，使那几个年轻人飞了起来，落入了深潭。然后，水龙继续潜行，直到消失得无影无踪。

四个年轻人一个接一个地浮出水面。在他们的脸上，欢乐消失了，取而代之的是惶恐——这并不是翻船带来的变化。和水龙搏斗，翻船是可以预见的后果，也是漂流所带来的刺激和快感中的一部分。显然，让他们感到惶恐的，是别的更可怕的事物。

半个小时后，警车赶到现场，拉起了警戒线。和警察一起赶来的，还有几个蛙人和一辆大吊车。蛙人潜入深潭，然后浮出水面。接下来的工作就交给了大吊车。吊车伸出巨大的吊臂，牵动着蛙人刚刚在水下安置好的几条钢索，从深潭中打捞出一个谜团。

这是一辆白色的宝马。此刻，湿淋淋的车厢内空无一人……

第一章

1

忽地一下，剧场里的灯光全都熄灭了。

观众席上一阵骚动，仿佛平静的水面起了波纹，嗡嗡的议论声蔓延开来。

"停电了？"一个女人的声音在黑暗中问道。

"有可能。"一个男人的声音在黑暗中回答，"要下雨了，外面在打雷，也许是变压器被雷劈了。"

音乐声响起，打断了他们的交谈。音乐起初很强烈，咚咚的鼓点震人心魄，压住了观众席上的嘈杂。当人们渐渐安静下来，鼓点消失了，音乐变得舒缓。紧接着，舞台上巨大的背景荧幕亮了。天沐山出现在画面里，舞蹈演员出现在舞台上。大提琴的声音如此低沉，仿佛来自遥远的年代，讲述着一个古老的传说。传说中，天沐山脚下有个村庄，那里是世外桃源，人们相亲相爱，生活平静而富足。然而，善良的人们并不知道，在他们的脚下，一条邪恶的火龙正在沉睡，它被镇压在地底，已有千年。有一天，恶龙忽然醒来，睁开眼睛，挣脱了封印……

音乐忽然变得诡异，变得惊悚。恶龙出现了。它跳出背景屏幕，出现在舞台上。狰狞的面目，巨大的嘴巴，锋利的獠牙……人们四散而逃，却逃不过它喷出的火焰。恶龙四处游荡，为所欲为。男人倒下了，女人倒下了，老人倒下了，孩子也倒下了……太悲惨了！在最悲惨的时刻，剧场里的灯火再一次熄灭，背景荧幕忽然关闭，背景音乐也莫名其妙地停了下来。

静默只是片刻。五秒钟过后，仿佛一声霹雳，上空忽然传来一声强烈的鼓点……

咚！

紧接着，一道炽烈的追光刺破黑暗，从观众席背后的控制台笔直地射向舞台。

叶舟出场了。

威亚将叶舟悬吊在控制台的上空。白色的长裙，清秀的脸庞，凛然的目光……她看起来就像是一位圣洁的女神。这一切如梦如幻。人们惊奇地抬头，看着半空中的女神。女神轻如羽毛，挥一挥衣袖，抛撒出各色花瓣。花瓣如雨，落在观众席上，引起阵阵惊呼。女神迈开步伐，沿着追光的方向，朝着舞台飞去。追光耀眼，就像是一条明亮的时间隧道。女神从容不迫，穿越时间隧道，来到了天沐山下。

观众席响起了潮水般的掌声和欢呼声。人们怀着朴素的同情心和正义感，期待接下来的故事。他们知道，当女神降临，村民终将得救，恶龙终将受到惩罚，天沐山终将恢复宁静。

当她用美妙的歌声将村民从昏迷中唤醒时，人们感到欣喜。当她勇敢地向恶龙发出挑战时，人们感到紧张。当她被恶龙喷出的火焰灼伤时，人们感到心疼。当她发挥神力终于将恶龙降服时，人们感到激动。当她告别天沐山回归天外世界时，人们感到不舍……

最后，叶舟回到了舞台上，以演员身份谢幕。人们站了起来，大声喝彩，拼命鼓掌。掌声经久不息，喝彩声不绝于耳。

掌声与喝彩声中，《印象·天沐山》圆满收场。

叶舟露出了微笑。那一刻，她恢复了她的本来面貌。她不再是那个救苦救难的女神，只是一个喜欢唱歌的姑娘。

2

要下雨了。遥远的天际划过一道闪电，撕开了翻滚的云团。然后是一声霹雳，震得大地仿佛都在晃动。

路灯在风中摇摆不定，惨淡的光芒将叶舟孤单的身影投射在地上。她站在剧场外的台阶上，眼巴巴地望着远处的路口，安静地等待。

引擎声传来，一辆汽车出现在路口，朝叶舟开了过来。她迈下台阶，忽然停了下来。

这不是她正在等待的那辆车，从车厢里出来的也不是她正在等待的那个人。

这是一个讨厌的家伙。他三十岁左右，长相很特别，就像动画片里的"光头强"。"光头强"的身后是他的跟班，也许可以叫他"熊二"——他强壮得就像是一头熊，但眼神看上去有点儿呆滞。

"人都走光了，你怎么才出来？""光头强"问叶舟。

"为了躲开像你这样的人。"叶舟回答。

漂亮姑娘总是有相似的烦恼。这是一个很典型的场景：一个色眯眯的流氓和一个急于摆脱他的姑娘。

叶舟快步走开，试图离"光头强"远一点儿。"光头强"跟了上去，像一条跟屁虫。"熊二"跟在他身后，像一个傻瓜。

"上车吧，我送你回家。""光头强"说。他说话时唾沫四溅，即使距离他一米远，也能闻到从他那一口黄牙里喷出的浓浓的酒气和大蒜的味道。

"不用。"叶舟说。

"要下雨了，现在不好叫车。"

"我有车。"

"你哪儿有车？"

"我说有就有。"叶舟加快脚步，头也不回。

"你跟我还客气什么？""光头强"也加快脚步，继续纠缠。

"我不认识你。"

"我都约你八回了，你怎么还不认识我？"

"你约我一百回，我也不认识你。"

"那咱们认识一下，我叫……"

"你叫什么，关我什么事？"

"光头强"被噎了一下，把蒜末和唾沫星子咽了回去。当他理屈词穷时，他决定给这个姑娘一点儿颜色看看。他咬了咬牙，一把拉住叶舟，目光变得凶恶起来。

"给你脸了，是吗？""光头强"说。

"松开！"叶舟很生气。

"不松！"

"松开，不然我喊人了！"

"喊吧，这儿没别人！"

有那么一瞬间，叶舟感到害怕。她忽然想起了那条恶龙，会喷火的恶龙。她甩开"光头强"，"光头强"再次拉住她……这样重复了几次。然后，他们都听到了汽车喇叭声。

喇叭声中，另一辆汽车开了过来。这是一辆白色的宝马。远光灯很刺眼，就像剧场里的追光。叶舟放松下来。她知道，救星正在穿越时间隧道，恶龙终将被镇压。

引擎轰鸣，白色的宝马越来越近。车速足有六十迈，径直撞向"光头强"，丝毫没有减速的打算。"光头强"本能地松开叶舟，闪到一旁，不小心踩到了"熊二"的脚。"熊二"龇牙咧嘴，发出痛苦的尖叫。

刹车声刺耳。距离他们不到一米，宝马停了下来。救美的英雄即将出场，"光头强"感到心虚。他想，车里一定是条汉子，高大威猛，"熊二"又蠢又笨，未必是那个人的对手。

英雄出场了，居然是个姑娘。她比叶舟大几岁，眉眼相似，同样漂亮，但她不像叶舟那样柔弱，看上去甚至有些强横。她斜着眼睛打量着"光头强"和"熊二"，就像在打量两只蟑螂。然后，她走过去，拉起叶舟的手。

"上车吧，咱们回家！"

"光头强"不同意。他觉得，既然这是个姑娘，那就没什么可忌惮的了。他必须让她明白，他不是一只蟑螂，而是一个人，一个坏蛋，一个非常坏的坏蛋。他必须让她明白，没有人可以斜着眼睛看他，然后拍拍屁股一走了之。他必须让她明白,她应该学会尊重像他这样的坏蛋,因为一旦他生气了,后果会很严重。他走上前去,挡住了她们的去路。

"这位英雄,你贵姓?"

"滚!"

"哎,我怎么看你有点儿眼熟呢?"

"滚!"

"我想起来了,你是那个网红,你叫匹诺羊……"

"滚!"

"光头强"眯起眼睛,努力让自己的眼神变得凶狠,努力让自己看上去更像是一个坏蛋。"熊二"凑了上来,使劲捏了捏拳头,指关节咯咯作响。这是一种表演,就像那些拙劣的电视剧里那些坏蛋们的拙劣表演。他们也许认为,匹诺羊如此强横,只是因为他们表现得还不够坏。

"给你脸了……"

啪!电火花一闪。

"光头强"几乎被闪瞎了眼,愣住了。"熊二"的反应比他更强烈,本能地后退了一步。

"什么情况?"

啪!

"什么玩意儿?"

啪!

这时,他们都看清了。那是一个铁家伙,像是手电筒,黑乎乎的,看起来威力巨大。

"你没被电过吧?"匹诺羊问。

"没有。""光头强"老实回答。

"知道后果是什么?"

"不知道。""光头强"摇了摇头。

"不会死的。"匹诺羊告诉"光头强","也不会变成残疾人。不过是大小便失禁，三天之内，生活不能自理。"

"啊？""光头强"吓了一跳。

"要不要试试？"匹诺羊举起电棒，对准"光头强"的鼻子。

"不要。""光头强"本能地摇头。

"滚！"

"好的。"

"光头强"闪开了。他觉得，这是一个正确的选择。如果因为骚扰一个美女而被另一个美女弄得大小便失禁，那就没意思了。他觉得，和大小便失禁相比，他是不是蟑螂这个问题已经不重要了。他觉得，他遇到了一个比他更坏的人，一个女魔头。

危机解除。恶龙被降服，美女得救了。

3

雨下起来了。雨点滴滴答答地落在车窗上，留下铜钱大的斑点。雨刷器左右摇摆，节奏单调。

电台里有人在说话，主持人的声音听起来很温暖。他说，气象台已经发出了橙色预警，这将是一场罕见的暴雨，五十年不遇。他提醒人们尽快回家，关好门窗，注意防范。

"姐，你怎么会有电棒？"叶舟很好奇。

"很正常。"叶诺说，"行走江湖，身上没件'兵器'，还不得让人欺负死。"

"你拿它电过人吗？"

"没有。"叶诺摇了摇头，"主要用它来吓唬那些坏人。"

"管用吗？"叶舟追问。

"管用。"叶诺点了点头，"坏人嘛，不是尿，就是傻。"

"为什么？"

"既不尿，又不傻，谁会去当坏人，当个好人不好吗？"

"姐，你觉得你是好人，还是坏人？"

"你觉得呢？"叶诺反问。

"我觉得……"叶舟看着她的姐姐，"我有时候分不清，你到底是叶诺，还是匹诺羊。"

"有什么不一样？"

"叶诺是我姐，对我特别好，感觉特别亲切。可是，匹诺羊不一样，她是个网红，感觉特别横，特别飒，我跟她不熟。"

"你记住我是你姐就行了，匹诺羊只是个面具。"

"面具？"叶舟不明白。

"在社会上混，人人都有面具。"叶诺扮了个鬼脸，"人皮面具，吓人不吓人？"

"我也想弄个面具。"叶舟说。

"你又不混社会，你要面具干什么？"

"吓唬人。"

"别逗了。"叶诺说，"你不知道，成天戴个面具有多累。"

姐姐看上去确实很疲倦，这让叶舟感到心疼。她沉默了一会儿，忽然又想起一个问题。

"姐，咱俩是亲生的吗？"

"不是。"叶诺开了个玩笑，"你是咱爸妈充话费时送的。"

"我没跟你开玩笑！"叶舟板着脸说。

"认真的吗？"叶诺收起笑容，"那当然是亲生的。你要不信，咱俩可以去验一下 DNA。"

"可是，他们都说，咱俩不像亲生的。"

"他们是谁？"叶诺问。

"我们团里的人。"叶舟回答。

"他们怎么说的？"

"说咱俩不一样。"

"哪儿不一样？"

"哪儿都不一样。"

"比如？"

"比如……"叶舟想了想，"你特别会说话，特别会交朋友，特别有本事，特别能挣钱。我和你不一样……"

"咱俩从小就不一样。"叶诺说，"我从小就是个坏孩子，所以咱爸妈想再要一个，所以才有了你，你从小就是个好孩子。"

"咱俩为什么会不一样？"叶舟追问。

"我随了咱爸，你随了咱妈。"叶诺说，"咱爸和咱妈不一样，所以，咱俩也不一样。"

叶舟想起了她的父母。在她的记忆里，父母的样子越来越模糊。

"再说了，"叶诺继续说，"我比你大六岁，你出生的时候，我都能打酱油了。你说，咱俩能一样吗？"

"可是，我想像你一样。"叶舟说。

"像我什么？"叶诺问叶舟。

"像你一样厉害。"

"你可别像我。"叶诺看看她的妹妹，"像你自己就好。你现在这样挺好的，真心话。有时候，我还挺羡慕你的。"

"羡慕我什么？"叶舟不明白。

"羡慕你……"叶诺想了想，"羡慕你简单，干净，活着不累。"

"你累吗？"

"累。"叶诺点点头。她确实累了，心力交瘁。

"有时候，"叶舟叹了口气，"我觉得自己特别没用。"

"火龙都能让你给降服了，你怎么会没用呢？"

"那是假的，演给别人看的。"叶舟继续叹气，"生活中，一个'光头强'，我都应付不了。"

"'光头强'交给我应付。"叶诺说，"你呢，安安心心唱你的歌就好。"

"可是……"

"人人都有自己的命。"叶诺打断她，"你的命，就是唱歌。你从小有天赋，那是老天爷赏饭吃。你可不能辜负老天爷，不然，会遭雷劈的。"

"你呢？"叶舟问叶诺，"姐，你的命是什么？"

"我的命？"叶诺想了想，"我的命就是挣钱、养家、照顾你，让你过得好一点儿，不让别人欺负你。我答应过咱爸妈，一定会把你照顾好，这就是我的命！"

叶舟忽然有一种想哭的冲动。时间太快，父母已经离开十年了，姐姐照顾了她十年。她想，接下来该轮到她照顾姐姐了。

宝马开进小区，在楼门口停了下来。

"你先回家吧。"叶诺说。

"你呢？"叶舟问。

"我还有事儿。"

"什么事儿？"

"我有约会。"

"你有男朋友了？"叶舟很吃惊。

"哈哈！"叶诺笑了，"高兴吗？"

"高兴！他帅吗？"

"帅！特别帅，又高，又富，又帅。"

"真的吗？"叶舟兴奋起来，为她的姐姐感到高兴。

"假的！"叶诺收起笑容，"我这么忙，哪有时间谈恋爱？"

"那你要去哪儿？"叶舟感到失望。

"去谈一笔生意。"

"这么晚了，跟谁谈生意？"

"当然谁有钱，跟谁谈。"

"我能跟你一起去吗？"叶舟追问。这么晚了，又下着大雨，她不放心姐姐一个人。

"不能。"叶诺拒绝得很干脆,"我去谈生意,你去干什么？"

"我想长长见识,行吗？"叶舟不想放弃,继续争取。

"不行。"叶诺仍然拒绝得很干脆。

"为什么？"

"那是我的圈子,不适合你。"

"什么样的圈子适合我？"

"艺术圈。"叶诺说,"好好唱歌,好好吃饭,好好睡觉,别总想着跟我混。你是搞艺术的,可不能被我给带坏了。赶紧回家吧,我赶时间。"

叶舟下了车,叶诺把车开走了。

不知道为什么,叶舟有一种不祥的预感。预感告诉她,在这个风雨交加的夜晚,也许会发生什么。

会发生什么呢？她说不上来。

4

雨越下越大。风呼呼地刮着,路边的广告牌在风雨中哗哗作响,摇摇欲坠。

叶舟走到窗口,看看窗外。窗外的雨很大,雨点密集,视线超不过十米。不过,她能看到姐姐的停车位。停车位空着。现在是深夜十二点,姐姐还没有回来。

小时候,叶舟曾经很喜欢下雨,她觉得下雨天很浪漫。后来,她不再喜欢下雨了,一点儿也不喜欢。十年前的夏天,一个风雨交加的夜晚,她失去了父母,因为一场可怕的交通事故。那年,她才十二岁,幸好她还有姐姐。现在又是夏天,同样下着雨,如果……她不敢再联想,给姐姐打了个电话。电话通了,无人接听。也许姐姐还在谈生意,手机调成了静音。她安慰自己,然后继续等待。

等待总是让人不安。叶舟打开电视,调到新闻频道。所有的新闻都与这该死的天气有关。

一场七车追尾事故，七位车主在大雨中争执，有人在拉扯，有人在打电话，有人在拍照……主播温馨提示，雨天路滑，视线不清，务必小心驾驶。一辆厢式货车被困在积水的桥洞里，司机逃了出来，蹲在地上号啕大哭，心疼他那满车的货物。主播同情地评论，生活不易，但生命最可贵。最后一条新闻里说，由于降雨量过大，天沐水库水位暴涨，已经突破警戒线，有关部门决定开闸放水，请下游村民注意防范……

这一切都让叶舟感到不安。她决定换个频道，放松一下紧绷的神经。

文艺频道正在播出《印象·天沐山》，叶舟看见了自己。女神从天而降，降服恶龙，拯救村民，给人们带来爱与和平……她觉得自己表现不错，但还不够完美。她告诉自己，她还有机会，下一次她会表现得更好。正如姐姐所说，老天爷眷顾她，如果她不好好唱歌，浪费了她的天赋，一定会遭雷劈的。

现在是财经频道。沈尘出现在画面里，侃侃而谈。他是个大人物，声名显赫的地产大佬，也是天沐艺术团的赞助商。他说："人生最重要的只有两件事情，一是做正确的事，二是正确地做事……"

接下来是社会与法制频道。一个中年男人决定状告保姆，他认为自己的母亲遭受了虐待；一个年轻女人正式起诉邻居，因为邻居家的狗咬伤了她的宝贝儿子；一对夫妻对簿公堂，为财产分割问题争论不休……家长里短，纷纷扰扰。

叶舟感到头疼，正要换个频道，忽然停了下来。在接下来的新闻里，她听到了一个熟悉的名字。

"近日，银海市中级人民法院正式受理市民韩女士状告匹诺羊不当得利一案。匹诺羊本名叶诺，是一家美容院的老板。美容院客户众多，其中包括多位影视明星和时尚名媛。为扩大影响力，匹诺羊开通直播间，在直播中向网友传授美容秘诀，名下粉丝达千万，韩女士的女儿是其中之一。韩女士说，截至目前，她的女儿已累计向匹诺羊的直播间打赏八万元人民币，而她本人对此毫不知情，直到她发现女儿盗用了她的手机。韩女士认为，她女儿尚未成年，还不具备民事行为能力，因此，这八万元打赏应属不当得利，匹诺羊理应退还……"

不当得利？叶舟感觉头更疼了。她忽然明白姐姐为什么不让她接近那个圈子，那个圈子确实不适合她。如果她是法官，她也许会判姐姐输掉这场官司。

接下来是广告时间。一个年轻人在电视上意气风发："共享一切，这就是互联网精神。我是周震，我为自己代言……"

叶舟关掉了电视。

现在是凌晨一点。窗外还在下雨，姐姐还没有回来。叶舟又打了一个电话，姐姐关机了。也许是没电了，她安慰自己。但另一个想法占了上风，姐姐是个急性子，她开车太猛了……这是她能想到的最坏的事情。

头疼更剧烈了。叶舟决定在客厅里睡一会儿，于是她躺在了沙发上。如果姐姐回家，开门声一定会把她惊醒。然后，她要给姐姐送上拖鞋，再给姐姐热一杯牛奶，就像小时候那样。接下来，她要和姐姐谈谈，心平气和地谈谈不当得利的事情。姐姐不是坏人，通情达理，不会为八万块钱冲她发脾气。从小到大，姐姐从来没有冲她发过脾气，从来没有。姐姐对她，可以说有求必应。

慢慢地，叶舟睡着了。睡梦中，她五岁，姐姐十一岁。为了哄她开心，姐姐耐心地陪她玩幼稚的躲猫猫游戏。她藏了起来，藏在衣柜里。姐姐到处找她，假装找不到。她得意地从衣柜里蹦了出来，大声宣告，我在这儿！然后，姐姐藏了起来。她到处找，到处找，到处找……她找不到姐姐，她把姐姐弄丢了。她哭了，然后她醒了。

醒来的时候，天亮了。雨过天晴，姐姐没有回来。

5

电视上，一张照片充满屏幕。照片中，叶诺露出微笑，看着屏幕外的妹妹。

"接下来播报一则寻人启事——匹诺羊，本名叶诺，女，二十八岁，于八月十二日夜间开车离家，随后失联。出走时，上身穿黑色真丝长袖衬衫，下身穿黑色阔腿长裤，黑色高跟鞋。车型为白色宝马，车牌号为银C-98518。如有人知其下落，请就近联系辖区派出所，或直接拨打电话与其亲属取得联系。联系人：叶舟，电话号码为……"

叶舟眼圈发黑，目光呆滞，看上去很疲倦，很憔悴。

已经一个礼拜了，姐姐仍然没有任何消息，电话关机，发微信也不回。叶舟从手机运营商那里调出了姐姐的通话记录，逐一拨打电话，没有人知道姐姐的下落。然后，她四处奔波，找遍了她能想到的每一个地方，问遍了她能想到的每一个人，仍然没有找到姐姐。银海太大了，人海茫茫。姐姐就像是一滴水珠，人间蒸发了。

叶舟很难过，非常难过。她不知道姐姐在哪儿，也不知道发生了什么。姐姐是她唯一的亲人。十年前，她失去了父母。现在，她无法接受再失去姐姐。十年来，姐姐从来没有离开过她，从来没有。她无法停止对姐姐的想念，无时无刻不在想念她的姐姐。

不知道为什么，当叶舟想念姐姐的时候，总是会想起那个夜晚。那是八月十二日的夜晚，她最后一次见到姐姐。当时下着大雨，姐姐开车把她送回家，然后离开了，去谈一笔生意。可是，谈什么生意，在什么地方谈，和什么人谈，她什么都不知道，姐姐也不肯告诉她。当时，她不放心姐姐一个人，很想和姐姐待在一起。可是，姐姐拒绝了她。姐姐说，那个圈子很复杂，不让她跟着，让她待在自己的圈子里，好好唱歌，好好吃饭，好好睡觉……

叶舟感到后悔。如果当时她坚持和姐姐待在一起，结果也许会不一样。

姐姐是个网红，名气很大，压力也很大。警察说，也许姐姐只是想找个地方静一静，不想有人打扰。叶舟也希望是这样，所以姐姐关掉了手机，和所有人断绝了联系。可是，她并不相信是这样。如果是这样，姐姐也许不会告诉别人她在哪儿，但不可能不告诉自己的妹妹。这绝无可能。从小到大，姐姐一直对她很好，不可能不告而别，不可能扔下她不管。不知道为什么，她始终有一种不祥的预感。也许……她不寒而栗，不敢再想象。

叶舟真的累了，闭上眼睛。慢慢地，她睡着了。

6

十二岁的叶舟坐在沙发上,低着头。她手中捧着父母的遗像,眼中含着泪水。

门外传来了交谈声。声音压得很低,听起来很遥远。

"去福利院干什么?"这是姐姐的声音。

"我们去考察过了,福利院条件不差的。"这是居委会杨大妈的声音。

"舟舟又不是孤儿,去什么福利院?!"姐姐似乎生气了。

"不去福利院也行。老何家一直想要个孩子。老何你也认识,他们夫妻俩人都不错,也喜欢舟舟……"

"杨大妈,您别再说了。我知道您是好意。您的好意我们心领了。舟舟哪儿也不去,她就跟着我!"

"诺诺,你冷静点儿。你才多大呀?"

"我十八了,已经成人了。"

"你不复读了?"

"不复读了,我明天就去找工作。"

"你能干什么?"

"只要能挣钱,我什么都能干!"

"你能养活舟舟?"

"我能!我是她姐姐,我不能谁能……"

这是一个梦。梦醒的时候,叶舟十五岁了。

十五岁的叶舟坐在灯下,看着一杯牛奶发呆。她真的困了,眼睛快睁不开了,但她强撑着不让自己睡着。

门外传来了脚步声。叶舟忽地站了起来,跑过去把门打开,送上拖鞋。姐姐回来了,看上去很疲倦。

"给你的!"姐姐把一个包装精美的盒子交给叶舟。

"什么?"叶舟好奇地问。

"打开看看!"

一双漂亮的鞋子。太漂亮了！叶舟穿上新鞋，欢快地转了一圈。

"合适吗？"姐姐问叶舟。

"合适。"叶舟点点头。

"高兴吗？"

"高兴！"

"好好学习！"

"好的。"

"好好唱歌！"

"好的。"

"好好吃饭！"

"好的。"

"好好睡觉！"

"好的。"叶舟说，"我去给你热牛奶。"

牛奶热好了，姐姐却倚在沙发上睡着了……

这又是一个梦。梦醒的时候，叶舟十八岁了。

十八岁的叶舟在收拾行李。行李中有她的录取通知书，她考上了梦寐以求的音乐学院。

房门被推开，姐姐走进来，拖着一个更大的行李箱。

"姐，你要去哪儿？"叶舟问。

"还能去哪儿？"姐姐说，"我要和你一起去银海。"

"我去银海上学，你去银海干什么？"叶舟感到奇怪。

"照顾你呀，还能干什么？"姐姐问叶舟，"离了我，你能行吗？"

"我能行。"叶舟点点头。

"我不行。"姐姐装作可怜巴巴的样子，"离了你，我可不行！"

"别逗了！"叶舟认为，这是个玩笑。

"谁跟你逗！"姐姐认真起来，"房子我都托人租好了。"

"真的吗？"

"当然是真的。"姐姐一本正经,"我租的房就在你们学校附近。"

"你不上班了?"

"给人打工多没劲。"姐姐说,"我要去银海当老板!"

"当什么老板?"

"大老板!"姐姐伸手捏了捏叶舟的脸蛋,"我要挣大钱,把你养得白白胖胖……"

这仍然是一个梦。梦醒的时候,叶舟二十二岁。这时,她的手机响了。

电话是警察打来的。姐姐失踪了一个礼拜,叶舟一直在等这个电话。

"叶舟吗?"警察问。手机信号不太好,听不出对方的语气和感情。

"是我。"叶舟迫不及待,"我姐姐有消息了?"

"我们找到她了。"

"太好了!"叶舟感到兴奋。

警察停顿了一下,似乎不知道接下来该说什么,这让叶舟感觉很不好。

"怎么了?"叶舟不安地问。

"呃……"警察欲言又止,"你在哪儿?"

"我在家。"叶舟继续追问,"我姐呢,她在哪儿?"

"她在公安医院。"

"出什么事儿了?"叶舟紧张起来,"她受伤了吗?伤得重不重?"

"她死了!"

叶舟呆住了,然后她哭了。世界变成了灰色。

7

一个黑暗阴森的地方,像是一条走廊。走廊很长,看不见尽头。

走廊在晃动,地板在晃动,天花板在晃动,电灯在晃动……一切都在晃动。

叶舟缓慢地向前走,周围很安静,脚步声传来回音。

这又是梦吗？叶舟感到恍惚。

"姐姐！"叶舟喊了一声。

"她死了！"远处飘来一个幽灵般的声音。

"不可能！"叶舟大声回应。

"她死了……死了……了……"那个声音越来越远，越来越模糊，直到变成回音的回音，然后完全消失了。

叶舟渐渐明白，这不是幻觉，也不是梦。

姐姐确实死了。走廊的尽头是停尸房，姐姐孤独地躺在那里，脸色惨白，全身浮肿，太阳穴上有一个洞。

一个洞……一个洞……一个洞……

"叶舟！"

一个声音在耳边兀地响起。叶舟吓了一跳，回到了现实。

面前是个警察，关切地看着叶舟。

"你怎么了？能听到我说话吗？"警察问。

"能。"叶舟点点头，"您说什么？"

"我在告诉你，我们是在哪儿找到你姐姐的。"

"在哪儿？"

"在天沐河。"

"天沐河？"

"几个大学生在那儿玩漂流，一不小心船翻了，他们都掉进水里了。上岸以后，他们打了电话报警，说水底下有一辆车。我们把车打捞上来以后，确认是你姐姐的车。但是，你姐姐不在车上。"

"她在哪儿？"叶舟追问。

"在下游。"警察说，"她在十千米外的河滩上，那是个荒无人烟的地方。我们找到她的时候，她已经死了。法医认为，死亡时间超过一周。我们认为，事发时间应该是八月十二日晚上。"

"八月十二日？"叶舟记得这个日子，那是个星期五。她最后一次见到姐姐，就是在星期五的晚上。

"那天晚上下着大雨。"警察告诉叶舟，"气象台说，那是一场五十年不遇的大雨。由于路面湿滑，视线模糊不清，交通事故多发。尤其是山区，降雨量更大，路况更差，发生交通事故的概率也更大。而且，由于地处偏僻，附近人少车也少，发生事故后，连求救的机会都没有……"

叶舟感到后悔。和姐姐分开的时候，她曾有过不祥的预感。可是，她没能抓住这种预感。如果她当时坚持和姐姐待在一起，结果一定会不一样。

"你姐姐的车被打捞上来以后，"警察继续说，"我们检查过车况，发现驾驶座一侧的车窗被打破。"

"这说明什么？"叶舟问。

"这说明落水后，你姐姐曾经破窗自救。这是一种求生本能。不过，由于降雨量太大，天沐水库的水位突破了警戒线，当时正在开闸放水，导致天沐河的水流实在太急，自救没有成功……"警察停下来喝了口水，"我说明白了吗？"

"明白。"叶舟点点头，"但我不明白，那么晚了，下那么大雨，我姐开车去那儿干什么？"

"我们问过了，没有人知道她去那儿干什么。也许，只有她自己知道。"

"我姐的手机呢？"叶舟继续追问。

"我们找过了。"警察摇了摇头，"没找到。应该是掉到河里了，搜寻起来很困难。"

"还有！"叶舟指指太阳穴，"我姐姐这儿为什么有个洞？"

"天沐河里有很多石头……"警察停了一下，"你明白了吗？"

"我明白了。"叶舟忽然感到头疼，仿佛自己的太阳穴也重重地撞在石头上。

"这是个意外。"警察同情地看着叶舟，"你还年轻，你要多保重！"

十年前，叶舟失去了父母，因为一场可怕的交通事故。那个时候，她才十二岁，幸好她还有姐姐。现在，又是一场意外……

该死的意外！

8

叶舟走到窗口,看看楼下的停车场。白色的宝马回来了,停在原来的车位上。

"车子修好了?"叶舟回头问律师。

"修好了,这是车钥匙,你收好了。"律师是个年轻人,他看起来很精明,很能干。

姐姐的宝马回来了,完好如初。可是,姐姐再也不会回来了,永远也不会。这让叶舟感到难过,心里一阵刺痛。

"这辆车,还有这套房的过户手续我正在办理,到时候可能还需要你出面。"律师说。

叶舟点点头,心不在焉。

"还有你姐姐的美容院,你有什么打算?"律师问叶舟。

"我没打算。"叶舟轻轻地摇头。

"如果你想继续经营下去,我们可以替你办理变更手续,把美容院业主换成你的名字。当然,你也可以考虑把它卖掉,会有人对它感兴趣的。"

"卖了吧。"叶舟说。她对做生意不感兴趣。

"好的。"律师告诉叶舟,"你姐姐生前买了人身意外保险,受益人写的是你的名字。我问过了,保险公司正在走程序,一个月内应该能理赔。加上你姐姐的银行存款,可以说,你姐姐给你留下了一笔丰厚的遗产。"

"丰厚的遗产……我应该感到高兴吗?"叶舟心想。

"当然,如果能用这笔钱换回姐姐的生命,没有人不愿意。"律师似乎看穿了叶舟的心思,又补充了一句,"我也有个姐姐,她对我很好。"

叶舟忍住了眼泪。她不想再哭了,尤其是在一个外人面前。

"还有个事儿,差点儿忘了。"律师说。

"什么?"叶舟问。

"你姐姐还有个官司没结。"

"什么官司?"

"有个女人，姓韩，她告你姐姐不当得利……"

不当得利……头疼又开始了。

9

这是个中年女人，面容愁苦。她身边有个小姑娘，看上去很天真。

"您是韩女士？"叶舟问。

"是我。"中年女人说。

"这是您女儿？"

"没错。"

"多大了？"

"十二岁。"

叶舟想起了自己的十二岁。那一年，她失去了父母。

"我叫叶舟……"

"我知道你是谁，你是天沐山的女神！"小姑娘说，声音很清脆。

"你看过我演出？"

"在电视上看过。"小姑娘说。

"我女儿也喜欢唱歌。"女人补充说。

"是吗？那咱们是同行。"叶舟说。

小姑娘咯咯笑起来，露出两个酒窝。

"你是匹诺羊的妹妹？"女人问叶舟。

"是。"叶舟点点头。

"你和你姐姐真不一样。"

"都这么说。"

"你姐姐的事情我听说了，你不要太难过，保重身体！"

"谢谢！"叶舟打开手提袋，捧出一摞钞票，"这是八万块钱，您点点看对不对。"

"什么意思？"女人露出惊讶的表情。

"我姐走了。"叶舟平静地说，"她欠下的债，应该由我来还。"

"我都不知道说什么好了。"女人显然感动，手足无措，"我……我给你削个苹果吧。"

"不用了。"叶舟站了起来，"时间不早了，我该走了。"

叶舟走到门口，忽然停了下来。她回头看着小姑娘，露出了微笑。

"好好学习！"叶舟说。

"好的。"小姑娘点点头。

"好好唱歌！"

"好的。"

"好好吃饭！"

"好的。"

"好好睡觉！"

"好的。"

"对你妈妈好一点儿，不然将来你会后悔的。"

"好的。"

叶舟满意地点点头，转身离开了。

从小到大，这是叶舟最熟悉的几句话。可是，以后再也不会有人这样叮嘱她了。

10

吃饭，睡觉，唱歌……日出日落，周而复始。

姐姐的事情上过热搜，毕竟她是个网红。一个网红的意外死亡，总是会引发许多联想。叶舟看到了网上的那些留言，说什么的都有，有人感到惋惜，有人表示同情，也有人幸灾乐祸……这让她百感交集，有时感动，有时愤怒，有时悲伤。然后，她决定过好自己的日子，不去理会那些纷纷扰扰。

没有姐姐的日子很不习惯，叶舟努力让自己适应这一切。她觉得，如果姐姐在天有灵，也不想看到她的生活一团糟。

渐渐地，叶舟适应了。偶尔会感觉孤单，但生活渐渐恢复了正常。只有一件事情，让她时常感觉不安。

有一天晚上，演出结束后，叶舟独自回家。一路上，她始终感觉似乎有一双眼睛在背后盯着她。她以为是"光头强"，回头看时，却什么也没看见。没有"光头强"，也没有"熊二"。

后来，这种感觉变得越来越强烈。叶舟在公园里散步时，能感觉到那双眼睛。她在餐厅里吃饭时，也能感觉到那双眼睛。她在超市里购物时，还是能感觉到那双眼睛……可是，当她回头的时候，那双眼睛就会消失。慢慢地，这种感觉也消失了。

一切都恢复了正常，直到那天深夜……

手机铃声骤然响起，将叶舟从睡梦中惊醒。她迷迷糊糊地从床头柜上摸到手机，顺便看了一眼闹钟，凌晨两点。

这么晚了，会是谁呢？手机上是个陌生号码，八位数。

"叶舟吗？"一个男人的声音。也许是变声软件的作用，听起来就像是机器人在说话。

"我是。"叶舟反问，"你是哪位？"

"你姐姐的死，不是意外！"

"你说什么？"叶舟吃了一惊。

"我说……"那个声音机械地重复了一遍，"你姐姐的死，不是意外！"

"你是谁？"

啪！电话断了，一阵忙音。

叶舟彻底醒了。她回拨过去，电话通了，始终无人接听。

不是意外？

头又开始疼了，太阳穴疼得厉害。

墙上挂着警徽，桌上有张照片。照片中有个电话亭，背景是一条小街，人来人往。

"这是一部公用电话。"警察告诉叶舟。

"现在还有公用电话？"叶舟问。

"虽然很少，但还是有的，在城乡接合部。"

"你们找到他了吗？"这是叶舟最关心的问题。

"没有。"警察摇了摇头，"我们问遍了附近居民，没有人知道怎么回事，也没有人看见他。那时是凌晨，人们都在睡觉。"

"监控呢？"叶舟追问，"你们可以调监控，一定能看见他！"

"那是个监控盲区，附近没有探头。"

"指纹呢？"叶舟仍然心存希望，"既然他打过电话，电话上一定会留下指纹。"

"你说得对。"警察说，"但是，既然是公用电话，就会有别人用过。他的指纹会被下一个用电话的人抹掉。"

"你们试过吗？"

"试过了。"

"结果呢？"

"我们找到了一个人。"

"什么人？"

"一个流浪汉。"

"流浪汉？"叶舟呆住了。

"他是个疯子。"警察说，"附近居民经常看见他在那儿打电话，对着听筒大喊大叫——为了胜利，向我开炮！"

一个疯子？叶舟失望地叹了口气，不知道该说什么。

"我们会继续调查，但情况并不乐观。"警察说，"也许我们能找到他，也许他知道什么。但前提是，确实有这么一个人，他不是在恶搞，也不是个疯子。"

也许吧，也许是恶作剧。世界太大了，什么人都有，有些人总是很无聊，他们喜欢捉弄别人，从中获得快感……但是，另一个声音很快又占了上风，那是一个幽灵般的声音。

不是意外……不是意外……不是意外……

12

手机镜头打开，叶舟出现在画面里。她穿戴整齐，化着淡妆，神色凝重。

"你准备好了吗？"菁菁问。她是姐姐的直播助理。

"准备好了。"叶舟回答，"开始吧。"

直播开始了。粉丝涌了进来。

"我叫叶舟，匹诺羊是我姐姐。这是我姐姐的直播间，很抱歉占用大家的时间。我在找一个人，一个男人。我不知道他是谁，我也不知道他在哪儿。但是，他给我打过电话，他知道我姐姐是怎么死的。他告诉我，那不是意外。不是意外，会是什么呢？有人说，这也许是恶作剧。我不觉得。我姐姐死了，很不幸。我想，没有人会拿别人的不幸来开玩笑。我想，他一定还有良知，所以他给我打了那个电话。我能理解，他也许有顾虑，也许是怕惹麻烦，不愿意抛头露面。如果大家能帮忙转发，也许他能看到这场直播。如果他看到了，我希望他能联系我，告诉我真相。真相对我很重要，对我姐姐也很重要。从小到大，姐姐一直在照顾我。现在她死了，我必须为她做点儿什么。我知道，做任何事情都会付出代价。我想告诉那个人，如果他愿意站出来，如果他愿意说出真相，我愿意付出代价……"

叶舟相信，这些话一定能传到某个人的耳朵里。她希望，"那个人"能听见她说话，然后给她一个回答。

第二章

1

天不亮，外卖小哥就起床了。

这是八月九日的早晨，星期二。距离杜川离开监狱已经过去了九百二十三天，距离他离开云朗来到银海也已经过去了七百五十六天，距离那场五十年不遇的大雨还有三天。

早起是杜川在监狱里养成的习惯，计算日子也是。从十九岁到二十二岁，他在监狱里度过了三次生日。那是一千多个日日夜夜，他每天都在计算时间，等待出狱的那一天。现在，他已经二十四岁了。他觉得自己的黄金年华已经所剩无几，必须抓紧时间做他想做的事情。

除了对时间敏感，杜川对空间的感觉也比一般人更强烈一些。三年时间里，他每天面对着四面墙，自然而然地产生了一种渴望，渴望更大的空间。

银海足够大，但真正属于杜川的，只有这不到六平方米的空间。如果他不按时缴纳租金，他也将失去这个狭小的空间。这是一间破旧的出租屋，像个胶囊，只有一扇很小的窗户，就像是监狱里的小黑屋。当他在监狱里犯了错时，他会被关进小黑屋，反思他的过错。现在，他已经为他犯过的错付出了惨痛的代价。过去的都已经过去了，他已经换了活法，正在规划自己的将来。

杜川的将来在手机屏保上。屏保上的照片是个姑娘，她叫乔乔。乔乔是他的过去，也是他的将来。乔乔曾经去监狱里看望他，发誓要等他出来。等他出来的时候，乔乔却消失得无影无踪。出狱以后，他疯了一样，四处打听，终于打听到乔乔在银海，于是他来到银海，发誓要找到乔乔。

出门之前，杜川打开了地图。地图上的银海就像一片巨大的桑叶，而他就像是桑叶上的一只贪吃的蚕。他吃掉了东城，吃掉了西城，吃掉了南城……现在，还没有被他吃掉的，只剩下北城了。

杜川满怀期待，骑上他的电动车，朝着北方出发了。

2

房门打开，一个年轻人探出脑袋，摘下耳机。这是个大男孩，看上去和杜川差不多大。

"您好，您的外卖到了。"杜川很有礼貌。

"谢谢。"年轻人接过外卖。

"不客气。"订单完成了，但杜川并不急于离开，"麻烦您，跟您打听个人。"

"什么人？"

"这个女孩，您见过吗？"杜川举起手机。

乔乔在手机屏保上微笑。乔乔是个漂亮姑娘，相信见过她的人都会过目不忘。

"没见过。"

"您再仔细看看？"杜川没有放弃。

"没见过。"

"谢谢。"杜川掩饰掉失望，"能不能给我个好评？"

"可以。"

"五星好评？"

"没问题。"

"谢谢，祝您用餐愉快！"

杜川没有找到乔乔，但他得到了一个好评。他感到高兴，心满意足地离开了。

好评有助于抢单。好评越多，抢单机会就越多。抢单机会越多，遇见乔乔的希望就越大。希望与机会成正比，机会与评价成正比，评价与努力成正比……

杜川的算法很简单。

如果他还没有找到乔乔，那只能说明老天爷还在打盹。老天爷迟早会醒来，迟早会注意到他。

他还有机会。也许，下一单就是个机会。

3

一个小姑娘站在路边吹泡泡。泡泡在空中飘浮，越变越大，越飞越高。

现在是黄昏。杜川累了，在马路边停了下来。他看着那个小姑娘，心里想着乔乔。

乔乔爱笑，她笑起来很好看，笑声很动听。杜川喜欢看她笑。他觉得，乔乔的笑容是全世界最迷人的笑容，乔乔的笑声是全世界最动听的笑声。可是，在他的记忆里，在他的梦中，乔乔的笑容和笑声越来越模糊，越来越模糊。他感到惶恐，担心有一天他会忘掉乔乔。他心疼乔乔，也心疼他自己。他不知道乔乔过得好不好，只知道他自己过得很不好。

小姑娘吹出了最后一个泡泡，离开了。泡泡仍然在空中飘浮，越来越远。杜川打算在它消失之后离开这个地方，继续抢单，继续寻找乔乔。忽然，他的眼睛瞪大了，心跳也停止了。

泡泡中有个姑娘。就像是套圈游戏，一个姑娘被它套住了。

马路边有围墙，围墙里面有别墅，别墅顶上有露台。乔乔在露台上打理那些花花草草。她很专心，并没有注意到杜川的存在。

心跳恢复了，变得剧烈，心脏仿佛要跳出胸口。杜川想要大声喊出乔乔的名字，却发不出任何声音。他的喉咙仿佛被一种神秘的力量扼住，舌头像条懒虫。但他的泪腺不受控制，眼泪流了下来。他泪流满面，视线变得模糊。

杜川擦擦眼泪，恢复了视力，然后他呆住了。

一个男人出现在露台上。他三十多岁，穿戴讲究，一看就是个有钱人。宽宽的肩膀，黑黑的脸庞，额头上一道疤，目光凶狠，像个瘟神。他走到乔乔身边，对乔乔说了些什么，转身离开。乔乔拉住他的手，不让他离开。他将乔乔搂入怀中，在乔乔的脸上亲了一口，然后松开乔乔，离开了露台。很快，院子里传来引擎声，一辆保时捷开了出来，从杜川身边驶过，扬起一片尘埃。

保时捷消失了。杜川感觉到，藏在他内心深处的某种东西似乎也消失了。

三年来，杜川一直在等待这个时刻。他跑遍整个银海，就是为了找到乔乔……现在，他和乔乔之间只隔着一扇铁门。按响门铃，他就能见到自己心爱的姑娘。

杜川犹豫了许久，终于下定了决心。

门铃响了，他还有一点儿时间。

纯净水倒在毛巾上，毛巾在脸上擦来擦去。然后，杜川挺直腰杆，调整呼吸，就像一个等待检阅的士兵。

铁门上的小窗打开了，露出一双漂亮的眼睛。这双眼睛曾经无数次出现在杜川的梦中。

"您好，您的外卖到了。"

"你搞错了，我没点外卖。"

小窗关上了，那双眼睛不见了。

"乔乔！"

小窗重新打开，那双眼睛又出现了。

"你认识我？"

"你不认识我了吗？"

困惑的眼神。

杜川安静地等待。监狱生活可以让一个人发生许多变化，不仅是心理上的，还包括外表的变化。有时候，他看着自己从前的照片，也会感叹时间和经历就像一把无情的刻刀。

五秒钟之后，困惑消失了。

"杜川？"

4

乔乔变了。她变得更漂亮，更精致，更冷静，甚至有一点点……冷酷。她不再是杜川记忆深处的那个小姑娘，她变成了一个成熟的女人。

看得出来，乔乔过得不错。别墅，院子，露台，宽敞的客厅，豪华的家具，保时捷……这一切，全都超出了杜川的想象力。有那么一瞬，他还以为自己找错了对象，来错了地方。这是一座豪宅，富人居住的地方。像他这样的人，如果不是送外卖，不应该出现在这个地方。现在，他和乔乔不是一个阶层，不在一个频道，甚至不在同一个世界。

这和杜川想象中的重逢完全不一样。没有眼泪，没有拥抱，没有亲吻……甚至没有激动。见到他时，乔乔没有任何表示，只有一点点意外，很快就平静下来。

没有想象中的亲切，杜川变得拘谨。过去，在乔乔面前，他一直是个大哥，一个保护神似的存在。现在，由于乔乔的变化，他变得卑微，就像一个未能按时交作业的小学生，正在等待班主任的惩罚。

"你什么时候出来的？"乔乔问杜川。

"快三年了。"杜川回答。

"什么时候来的银海？"

"两年多了。"

"一直在送外卖吗？"

"不是，还干过别的。"

"都干过什么？"

谈话性质似乎发生了变化。杜川不再是一个小学生，而变成了一个应聘者。乔乔也不再是班主任，而变成了面试官。如果他表现足够好，乔乔也许会给他一个工作机会。

"在工地上搬过砖，在饭馆里削过土豆，在超市里理过货……"

"还有呢？"

"当过保安，搬过家，洗过车，都是些体力活。"

杜川以为乔乔会心疼，但他从乔乔的眼神里看不到心疼。乔乔仍然很冷静，似乎这一切都很平常。

"还干过什么？"乔乔也不知道该说什么，只是礼节性地闲谈，消磨时间。

"还当过群众演员。"

"在哪儿当群众演员？"

"天沐影视城。"

"演过什么？"乔乔感兴趣地问。

"尸体。"

"尸体？"乔乔愣了一下。

"各种尸体。"杜川平静地说，"摔死的，烧死的，毒死的，各种死法我都尝试过。"

乔乔笑了。

多么熟悉的笑容！杜川终于感觉到了温暖，感觉到了亲切。

"为什么要去当群众演员呢？"乔乔问杜川。

"因为……"杜川停顿一下，"小的时候，你不是一直有个当演员的梦吗？"

笑容消失了，乔乔似乎明白了什么。

"所以，你是在找我？"

"我一直在找你。"

乔乔的眼睛里闪过一丝亮光。杜川觉得，那是感动。

亮光很快消失了，乔乔恢复了冷静。

"谢谢你。"乔乔说，"谢谢你还记得我，也谢谢你过去一直对我那么好。"

杜川没有开口，沉默地等待那个转折。

"杜川……"转折出现了，"我们已经结束了。"

杜川低着头，继续沉默。

"我们回不去了，你明白吗？"乔乔的声音忽然变得很遥远，仿佛来自另一个星球。

杜川当然明白，他比任何人都明白。

"我已经很久不做梦了。"乔乔继续说，"你也现实一点儿，别再做梦了。"

杜川感到心脏一阵抽搐。如果连梦都不做了，他用什么来证明他还活着。

杜川抬起头，看看墙上的相框。相框里，一对男女紧紧地拥抱在一起，很甜蜜。

"你结婚了？"杜川问。

"没有。"乔乔说，"不过，快了。"

"什么时候？"

"下个月。"

"你们怎么认识的？"

"我在KTV当过服务员，他是那儿的客人。"

"一见钟情？"

"对。"

"你发过誓要等我出来。"

"人是会变的。"乔乔叹了口气。

杜川觉得自己很可悲。出狱之前，曾经有狱友提醒过他，人是会变的，他不相信。他相信乔乔。现在，乔乔真的变了，而他却跟不上这个变化。

"他叫什么？是做什么的？"杜川追问。

"你知道这些有意义吗？"乔乔反问。

"有意义。"

"有什么意义？"

"我必须知道，是谁抢走了我的女人？"

"我不是你的女人。"乔乔说，"我有自己独立的人格，我不属于任何人。"

"他叫什么？"杜川偏执地问。

"你想干什么？"乔乔警惕地反问。

"我不想干什么，只想知道他是谁。"杜川说，"和他相比，我不过是一只蚂蚁，我不能把他怎么样。"

"他姓雷。"

"他叫什么？"

"别问了。"

"你和他……你幸福吗？"这是杜川最关心的问题。

"幸福。"乔乔说。但是，她的眼睛里闪过一丝忧郁。她的眼睛仿佛在问，我幸福吗？

"不！"杜川捕捉到了乔乔的忧郁，"你不幸福！"

"好，我不幸福。"乔乔看着杜川的眼睛，"你满意了？"

杜川瞪着眼睛，张了张嘴，不知道该说什么。

"住着这么大的房子。"乔乔说，"想吃什么就吃什么，想买什么就买什么，再也不用为钱发愁，如果我还说自己不幸福，我是不是太贪心，太不知足了？"

杜川无话可说。乔乔说得对，人确实应该知足。

"你钱够用吗？"乔乔问杜川。

"什么意思？"杜川不明白。

"我给你点儿钱吧。"

"你为什么要给我钱？"

"我想……"乔乔停顿一下，"让你过得好一点儿。"

"你是可怜我，还是心疼我？"

"既不是可怜，也不是心疼。"

"那是为什么？"

"我们毕竟好过。过去，你也为我花了不少钱……"

"青春损失费？"杜川感到心里一阵刺痛。

"我没有恶意。"乔乔说，"你怎么理解，那是你的事。"

"我不要。"杜川说，"我需要钱，但我可以自己挣。"

乔乔没有坚持，抬起手腕，看看手表。杜川想，那块精巧的手表也许抵得上他一年的工资。

"你走吧，他快回来了。"乔乔说。

杜川很想多待一会儿，哪怕是五分钟，或者一分钟也是好的。但是，他不想给乔乔带来任何麻烦，即使乔乔已经不再属于他。他甚至觉得，这个人已经不再是乔乔，而是一个陌生人。

乔乔把杜川送出客厅，穿过院子，一直送到门口。

"我们还能再见面吗？"杜川问。

"见面还有意义吗？"乔乔说，"我觉得，没有这个必要了。"

铁门关上了，乔乔消失了。

杜川觉得，心里的某一个部分被掏空了。在那一刻，他流下了眼泪。

杜川删掉了屏保，乔乔彻底消失了。他决定忘记乔乔，开始新的生活。

5

白天，杜川又一次出现在别墅外面。他觉得，他可以忍受辛苦，忍受饥饿，忍受一切，但他无法忍受想念。那是刻在他内心深处的东西，无论如何也抹不掉。

乔乔不在露台上。杜川安静地等了一会儿，乔乔没有出现。他很想去按门铃，但他并没有这样做。那是乔乔的生活，他不应该再打扰乔乔。他可以忍受失去乔乔，但不能忍受乔乔讨厌他。

"我们已经结束了。"

"现实一点儿，别再做梦了。"

"见面还有意义吗？我觉得，没有这个必要了。"

乔乔的声音在他的耳边萦绕，无限循环。每一个字都像一颗子弹，击穿他的耳膜，击穿他的脑袋，让他感到头疼欲裂。

乔乔是对的。她快结婚了，即将成为别人的新娘。她不幸福，但她知足。所以，一切都结束了。所以，别再做梦了。所以，没有必要再见面了。

杜川安静地离开了，再一次发誓忘记乔乔。他决定回归自己的生活，多挣点儿钱，让自己过得好一点儿。

附近有一片商业区，杜川骑着电动车赶到那里，掏出手机，准备抢单。忽然，他停了下来，直勾勾地望着前方。

那是一间甜品店。乔乔坐在靠窗的位置，目光投向窗外，似乎在等什么人，又似乎在观察什么。她在观察什么呢？杜川顺着她的目光望去……

杜川呆住了。

那是一间电影院。电影刚刚散场，露台上的那个男人出现了。他亲热地搂着一个姑娘，走向他的保时捷。那个姑娘看上去比乔乔小几岁，穿戴也更时尚。

他们坐上了保时捷，保时捷一溜烟开走了。杜川扭头再看乔乔，乔乔仍然坐在那里，似乎在擦眼泪。他感到心疼，感到愤怒。他觉得，他应该为乔乔做点什么。如果他能做到，也许他还有机会。在那个瞬间，他感觉到自己被点燃了。他骑上电动车，义无反顾地朝着保时捷的方向追去。

这是一道城市奇观：一辆破旧的电动车，正在追踪一辆崭新的保时捷。在这场动力悬殊的较量中，胜负没有任何悬念。保时捷拐进一个路口，当电动车赶到这个路口的时候，保时捷已经消失得无影无踪，就连它的尾气都已经消失殆尽。

杜川停了下来，但他并不沮丧。没有必要沮丧。人海茫茫，他能找到乔乔，他也一定能让渣男现形。乔乔迟早会知道，渣男再富有也配不上她。乔乔迟早会知道，在这个世界上，最疼她的男人是谁，最靠得住的男人是谁。

外卖小哥放松下来，开始接单了。他去了一家湘菜馆，取了一份炒米粉。如果一切顺利，他将在十五分钟内完成这一单。然后，他的账户上将收入五块钱。五块钱微不足道，但这是一个积沙成塔的过程。如果他每天更早起床更晚睡觉，他就能多抢几单，也能让自己过得更好一点儿。一想到乔乔，他就充满了力量。

穿过一个路口，向前二百米，目的地就要到了。这时，杜川的注意力却转移到了另一个方向。

渣男又出现了。他亲热地搂着那个姑娘，朝一家酒店走去。他说了些什么，那个姑娘发出夸张的笑声。

如果他们是去开房，这也许是他最好的机会。问题是，那是一家五星级酒店，上流社会的温床，而他只是个外卖骑手，保安也许会将他拦下，不让他靠近。即使能进入大堂，也很难进入客房。那里是私密空间，而他只是个闲人……

砰！

杜川浑身一震，差点儿摔倒。他刹住电动车，然后吓了一跳。

电动车撞上了一辆豪车，那是一辆保时捷。

杜川呆住了，然后他听到一声怒吼。

"你干什么？"

渣男跑了过来，那个姑娘追在他身后。

追尾的后果很严重，保时捷的保险杠几乎被撞断。

渣男愤怒地抓住杜川，抢起拳头。路人围了上来，他们都是些闲人，喜欢看热闹。

渣男很快冷静下来，收起拳头，将注意力转向电动车。电动车的钥匙被拔了出来，牢牢地攥在渣男的手上。

"怎么办？"渣男问杜川。

杜川也不知道应该怎么办。他只知道这是一辆豪车。也许，把他的电动车卖了，也抵不上它的保险杠。

"去，给我买根冰棍。"

"什么？"

"给我买根冰棍。"渣男重复了一遍，"这么热的天，我先消消火。"

杜川本能地想要抗拒，最后却决定照办。他觉得，他确实犯了错，至少要有个认错的态度。

冰棍买来了。渣男蹲在路边，享受它带来的清凉。路人围在四周，好奇地等待。

冰棍吃完了。渣男掏掏口袋，什么也没掏出来。

"去，给我买盒烟。"

杜川觉得窝囊，但他只能忍耐。不过是一盒香烟，这不算什么。

香烟买来了。渣男吞云吐雾，享受快感。杜川站在一旁，继续忍耐。

香烟抽完了。渣男又将注意力投向电动车后座上的保鲜箱。

"那儿装的是什么？"

"炒米粉。"

"给我吧，正好我饿了。"

杜川快忍不住了，但他仍然照办。他不能失去他的电动车，那是他的饭碗。

渣男吃着炒米粉，觉得味道不错。

"挺好！"渣男冲那个姑娘说，"你也尝尝。"

渣男交出了炒米粉，扭头看着杜川。

"你赔得起吗？"

"赔不起。"杜川老实回答。

"既然赔不起，你还不走？"

杜川拿回了钥匙，获得了自由。

"你们都看见了，"渣男对路人说，"我可没欺负他。"

确实没欺负人。过程虽然有点复杂，但结果是好的。一根冰棍、一包香烟和一盒炒米粉，换一辆豪车的保险杠，很划算……路人谈笑着，四散而去。

谈笑声中，杜川骑上电动车，朝着来时的方向狂奔。

炒米粉已经被人吃完了，但订单还没有完成。还有另一个人，正在等待她的午餐。

6

由于饥饿和愤怒，匹诺羊的面孔看上去有些扭曲，眼睛瞪得巨大，眼神很可怕。

"你是乌龟吗？"匹诺羊问杜川。

"对不起。"杜川低着头，不敢看她的眼睛。

"不到三千米，你用了四十多分钟！"

"对不起，路上出了点儿事故……"

"你知不知道，我有低血糖？"匹诺羊继续愤怒，"你知不知道，我刚才差点儿晕倒！"

"真对不起，我重新回店里给您买了一份，耽误了时间……"

"我不想听你解释。"匹诺羊扭头问她的助理，"菁菁，差评写完了吗？"

"写完了。"助理说。

"写够一百个字了吗？"

"写够了。"

"念！"

助理看看匹诺羊，感到困惑。她知道，匹诺羊刚刚接到一份律师函，关于一笔八万元的打赏，有个女人起诉她不当得利。另外，匹诺羊前几天开车时被人碰瓷，损失了一笔钱，这一切都让她很不开心。可是，为什么要念呢？

杜川同样困惑。饥饿最容易让人抓狂，他能理解匹诺羊的愤怒。让他感到困惑的是，为什么要念给他听呢？这样做能让匹诺羊感到更解恨，还是能让她感到更过瘾？

"你看他干什么？"匹诺羊大声冲助理吼道，"你看着我，我才是你的老板！念！"

"有史以来最差的消费体验，没有之一……"助理开始念了，声音很小。

"大点儿声，我听不见！"匹诺羊说。

"我点的不是外卖，是侮辱，是虐待。"助理更大声地念道，"我从来没见过这样的外卖骑手，衣冠不整，相貌猥琐，邋邋遢遢，鬼鬼祟祟，行动迟缓，态度恶劣……"

杜川呆呆地站在那里，耳朵里嗡嗡直响。助理仍在继续宣读关于他的差评，但他已经听不见了。一个画面从他的大脑里闪过：法庭庄严肃静，他站在被告席上，低垂着脑袋，法官高高在上，手中捧着判决书，义正词严……

"……本庭判决如下：被告人杜川犯'迟到罪'，判处有期徒刑……"

砰！法槌落下。

尖锐的警笛声，铁门开启声，铁门关闭声，起床铃声，关灯铃声，狱警的口令声，乔乔的哭声……

"你好好改造，我等你出来！"

忽然，所有声音都消失了。杜川的大脑里一片空白，死一样的寂静。

"判决书"宣读完毕，助理抬头看看匹诺羊，等待"法槌"落下。

"发吧！"匹诺羊说。

在"判决"生效之前，助理同情地看看杜川。忽然，她吓了一跳。

杜川脸色铁青，双目赤红，面孔极度扭曲。

"删了！"杜川不容置疑地说。

助理呆住了，一动不动。

"听见没有，我让你把它删了！"杜川重复了一遍。

助理求助地看看匹诺羊。匹诺羊也惊呆了。

"你疯了吗？"

杜川确实疯了。他觉得他已经受够了。乔乔的冷酷并没有把他逼疯，"渣男"的羞辱也没有把他逼疯，现在，匹诺羊的"判决书"终于把他推到了疯狂的边缘。

杜川还年轻，刚刚二十四岁。他时常能感觉到血液在身体里快速地流淌，心脏在胸口有力地跳动。年少时他曾经怀揣理想，他的理想绝不是当一个外卖小哥，绝不是替别人跑腿。他也希望每天坐在干净敞亮的办公室里，穿着衬衫，扎着领带，吹着空调，而不是每天顶着烈日，流着臭汗，疲于奔命。六年前，他做了一件事，却受到了惩罚。然后，他蹲了三年监狱，吃了许多苦头。最后，为了找到乔乔，他来到银海，开始送外卖。他不喜欢送外卖，但他知道，这是他能找到的最适合他的工作。他很珍惜这份工作，从不抱怨。他认为老天爷虽然不眷顾他，但也并没有亏待他。他每天很早起床，然后四处奔波，每天都有跑不完的路，见不完的人，送不完的外卖。他必须很小心，不能迟到，不能闯红灯，不能对客户不敬，不能被投诉……他每天都在忍耐，不停地忍耐，体力上的忍耐，精神上的忍耐。他早已经厌倦了这一切。他每天都很累，很晚才收工。收工后只想躺着，不想再起来。因为长期睡眠不足，他经常感到头疼。他每天都小心翼翼，但难免会有疏忽。他刚刚因为不小心撞了一辆保时捷，损失了一根冰棍、一包香烟、一盒炒米粉，还有做人的尊严，现在，又因为一次迟到和一个差评，他将要损失更多……

"忍耐！"一个声音提醒杜川，这是他自己的声音。

去你的！杜川攥紧了拳头。

两年来，杜川一直在忍耐。现在，紧绷的弦被一个差评弄断了。他觉得，他已经受够了，无法再忍耐。

"别冲动！"记忆里又冒出一个声音，那是母亲无助的哭声。

"答应我！"母亲在记忆里痛哭流涕，"无论发生什么，无论受多大委屈，都不能冲动！"

拳头松开了。

"尿了？"匹诺羊嘲讽地看着杜川。

杜川再一次被点燃，重新变得疯狂。他走到助理面前，目标是那部手机……匹诺羊的动作比他更快，一把将手机夺了过去。

"你要干什么？"匹诺羊问杜川。

"把手机给我！"杜川冷酷地说。

"菁菁！"匹诺羊大声命令她的助理，"去叫保安，快点儿！"

这句话并没有让杜川清醒。现在，他的大脑里只剩下一个疯狂的念头：没有人可以审判我，没有人！

助理跑出去了。杜川继续朝匹诺羊逼近。

"把手机给我！"

"你该吃药了！"

"把手机给我！"

"你离我远点儿！"

"把手机给我！"

"你碰我一下试试！"

匹诺羊一步步后退，杜川一步步逼近。杜川抓住匹诺羊，匹诺羊甩开杜川。

杜川再次抓住匹诺羊，匹诺羊再次甩开杜川……

助理带着保安赶来了。进门的一瞬间，他们都惊呆了。

匹诺羊呆在那里，她的衬衫领口被撕开。外卖小哥也呆在那里，一只手僵在匹诺羊的胸口。

啪！

杜川的脸上挨了一巴掌。终于，他彻底清醒了。

7

这里是派出所，墙上挂着警徽。杜川低垂着脑袋，不敢看对面的警察。

"知道错了？"警察问杜川。

"知道。"杜川说。他感到后悔。

"错在哪儿了？"

"无论发生了什么，我都不应该冲动。"

"还有呢？"

"更不应该动手。"

"还有呢？"

"我应该向她赔礼道歉。"

"态度还不错。"警察感到满意，"本来呢，叶诺是想告你抢劫……"

"抢劫？"杜川吃惊地抬起头，"我没想抢……"

"你只是想删掉那个差评，对吗？"

"对。"

"后来，她又告你猥亵……"

"猥亵？"杜川又吃了一惊。

"她说，你碰到了她的敏感部位。"

"我不是故意的。"杜川感到委屈。

"我们查过监控。"警察说，"从监控上看，你确实没有主观故意，只是拉扯中的一个过失行为。所以，我们并没有认定你猥亵，并没有支持她对你的指控。"

"谢谢。"杜川松了口气。

"不谢。"警察说，"这是我们的工作。我们不会放过一个坏人，也不会冤枉一个好人。"

"谢谢！"杜川很感动。他觉得，"好人"这两个字，距离他太遥远了。

"我们做过工作，叶诺表示不再追究这件事情。"警察停顿一下，"不过，她还有别的要求。"

"什么要求？"

警察将一件女式衬衫推到杜川面前。衬衫的领口被撕裂，崩掉了几颗扣子。

"这是你弄坏的？"

"是我。"杜川点头承认。错了就是错了，不能否认，更不能说谎。这是他的风格。而且，既然警察检查过监控录像，否认没有任何意义。

"叶诺的意思是，你要么照价赔偿，要么重新给她买一件新的。"

"我认赔。"杜川觉得，他做错了事，应该受到惩罚。

"好，你有这个态度就好。"警察继续说，"我们的调解工作到此结束，接下来的事情，你们自己协商解决。"

杜川站了起来。

"最后，再给你一个忠告……"

杜川停了下来。

"以后遇到这种事情，一定要冷静，不能冲动。"

"好的。"

"知道你们辛苦，每天风吹日晒，经常会受一些委屈。但是，无论发生了什么，都要保持冷静。"

"好的。"

"无论受多大委屈，都不能冲动。"

"好的。"

"小到一个家庭，中到一个单位，大到整个社会，最重要的是什么？"

"和谐。"

"好了，你可以走了。"

杜川放松下来，终于解脱了。不过，他并不知道，一切并没有结束。

8

一个年轻人站在工作室门口，挡住了杜川的视线。

"你是谁？"杜川问。

"我是匹诺羊的律师。"年轻人说。

"匹诺羊呢？"

"她很忙。"律师说，"你有什么事儿，可以跟我说。"

"我是来向她赔礼道歉的。"

"好，我会转告她的。"

"还有这个，"杜川举起手提袋，"我给她买了一件新的衬衫。"

"给我吧。"律师说，"我会转交给她的。"

杜川交出手提袋，但不打算就这样离开。

"还有事儿吗？"律师问杜川。

"我想见她一面，当面向她赔礼道歉。"

"我说过了，她很忙，没有时间见你。"

"我有时间，我可以等她。"

"你还是走吧！"

"我可以等……"

"她不会见你的。"律师不耐烦了，"你还有什么事儿，都可以跟我说。"

"你能替她做主吗？"

"有的能，有的不能，你到底什么事儿？"

"她给了我一个差评，你能帮我把差评销了吗？"

"差评对你有那么重要吗？"律师反问。

"很重要。差评影响我抢单，我们挣钱很不容易。"

"明白了。我会转告她的。"

"你不能替她删了吗？"

"不能。"律师说，"删不删差评，决定权在她。我只能替你转告。"

"你觉得，你能说服她吗？"

"我不确定。"律师坦白地说，"不过，我会尽力帮你求情。"

"你知道吗？"杜川指指手提袋，"这件衬衫，花了我一个多月的工资。"

"我知道你们不容易。可是，这和删不删差评有什么关系？"

杜川被问住了。在衬衫和差评之间，他能找到一种人情上的逻辑关系。但律师找不到。律师能找到的，都是法律上的逻辑关系。

"一码归一码。"律师冷静地说，"你损毁了她的衬衫，理应赔偿，这是你应尽的义务。"

"可是……"

"她是个消费者，消费后给不给服务者评价，给出什么样的评价，决定权在她。那是她应有的权利。"

权利，义务……杜川被这些法律术语绕晕了，不知道该说什么。

"你走吧！"律师下了逐客令，"以后也不要再来了，不要再骚扰我的委托人，不然我们会报警。"

杜川不想离开，还想争取。但他知道，那两个保安就在他身后，正虎视眈眈。他们打过交道，他知道那两个保安的拳头有多硬，下手有多狠。另外，他答应过警察，无论发生了什么，都不会再冲动。他应该说到做到。

杜川冷静下来，怏怏地离开了。

保时捷开得飞快，再一次将电动车甩开。

杜川停了下来，叹了口气。还有机会，他安慰自己。渣男不会突然从良，他还有机会。只要他坚持不懈，渣男迟早现形。他掉转车头，回到了那一片商业区。

乔乔坐在甜品店里，坐在靠窗的位置，安静地看着窗外来来往往的人群。杜川站在不远处，着迷地看着她，仿佛在看一道迷人的风景。

乔乔喜欢甜品，几乎每天都要光顾这间甜品店。如果他多挣点儿钱，如果他能盘下这间甜品店，他们的距离就会缩短，也许每天都能见面……杜川又开始做梦了。

手机响了，铃声很尖锐，将杜川从梦中叫醒。

"杜川吗？"电话里是一个男人的声音。

"我是。你是谁？"

"我是公司的法务，有件事情想跟你核实一下。"

"什么事儿？"

"昨天下午一点钟左右，匹诺羊的工作室有一份订单，是你送的？"

"是我，怎么了？"杜川感到紧张。

"我代表公司正式通知你，从现在起，本公司正式解除与你的劳动关系，你有权申诉，但本公司不予受理。"

"为什么？"

"你的行为突破了道德底线，严重违反了本公司的员工行为守则，给本公司的声誉造成了极其负面的影响。为整肃员工纪律，消除负面影响，本公司决定给予你封号处理……"

"封号？"杜川眼前一黑。

"本决定即刻生效。从现在起，你不再是本公司旗下的外卖骑手，你的一切行为都与本公司无关……"

"为什么？"

"你不能再接单，也不能以本公司外卖骑手的身份从事任何社会活动。如有违反，一切后果将由你本人承担，本公司不承担任何责任，同时保留追究你法律责任的权利。"

"你说完了吗？"

"说完了。"

"就因为一个差评？"

"不是。"

"匹诺羊投诉我了？"

"也不是。"

"那到底是为什么？"

"你自己干过什么，你不清楚？"

"我不清楚。"

"你自己上网看看吧！"

啪！电话挂了。

杜川打开手机上网。很快，他就知道为什么了。

匹诺羊上了热搜，标题很耸动：外卖小哥撒野，匹诺羊惨遭袭胸！

有图有真相。那是一张监控视频截图：匹诺羊怒目圆睁，她的衬衫领口被撕开。对面是外卖小哥，一只手搭在匹诺羊的胸口……

血涌了上来，杜川感到愤怒。

10

电话响了很久，终于有人接了。

"匹诺羊吗？"杜川问。

"你谁呀？"一个傲慢的声音。

"我叫杜川，送外卖的……"

"你还敢给我打电话？"

"衬衫我已经赔给你了，咱们的事儿也已经解决了，你为什么要害我？"

"你说什么，我听不懂！"

"你为什么要把那张图片发到网上去？"

"不是我发的。"

"不是你，又是谁？"

"我还想知道是谁呢？王八蛋，存心黑我！"

"既然不是你，那你能不能帮我个忙，给我们公司打个电话？"

"打电话干什么？"

"我被封号了。那是我的饭碗，你能不能替我解释一下……"

"不能！"匹诺羊冷酷地说，"我没这个义务！"

啪！电话挂了，一阵忙音。

杜川再打。电话通了，一遍又一遍，始终无人接听。他知道，他被拉黑了。

血又涌了上来。杜川隐约感觉到，一个魔鬼悄无声息地进入了他的身体。

11

这是杜川有生以来见过的最大的一场雨，仿佛天都塌了。他骑着电动车，在夜雨中狂奔，苦苦寻找那辆跟丢了的白色宝马。终于，他停了下来。

那是一家会所，黑漆漆的，无声无息，像一座鬼楼。白色宝马就停在院子里。现在，杜川和他的目标只隔着一道铁门。没有保安。也许他可以翻过铁门，从地上拾起一块砖头，砸碎宝马的车窗，然后转身离开，头也不回。匹诺羊砸碎了他的饭碗，她必须付出代价。但是……他忽然犹豫了。

尖锐的警笛声，警察的训斥声，母亲的哭声……幻听又出现了，仿佛在提醒杜川，你不能再做错什么了。

杜川冷静下来，决定离开这个地方，回去洗个澡，好好睡一觉，然后用更成熟的方式来解决这件事情。也许他应该找匹诺羊好好谈谈，也许匹诺羊愿意与他谈谈，也许匹诺羊还有一点儿同情心，也许匹诺羊愿意为他澄清一切，也许……

这时，杜川忽然看见了那个男人。

天太黑，杜川看不清那个男人的样子，只看见一个披着雨衣的背影。那个背影怀抱着一个女人，从会所里走出来，朝停车场里的宝马走去。

匹诺羊！她满脸是血，一动不动，任由雨衣人摆布。雨衣人把匹诺羊塞进宝马，然后把车开走了。会所里重新安静下来。杜川愣了一会儿，骑上电动车离开了。

会所里发生了什么？杜川很好奇，却不知道他应该去问谁。

也许匹诺羊只是不小心摔了一跤，也许她只是受了一点儿轻伤，也许雨衣人送她去了医院，也许她很快就会好起来，也许用不了多久，她就会出现在直播间，继续当她的网红……尽管杜川讨厌甚至是仇视匹诺羊，但他仍然不希望匹诺羊有事。这是一种本能，善意的本能。

一个礼拜之后，杜川知道了答案。他知道，那不是意外。他有一种冲动，他想告诉所有人，那不是意外。可是……

"这与我无关！"一个声音在脑海中响起，这是他自己的声音。

"别再管闲事！"这是母亲的哭声，来自遥远的故乡。

六年前，杜川做对了一件事，却受到了惩罚。那件事情本与他无关，结果却深刻地改变了他的人生。首先，他的父母赔了一笔钱。然后，他用刀子捅伤了一个人。然后，他蹲了三年监狱。出狱后，他告别父母，来到了银海。现在，他成了一个外卖小哥，日复一日疲于奔命。

"不是你撞的，你为什么要扶呢？"

为什么呢？六年来，杜川不停地问自己。他找不到答案，只好换了个问题：如果重来一次，我会做什么？问题似乎变得简单了，答案就是……

别再管闲事！

当他在电视上看到关于匹诺羊的寻人启事时，他选择了沉默。当他从网上得知匹诺羊死于意外时，他仍然选择了沉默。但是，当他有一天意外地遇到叶舟时，他动摇了。

那是个黄昏，杜川从天沐艺术团门口路过，叶舟出现了。他并不确定叶舟是谁，直到他看见那辆熟悉的宝马。他曾经上网搜索过有关匹诺羊的资料，知道匹诺羊还有个妹妹。他停了下来，安静地观望。叶舟停好车，朝远处走去。看着叶舟孤单的背影，他忽然感到心疼。他说不清为什么心疼，但他能清楚地听到心里有一个声音在呼喊……

"你应该为她做点儿什么！"

杜川曾经尾随过叶舟。他看见叶舟去了公园，去了餐厅，去了超市……他一直想鼓起勇气对叶舟说点儿什么，但每一次都会在接近叶舟时失去勇气。直到那一天深夜，他又一次被噩梦惊醒。

杜川决定摆脱这个噩梦，于是他打了那个电话。

"你姐姐的死，不是意外！"

杜川觉得，这是他唯一能做的。他做了他认为自己应该做的事情，至于接下来会发生什么，他无法预料。

12

凌晨三点，杜川再一次从噩梦中醒来，满头大汗。他再也睡不着了，透过窗户看着黑漆漆的天空。

噩梦总是一样的，挥之不去。无边无际的大雨，悄无声息的会所，白色的宝马，满脸是血的匹诺羊，披着雨衣的男人……一幅幅画面从眼前掠过，那种恶心的感觉像一阵阵浓烟，涌起又消散。

杜川打开手机。视频在手机上播放，叶舟看上去很憔悴。

"如果大家能帮忙转发，也许他能看到这场直播。如果他看到了，我希望他能联系我，告诉我真相。真相对我很重要，对我姐姐也很重要。从小到大，姐姐一直在照顾我。现在她死了，我必须为她做点儿什么。我知道，做任何事情都会付出代价。我想告诉那个人，如果他愿意站出来，如果他愿意说出真相，我愿意付出代价……"

杜川关掉手机，沉默了许久。他知道叶舟是在对他说话，却不知道他应该如何回应。

第三章

1

会所里黑漆漆的，无声无息，像一座鬼楼。

走廊狭长，阴森森的，似乎没有尽头。杜川穿过走廊，慢慢地向前走着。他能听到的，只有自己轻微的脚步声、呼呼的喘息声和怦怦的心跳声。忽然，他停下脚步，屏住呼吸，一动不动。他似乎感觉到了什么，后背一阵凉意……

背后有个男人，披着雨衣，看不见他的脸，但能感觉到他的呼吸，能感觉到浓浓的杀气。

"猜猜我是谁？"

杜川疯了似的向前狂奔，穿过走廊，闯进了一间屋子。

屋子里亮着灯，很安静。叶诺躺在地上，闭着眼睛，太阳穴上有一个洞，鲜血从洞里流出，流到地板上。

忽然，叶诺睁开眼睛，坐了起来。她满脸是血，像个僵尸，直勾勾地盯着杜川。

"你应该做点儿什么！"

杜川逃出了会所，跑进了雨里。

雨太大了，仿佛天都塌了。杜川拼命跑，跌跌撞撞，怎么也跑不出这无边无际的雨幕。忽然，他停了下来。

叶舟迎面走来，越走越近，直到近在咫尺。她浑身湿透，眼中含着泪水，哀怨地看着杜川的眼睛。

"告诉我，是谁害死了我姐姐？"

一道闪电划过天际，然后是一声霹雳……

噩梦结束了。杜川坐了起来，大汗淋漓。忽然，他感到额头一阵瘙痒。

啪！

他拍死的不是蚊子，而是一只蟑螂。他感到恶心。不过，他已经习惯了。两年来，他已经习惯了与蟑螂做伴。

窗外的天空微微亮了。杜川决定去洗洗手，再洗洗额头，顺便洗刷一下他的晦气。

2

天亮了。叶舟走出楼门，朝停车场走去。这时，她的手机响了。

"叶舟吗？"一个陌生的声音。

"我是。"叶舟说，"您是哪位？"

"我姓贾。我在网上看到了你的直播，很感动。现在这个年头，难得你对姐姐的感情这么深。"

"谢谢，您有什么事儿吗？"

"我是个私人侦探。我擅长的领域是寻人，讨债，婚姻调查，处理各种纠纷，如果你有需要……"

"不需要，谢谢。"

"你先别挂。咱们可以加个微信，保持联系。我人脉很广的，黑道白道都认识人，如果你有用得着我的地方……"

"不用了，再见。"

啪！叶舟挂了电话。

又一个号码被拖进了黑名单。手机里的黑名单已是长长一串，刷两次屏才能到底。

这是个女人，她在网上经营一家自媒体，时常爆出猛料，阅读量时常突破十万，她对匹诺羊的事情很感兴趣，如果叶舟的悬赏直播收到回应，她希望叶舟第一时间联系她。这是个男人，他拥有一家广告公司，客户资源很丰富，他看中了叶舟的流量，愿意提供一份合同，请叶舟为某种妇女用品代言。这是个女人，三个孩子的母亲，她的丈夫出轨了，她希望叶舟在直播时谈论一下这件事情，把那个不要脸的男人和女人的名声彻底搞臭。这是个男人，他是个健身教练，兼修武术，他认为叶舟也许会有危险，他愿意贴身保护叶舟，他自称单身，可以考虑既当保镖，也当男朋友。这是个女孩，她是个中学生，她不想上学了，她想和叶舟一起去调查凶手，她喜欢看悬疑小说，她认为当一名侦探很酷……

叶舟忽然理解了姐姐为什么看上去总是那么疲倦，为什么总是抱怨林子太大什么鸟都有，为什么羡慕她简单、干净、活着不累，为什么无论如何也不让她进入那个圈子。

悬赏直播上了热搜，转发无数。这是叶舟愿意看到的，但她没料到自己也会成为网红。生活的节奏被打乱了，时间被分割成无数个碎片。她每天不停地接听电话，疲于应付。每次手机铃声响起，她都满怀希望，但每次都会以失望告终。这让她感到头疼。她想要换个手机号码，结束这一切。但她并没有这样做，因为她仍然心怀希望。

"那个人"也许还有顾虑，仍在犹豫。也许过不了多久，他就会下定决心。当他下定决心，他一定会出现在她面前，把真相告诉她。

叶舟满怀希望，期待与"那个人"见面。

3

厕所在公寓走廊的尽头。杜川穿过走廊，遇到了公寓管理员。管理员最近总是便秘，经常能听到他在厕所里嚎叫。

"杜川，我正要找你呢。"管理员说。

"什么事儿？"杜川问。

"房租啊，还能有什么事儿！"

"您再容我几天……"

"几天？"管理员斜着眼睛问杜川。

"一个月。"

"你怎么不说一年呢？"管理员嘲讽地说。

杜川张了张嘴，不知道该说什么。

"一个月也不是不行。"管理员忽然露出微笑，"但我有个条件……"

"什么条件？"

"我外甥女的事儿，你考虑得怎么样了？"

"您外甥女……"杜川摇了摇头，"不行！"

"人家是大学毕业，长得不错，工作稳定，挣得也比你多，本地户口，有房有车，我就问你，她哪儿配不上你了？"

"我告诉过您的，我有女朋友。"

"你有女朋友吗？"管理员不相信，"我怎么没见过？"

"您没见过，不代表我没有。"杜川说的是乔乔。尽管乔乔已经不属于他了，但他内心深处仍然把她当成自己的女朋友，从来没有想过要背叛她。

"你女朋友哪一点比我外甥女强？"管理员追问。

"感情的事儿，不是比强弱的。"杜川回答。

"比什么？"

"比……"杜川想了想，"缘分。"

"我是你的房东，她是我的外甥女，她看上你了，这不是缘分？"管理员说。其实，他并不是房东，只是房东的代理人，但他一直都认为自己是房东。

"蔡叔，这种事情，不能勉强的。"杜川说。

"我都答应她了……"

"您答应她了，"杜川不耐烦了，"和我有什么关系？"

"你说什么？"管理员同样不耐烦，微笑消失了。

"我的意思是，"杜川决定把话说清楚，"这种事情，我父母都不能替我做主。"

"你父母能给你房子住吗，你父母能给你交房租吗？"

"什么意思？"杜川不明白。

"意思就是，你和她一起吃个饭，就当是相亲……"

"我有女朋友，怎么能去相亲呢？"

"你去不去？"管理员瞪着眼睛，表情变得凶狠起来。

"不去。"

"我再给你一次机会……"

"不去！"

"很好，很有个性。"微笑又回到了管理员脸上，"你是个傻子吗？"

"蔡叔！"杜川控制了一下自己，不让自己冲动，"您是房东，但您也不能随便骂人！"

"我已经骂了，怎么办？"管理员蛮横地说。

"您应该道歉！"杜川说。

"好。我向你道歉。"管理员夸张地冲杜川鞠了一躬，"对不起！"

"没关系。"

"再给你三天！"

"三天？"杜川吃了一惊。

"就三天！"管理员口气强硬，"三天之内再不交房租，收拾东西滚蛋！"

管理员甩甩手走开了。他刚刚洗完手，甩出的水花溅到了杜川的脸上。

4

办公室很宽敞，装修豪华。墙上挂着一块横匾：天下为公。落款处写着这间办公室主人的名字：沈尘。

沈尘是个地产大亨，一个真正的大人物，他时常出现在电视上。他是天沐艺术团的赞助商，对叶舟有知遇之恩。

此刻，沈尘面目慈祥，关切地看着叶舟。叶舟低头坐着，看上去很疲倦。

"你脸色不好，怎么回事？"沈尘问她。

"没事儿。"叶舟回答，"最近总有人打电话骚扰，休息不好。"

"你应该关掉手机，好好休息几天。"

"嗯。"叶舟点点头，并没有打算关掉手机。

"那个人联系你了吗？"

"没有。"叶舟摇了摇头，"他可能还有顾虑。"

"什么顾虑？"沈尘关心地问。

"也许……他担心被人报复。"

"什么人会报复他？"

"如果我姐姐的死不是意外，背后一定会有凶手。"

"凶手？"沈尘停顿一下，继续说，"你想没想过，你这样抛头露面，也可能会有危险。"

"什么危险？"

"你在明处，凶手在暗处……你明白我的意思吗？"

"我明白。"叶舟说，"但我不怕。"

"年轻人有勇气是好事。"沈尘说，"不过，也要注意安全，要小心。"

"我会小心的。"叶舟说。

"接下来呢……"沈尘跳过了这个话题，"你有什么打算？"

"我想，如果那个人不来找我，我就去找他。"

"怎么找？"

"我还没想好。"

"人海茫茫，如果一个人想躲开你，这很容易做到。如果你想找到他，这太难了。"

"就算是大海捞针，我也想试试。"

"你很执着，这也是我欣赏你的原因之一。"沈尘欣赏地看着她，"执着是好的，但不能偏执，偏执就不好了。"

"我知道。"

"需要我做什么，随时给我打电话。人力物力，我竭尽所能。处理这种事情，我也没有经验可谈。不过，我阅历比你丰富，出出主意还是可以的。"

"谢谢沈总。"

"说了多少遍，不要叫我沈总。"

"好的，沈叔叔。"

"我也是个父亲。我第一次看见你的时候，就觉得你和我女儿很像。"

大班台上有个相框，照片中，一个三岁女孩歪戴着帽子，好奇地瞪着眼睛。

叶舟也有这样一张照片，姿势和表情都差不多。那是她的童年。

"她叫沈宁。她已经长大了，和你差不多大，个头也差不多。可是，我永远记得她出生的那一天，当时她就这么点儿大。"沈尘双手比画一下，叹了口气，"时间都去哪儿了？"

叶舟点点头，不知道该说什么。

"找个时间，让你和她见个面，认识一下。我相信，你们会成为朋友的。"

"好的。"

沈尘的脸上有一种光泽，很难形容，也许可以称之为"慈悲"。一个长者的慈悲，一个父亲的慈悲。他一直很关心叶舟，发自内心地关怀。叶舟觉得，除了姐姐之外，对她最好的人，就是沈尘。

一年前，叶舟报考天沐艺术团，第一轮就被淘汰了。离开考场的时候，她流了眼泪。她知道，她之所以被淘汰，并不是因为她没有才华，仅仅是因为她没有给主考官送礼。这让她感到委屈。沈尘正好路过，给她递了张纸巾，问她怎么回事。当沈尘知道发生了什么的时候，他感到愤怒。一怒之下，他辞退了考官，亲自把叶舟找了回来。事实证明，他的决定是正确的。叶舟并没有让他失望。现在，叶舟是天沐艺术团的台柱子，她的才华有目共睹。一年来，他们一直相处得很好。

叶舟暗暗发誓，一定要好好表现，不辜负沈尘的知遇之恩。不过，她必须先找到"那个人"，不然，她做任何事情都无法安心。

5

这是一家快递站。到处都是包裹，有人在搬东西，有人在归置，有人在打电话……乱哄哄的，一团乱麻。

罗站长是个中年男人，肤色黝黑。他盯着电脑，头也不抬，仿佛在跟自己说话。

"你是来找工作的？"罗站长问杜川。

"对。"杜川回答，"我看到广告上说你们这儿招人。"

"你是本地人？"

"不是。"

"老家是哪儿的？"

"云朗。"

一阵沉默。罗站长拧着眉毛，似乎在思考。

杜川很忐忑，觉得自己没希望了。

忽然，罗站长结束了思考，动了动鼠标，然后抬头看着杜川。

"没事儿，外地人也没事儿。本地人一般吃不了这个苦。"

杜川松了口气，觉得自己有希望了。

"上过大学吗？"

"没有。"

又一阵沉默。罗站长继续思考。

杜川继续忐忑，又觉得自己没希望了。

忽然，罗站长又动了动鼠标，再次抬头看着杜川。

"没事儿，没上过大学也没事儿。大学生一般也吃不了这个苦。"

杜川又松了口气，希望又回来了。

"送快递很辛苦的……"

"我不怕吃苦。"

"挣得也不多……"

"能养活自己就行。"

"会骑三轮车吗？"罗站长指指门口，门口停着几辆电动三轮车。

"应该会。"

"应该是什么意思？"

"会，会骑。"杜川肯定地回答。和他的电动车相比，三轮车不过是多了一个轮子，没什么大不了。

"以前送过快递？"

"快递没送过，送过外卖。"

"送过外卖？"

"对。"

"那就好。送快递和送外卖，都是替别人跑腿的，一个意思。"

"对，一个意思。"杜川迎合地说。

"为什么不干了？"

"因为……"杜川不知道应该如何解释，但他知道，不能说出那件事情，否则又没希望了。

"因为送外卖挣得太少，对吗？"罗站长以为自己很聪明。

"对。"杜川点点头，顺水推舟。

"送快递挣得也不多，不过，总比送外卖强点儿。"

"是。"

"会下棋吗？"

"啊？"这个问题太突兀，杜川感觉有点儿蒙。

罗站长指指电脑，屏幕上一盘残棋。

"成天跟电脑较劲没意思，想找个活人练练。下棋你会吗？"

"会一点儿。"

"那行，就你了。"罗站长似乎很满意，"什么时候可以开工？"

"随时。"

"身份证带了吗？"

"带了。"

"那行，我这就找人给你办手续。"罗站长朝门口喊了一声，"石头！"

石头走了进来。他看上去很强壮，肤色比罗站长更黑。

"这是杜川，新来的。"罗站长对石头说，"你给他办个手续，然后带带他，教教他怎么干活。"

石头看着杜川，露出随和的微笑……忽然，他的笑容僵住了。

"看你面熟啊，咱们以前见过吗？"石头问杜川。

"好像没有。"杜川说。送外卖时他见过无数人，但他确信，他从来没见过这块"石头"。

"没有吗？"石头困惑地眨了眨眼睛，在记忆里搜索……很快，困惑消失了。

石头抓起键盘，快速敲击，就像在弹钢琴，然后转动电脑屏幕，朝向杜川。

屏幕上，标题很耸动：外卖小哥撒野，匹诺羊惨遭袭胸！有图有真相。监控视频截图中，匹诺羊怒目圆睁，衬衫领口被撕开。对面是外卖小哥，一只手搭在匹诺羊的胸口……

"这个人，是你吗？"石头直视杜川。

杜川没有回答。他知道，希望又溜走了。

6

柜台里是个中年女人。她穿着制服，语气很有礼貌，但表情很冷漠。

"请问您办什么业务？"女人问叶舟。

"我知道一个电话号码，"叶舟说，"我想查一下这部电话的地址。"

"什么意思？"女人眨着眼睛，没听明白。

"我想知道这部电话在哪儿？"

"您的意思是，您想知道这部电话的定位？"

"对，就是这个意思。"

"您可以和机主联系一下，让对方打开定位，和你共享一下位置，这样您就能知道对方在哪儿了。"

"不是。那不是手机，是座机。"

"座机？"

"对，座机。号码是……"

"对不起！"女人打断叶舟，"这个我们查不了。"

"为什么，你们不是电信公司吗？"

"我们是电信公司，但我们没有这项业务。"

"所有座机不是都有登记地址吗，你查一下就知道……"

"电话的登记地址属于个人隐私，我们不能告诉您……"

"那不是个人电话，是公用电话……"

"那也查不了。"女人不耐烦了。

"为什么？"

"您是警察吗？"

"不是。"

"记者？"

"不是。"

"律师？"

"也不是。"

"您是干什么的？"

"我……我是个演员。"

"演员？"女人打量着叶舟，似乎对她有了一点儿兴趣，"演电影，还是演电视剧的？"

"都不是。我是个音乐剧演员。"

"对不起。"女人恢复了冷漠，"我们没有义务配合您。下一位……"

"你帮帮忙，查一下很简单的。麻烦你了，行吗？"

"我告诉您了，我们没有这项业务。下一位！"

身后还有人在排队，有个老太太在低声抱怨。叶舟不想让人感觉她讨厌，快快地离开了。

出门的时候，叶舟和一个男人擦肩而过。那个男人停了下来，然后叫出了她的名字。

"叶舟？"

这是个年轻人。他穿着衬衫，扎着领带，戴着眼镜，看上去很斯文，很有修养。

"您是……"叶舟感到茫然。

"我叫周震。"年轻人露出亲切的微笑，"你不认识我了吗？"

"咱们见过吗？"

"见过。"周震提醒叶舟，"在沙州，我去过你家。你家在石板街上，附近有一座吊桥，我说得对吗？"

沙州……石板街……吊桥……一个遥远的地方，叶舟几乎想不起来了。

"我是你姐姐的高中同学。"周震继续提醒叶舟，"有一次上体育课，你姐姐晕倒了，是我把她送回家的，当时你在家。你还有印象吗？"

"是吗？"叶舟仍然想不起来。

"那时候你才十来岁，你可能没印象了。"

"不好意思，我记性不好。"

"没关系。"周震说，"前一阵子，我一直在外地出差。你姐姐的事情，我也是刚听说的。你要节哀，不要太难过。"

"谢谢！"

"咱们加个微信吧，以后常联系。"周震说。

叶舟掏出手机，他们加了微信。

"咱们是老乡。"周震说，"你也可以把我当成是你的哥哥。你姐姐走了，但你还有个哥哥，以后遇到什么困难，随时可以找我。"

"谢谢！"叶舟很感动。

"不客气。"周震停顿一下，"对了，你来这儿办什么业务？"

"我想查一部电话的地址。"

"查到了吗？"

"没有。他们说，他们没这项业务。"

"跟我来吧。我在这儿有认识的人，也许能帮上忙。"

一个可靠的人。这是叶舟对周震的第一感觉。她也说不清为什么，也许是因为周震和姐姐的关系，也许是因为周震的笑容很亲切，声音很温暖。

7

杜川在街上游荡，抓着他的手机，灰溜溜地。

现在，杜川不再是一个外卖小哥，而是一个流浪汉，一个无业游民。他想要重新找一份工作，他一直在找，一直失败。他觉得自己倒霉极了。

杜川真的累了，拖着他的影子慢慢地向前走着，走进了城乡接合部。他看着自己的影子，觉得自己像是个稻草人，干瘪，空洞，没有灵魂。

太阳高悬在天空，知了在树上哀号。起风了。一个塑料袋被风吹起，在空中飞舞，落在一辆马车上。马车上都是西瓜，卖瓜的农民在大声吆喝。不远处有个便利店，便利店里有人在看电视，剧情里发生了枪战，枪声砰砰响起。一个女人在楼上晾衣服，不停地咒骂她的丈夫。楼下有一部公用电话，一个真正的流浪汉对着听筒大喊大叫。

"为了胜利，向我开炮！"

所有的声音都很遥远，仿佛来自另一个世界。杜川感到一阵头疼，脑袋里仿佛有一根针。另外，他感到胸闷，感到眼花，感到恶心……他觉得，他可能中暑了。

杜川决定回去睡一觉，睡醒以后应该会好起来的。他还年轻，抵抗力强，用不着花钱打针吃药。他加快步伐，朝出租屋走去。忽然，他停了下来。

叶舟从便利店里走出来，拦下一个路人，指指不远处的公用电话，似乎在打听什么。杜川听不清他们说什么，但他知道，叶舟是在找他。他下意识地想要逃避，但他忽然意识到，叶舟并不认识他，逃避并没有任何意义。他继续向前走，忽然又停了下来。

"如果他愿意站出来，如果他愿意说出真相，我愿意付出代价……"

叶舟想知道真相，杜川不能告诉她答案。他不知道凶手是谁，不知道凶手为什么杀人，他什么都不知道。无边无际的大雨、鬼楼一样的会所、神神秘秘的雨衣人……他知道的，就这么多。如果把这些告诉叶舟，也许能帮助叶舟接近真相，也许叶舟愿意为此付出代价。代价会是什么呢？十万？即使没有十万，一万也是好的，毕竟他目前的处境实在太糟糕。房租是个现实问题，在他找到新的工作之前，生存是个更大的问题。

杜川做出了决定，追了上去。叶舟走得很慢，她似乎不舒服，越走越慢。忽然，叶舟停了下来，擦擦额头上的汗。

杜川也停了下来，距离叶舟一步之遥。

如果把他知道的告诉叶舟，也许能获得回报，解决他的燃眉之急。可是，这样做也许会给他带来麻烦，无法预料的麻烦。警察一定会问他，那么晚了，下着那么大的雨，你为什么会出现在那家会所外面呢？他应该怎么解释？告诉他们，他之所以出现在那里，是因为他有一个疯狂的想法……

六年前，他没有撞人，结果却成了他撞的。现在，他没有杀人，结果会不会又是一场灾难？

"别再管闲事！"那个声音又出现了。

杜川决定放弃这次行动，转身离开。这时，他忽然听到一声怒吼……

"为了胜利，向我开炮！"

流浪汉冲了过来，像个英勇的战士，大喊大叫。杜川躲闪了一下，仍然被撞到了肩膀。

流浪汉跑远了，从叶舟身边跑过，喊叫声渐渐远去。杜川的手机飞了出去，掉在地上，落在叶舟的脚下。叶舟听到动静，转过身来，面对杜川。

仿佛命中注定，他们相遇了，近在咫尺。

时间仿佛凝固了，一切都仿佛不存在了。能感觉到的只有头顶的烈日、耳边的微风和空气中的尘埃。杜川看着叶舟，叶舟也看着杜川。叶舟的眼神很茫然，脸色白得像纸。杜川感到紧张，一动不动，不知道接下来会发生什么。不远处，便利店里的电视声忽然被放大，砰砰的枪声猛烈地撞击着他的脑袋。

叶舟动了，慢慢地蹲下来，想要帮杜川拾起手机。忽然，她摇晃一下，然后软软地倒在地上，闭上了眼睛。

叶舟晕倒了。

杜川呆住了。

本能告诉他，有人在他面前晕倒了，他不能袖手旁观，不能无动于衷。可是……

"不是你撞的，你为什么要扶呢？"

本能又告诉他，他应该拍拍屁股走人，就当什么都没发生，什么都没看见。可是……

"你应该做点儿什么！"

8

叶舟醒了，很快恢复了神采。大夫说，她只是中暑了，并无大碍。

"谢谢你。"叶舟对杜川说。

"别客气。"杜川低着头，不敢直视叶舟的眼睛。叶舟的眼睛很干净，眼神很单纯。

在叶舟的眼中，杜川是个沉默而腼腆的大男孩。她觉得，这个男孩看上去很朴素，不像是坏人。

"加个微信吧，我把医药费转给你。"叶舟说。

杜川掏出手机，他们加了微信。这是一种仪式，从这一刻开始，杜川和叶舟正式认识了。

"为什么多给了我五百块？"杜川问叶舟。

"你救了我。"叶舟说,"耽误了你的时间,我不知道怎么感谢你。"

"不,我不能要。"

杜川把多出来的五百块退还给了叶舟。叶舟没有坚持。既然认识了,将来总会有机会感谢他……另外,她更加确定,杜川不是一个坏人。

"再见!"叶舟迈下台阶,朝医院门口走去。

"你要去哪儿?"杜川追了上来。

"我还有事儿。"

"去找那个给你打电话的人?"

"你怎么知道?"

"我看过你的直播。"

叶舟几乎忘了,她已经是个网红。她上过热搜,许多人认识她,许多人都知道她和她姐姐的事情。

"你知道他在哪儿吗?"杜川问。

"不知道。"叶舟摇了摇头。

"你这样盲目地找他,能有结果吗?"

"我不知道。但是,如果我不找的话,一定不会有结果。"

这是一场奇怪的对话。杜川知道叶舟是谁,他知道叶舟想干什么,同时,他对叶舟怀有一种莫名的歉意。而叶舟对杜川一无所知,她不知道杜川想干什么,她以为杜川只是一个路人,一个朴素、腼腆又善良的大男孩。

"如果你能找到他,你打算给他什么?"杜川追问。

"那要看他想要什么。"叶舟说。

"如果他想要钱?"

"那就给他钱!"

"如果他想要一百万?"

"那就给他一百万!"

杜川沉默了,因为震惊。然后,他重新打破了沉默。

"如果他什么都不知道呢?"

"如果他什么都不知道，为什么要给我打电话？"

杜川被问住了。

为什么要给她打电话呢？杜川问自己。在这个简单又干净的姑娘面前，他忽然觉得自己很龌龊。他以为自己是在帮忙，但他只是扔出了一只靴子，另一只靴子仍然牢牢抓在他的手上。为了找到另一只靴子，叶舟头顶烈日，忍受痛苦。叶舟刚刚因为中暑而晕倒，现在她醒了，还要带着痛苦继续奔波。他感到自责，觉得自己很残忍。他忽然有一种冲动，想要告诉叶舟一切。但是，他抑制住了这种冲动。如果他这样做了，后果会是什么，他无法预料。

9

夕阳西下，天快黑了。

叶舟回到了城乡接合部。她继续游走，继续打听，继续失望。但她并不绝望。她觉得，如果她一直找下去，迟早会有人向她点头，而不是摇头。她知道这样做很笨拙，但她想不出更聪明的办法。她确实是一个执拗的姑娘，从小到大，一直都是。现在，她想知道真相，而真相距离她并不遥远。如果以那部公用电话为圆心，方圆五百米找不到"那个人"，那就扩大搜索半径，继续找下去。无论如何，她必须找到"那个人"，不然她永远无法让自己获得安宁。

忽然，那种被人监视的感觉又出现了，背后似乎有一双眼睛。叶舟停下脚步，转过身来，然后吃了一惊。

"杜川？"叶舟生气地问，"你为什么要跟着我？"

"我没跟着你，我就住这儿。"杜川淡淡地回答。

"你住这儿？"

"对，就那栋楼。"杜川伸手一指，不远处有一幢破败的公寓。

"对不起。"叶舟抱歉地说。当她晕倒的时候，杜川把她送进了医院。在医院里，杜川照顾过她，还替她垫付了医药费。所以，杜川是个好人，她不应该怀疑杜川图谋不轨，更不应该质问杜川，不应该如此生硬地对待杜川……她为此感到抱歉。

"没关系。"

手机忽然响了，叶舟接了起来。

"叶舟吗？"手机里传来一个男人的声音。

"是我。"叶舟不抱希望，认为这又是一个无聊的人，也许是打算向她推销什么。

"那天夜里，是我给你打的电话。"

叶舟呆住了。

"你想知道真相吗？"那个声音继续说。

"当然。"

"电话里说不清楚，我们见面谈吧。"

"什么时候？"

"现在。"

"现在……你在哪儿？"

"南边有个七间房，你知道吗？"

"我知道。"

"七间房有个加油站，你现在过来。"

"好。"

"带上钱。"

"什么钱？"

"我把真相告诉你，要冒很大的风险。作为回报，你给我点儿钱，不过分吧？"

"你想要多少钱？"

"十万。"

"十万？"叶舟吃了一惊。

"你有吗？"

"我有……"

"趁银行还没下班，抓紧去取钱吧。"

"为什么要取钱呢？我可以给你转账……"

"我要现金。"

"为什么？"

"因为我不想留下账号，不想让别人知道我是谁，明白吗？"

"明白。"

"还有问题吗？"

"没有。"

"那就别废话了，抓紧去取钱，抓紧过来。"

"好的。"

"你一个人来，不要告诉别人。我不想给自己惹麻烦。"

"好的。"

"快到时给我打电话。"

"好的。"

"见了面，我会告诉你真相。"

啪！电话挂了，一阵忙音。叶舟仍然在发呆，大脑里一片空白。

"你要去见他吗？"杜川问叶舟。

"当然。"叶舟回答。

"你要给他钱？"

"当然。"

"你就不怕他是个骗子？"

"如果我不去见他，我怎么知道他是不是骗子呢？"

杜川没问题了。他当然知道那是个骗子，不过他什么都没说。

叶舟匆匆忙忙地走了，杜川沉默地看着她的背影。

在下定决心之前，杜川决定静观其变。

七间房在城市的另一个边缘。那里有一大片等待拆迁的平房，残垣断壁，如同废墟。

加油站早已经废弃，没有人看管。到处都是垃圾，到处都看不到人影。除了某处传来的狗叫声，听不到别的声音。

这是一个猥琐的男人。只能用猥琐来形容他。小眼睛眯成一道缝，头发乱糟糟的像个鸡窝，胡子拉碴，穿着一件皱皱巴巴满是油渍的 T 恤，指甲缝里黑乎乎的。

叶舟本能地感到恐惧。她从来没有单独和一个陌生男人待在一起，尤其是在这样一个偏僻的地方。如果这是个坏人，她甚至无法保护自己。

也许他不是坏人，他只是看起来不像好人……叶舟安慰自己。也许他知道真相，他想的是钱，看在钱的分上，也许他愿意说出真相。现在，她要做的就是问出真相，然后把钱交给对方。她确实很单纯，但她并不傻。她还没有傻到在确认对方的身份之前，就把一大笔钱背在身上，到这样一个陌生的地方和一个陌生的男人见面。现在，她的挎包里有一万元现金，如果这个猥琐男真的是"那个人"，她会交出这一万元作为订金，等她问出真相之后，再把尾款付给对方。她是个信守承诺的姑娘，不会食言。最重要的是，猥琐男确实是"那个人"，他确实知道真相，也愿意说出真相。

"是你给我打的电话？"叶舟问。

"是我。"猥琐男回答。

"你怎么证明？"

"证明什么？"

"你给我打电话那天是几号，礼拜几？"

"就在你直播的前几天，具体日子我记不清了。我记性不好。"

"你是在哪儿给我打的电话？"

"在我家附近。"

"你家在哪儿？"

"你问这么多干什么？"

"这很重要。"

"我住哪儿是我的隐私，我不能告诉你。"

"你的手机号是 186 开头的吗？"

"没错。"

"你是用你的手机给我打的电话？"

"没错。"

"骗子！"

叶舟转身走开。猥琐男追了上来，目标是叶舟的挎包。这是一个傻姑娘，很容易应付。既然叶舟跑了这么远的路来见他，他怎么可能轻易让叶舟离开。

"把包给我！"

猥琐男露出了狰狞。他摇身一变，从一个骗子变成了一个劫匪。他追上叶舟，挡住了叶舟的去路。

现在，叶舟无路可逃了。周围没有人，呼救也没用。

叶舟拿出了电棒，这是姐姐的遗物。如果姐姐还活着，一定有办法替她解决这些麻烦。

"你没被电过吧？"叶舟问。

"你不敢。"猥琐男说。

"你试试看！"

"我赌你不敢！"

叶舟确实不敢，她从来没有使用过暴力来解决问题，这一次也不例外。她甚至还没有掌握这只电棒的正确使用方法。

电棒被打落在地上，挎包被夺走，猥琐男逃走了。他骑上早有准备的单车，逃出了加油站。叶舟追了上去。

"抓贼！"

11

杜川出现了。他提醒过叶舟,那是个骗子。可是,叶舟执拗,非要亲自验证。他无法说服叶舟不要冒险,只好悄悄尾随叶舟来到七间房。他当然知道结果是什么,唯一的悬念是,叶舟会不会有事。

杜川来迟了一步。当他赶到加油站的时候,骗术已经被揭穿,抢劫也已经完成,劫匪正要逃走。几乎是一种本能,他追了上去,忘记了他离开故乡时对母亲许下的承诺。

在杜川的内心深处,也许这根本就不是一件闲事。自从他第一次见到叶舟,他就知道,这个姑娘与他有关,不然他不会光是看着叶舟的背影就感到莫名的心疼。这种想法很微妙,他自己也说不清其中有什么道理。无论如何,他不能眼睁睁地看着这个姑娘受人欺负,他不能什么都不做。

目标很明确,黄色的共享单车。它已经退出市场,却没有退还杜川当初缴纳的押金。明晃晃的黄色刺激着杜川的神经,对劫匪的憎恨又增加了几分。他追了上去。

劫匪逃进巷口,杜川追进巷口。劫匪逃出巷尾,杜川追出巷尾……杜川穷追不舍。他从小喜欢运动,尤其喜欢跑步。他的爆发力很强,耐力也很强,在中学生运动会上拿过名次。他的短跑成绩很好,中长跑成绩也不错。劫匪有一辆共享单车,杜川有一双大长腿。他继续追,越追越近。

五十米、十米、五米……

忽然,事情发生了变化。一个路人骑着另一辆单车从一个巷口钻了出来,夹在杜川和劫匪中间。杜川收不住脚步,撞了上去。路人被撞倒在地,单车倒在一边。

"对不起!"杜川扶起路人,打算继续追赶。

"对不起就完了?"路人很愤怒,一把抓住杜川。

"我在追坏人……"杜川试图解释。

"我看你就是个坏人!"路人仍然揪住杜川不放,"撞完人就想跑,门儿都没有！”

“我真的有急事儿……”

“你看看！”路人举起手臂，“我胳膊都流血了，你要么赔钱，要么送我上医院！”

杜川很想使用暴力甩开路人，继续去做他想做的事情。但是，他停了下来。他确实撞了人，确实理亏。

劫匪逃走了，越逃越远，拐进远端的一个巷口，消失了。杜川叹了口气，无可奈何。

忽然，事情又发生了变化。劫匪掉头从巷口钻了出来，一辆摩托车追在他身后。摩托车很轻易地接近了他，猛地撞了上去。

劫匪摔倒了，单车倒在一边，叶舟的挎包落在另一边。劫匪爬了起来，本能地扑向挎包。摩托车开了过去，挡在劫匪和挎包之间。劫匪只好放弃挎包，骑上单车，继续逃。摩托车不再追赶，骑手拾起了挎包。

杜川和路人几乎看傻了。直到摩托车开到面前，他们才看清楚，骑手是个男人，戴着头盔，看不清他的面目。

“怎么回事？”骑手问道。

“他撞完人就想跑！”路人说。

“我没想跑。”杜川试图解释，“我是着急……”

“你们打算怎么解决？”骑手问路人。

“我受伤了。”路人说，“他必须赔钱。”

“赔多少？”

“二百。”

“二百？”

“二百多吗？现在上个医院，二百算是起步价！”

杜川累了。他决定结束这一切，伸手去掏手机。但骑手阻止了他，一把将他拉住。

“报警解决吧！”骑手说。

"报警？"杜川和路人都愣住了。

"对，报警。"

"这么点儿小事儿，"路人说，"没必要惊动警察！"

"有必要。"骑手说，"你看，你胳膊都流血了，这可不是件小事儿！"

杜川惊奇地看着骑手，不明白他到底想干什么。但路人似乎明白了，然后做出了选择。

"算了！钱我不要了，算我倒霉！"

路人骑上单车，悻悻地离开了。

"他怎么走了？"杜川莫名其妙。

"你还看不出来吗？"骑手仿佛洞悉一切，"他和那个劫匪是一伙的。"

杜川明白了。他觉得自己像个笨蛋，而骑手像个侠客，凛然而又亲切。

叶舟追了上来，满头大汗，呼呼地喘息。她不知道发生了什么，只知道她遇到了两个好人。现在，劫匪逃走了，但她的挎包被追了回来。

挎包里有一万元现金，叶舟抽出了一沓钞票。她也觉得自己很笨拙，但她无法让自己变得更圆滑。

"我不知道怎么感谢你们……"叶舟说。

"举手之劳，你不用感谢我。"骑手指着杜川说，"你应该感谢他。"

杜川拒绝了。他确实需要钱，但他不能要叶舟的钱。他觉得，叶舟并没有做错什么，她不应该为此付出代价。

"我正骑着车在附近转悠，听见有人喊抓贼，就过来凑个热闹。"骑手轻描淡写地说，"相逢是缘分，既然认识了，加个微信吧。"

他们加了微信。

骑手摘掉头盔，露出微笑。他叫贺超，一个白领，平时喜欢骑着摩托车四处转悠。微信上，他的头像是"钢铁侠"。

12

地铁站很拥挤，杜川在角落里接电话。

"儿子！"母亲的声音传来，很亲切。

"妈，你还好吗？"杜川说。

"我挺好的。"

"我爸呢，他怎么样了？"

"他好多了，你别担心。你怎么样？"

"我挺好的。"杜川并不擅长闲谈，即使是和自己的母亲。

"你还在送外卖吗？"母亲问道。

"没有。我换了份工作。"

"什么工作？"

"保安。"

"当保安？"

"一个朋友介绍的，我刚下地铁，正要去报到呢。"杜川问母亲，"你给我打电话，是有什么事儿吗？"

"没事儿，就是想你了。"母亲的声音永远那么温柔。

"我也想你。"杜川一直是个沉默寡言的人，不善于表达情感。

"你好好的。"

"我知道。"

"你钱够用吗？"

"够用。"

"对自己好一点儿。"

"我会的。"

"你爸该吃药了，我先挂了。"

"挂吧。"

电话挂了。杜川从手机里挑了首歌，戴上耳机，安静地听着。

"密密麻麻的高楼大厦，找不到我的家。在人来人往的拥挤街道，浪迹天涯。我身上背着重重的壳，努力往上爬……"

歌词悲凉，杜川的心情却没有那么糟糕。现在，生存的问题已经不存在了。贺超听说了他的处境，对他表示了同情。贺超是一个仗义的男人，也是一个很有能力的男人，总是有办法解决问题。接下来，他将成为一名保安，不用再风吹日晒、东奔西跑，薪水也比送外卖时更高。他是一个懂得感恩的人。他觉得，他遇到了贵人。有朝一日，他将涌泉相报。

穿过一条巷子，目的地就要到了。杜川忽然停了下来，呆住了。

贺超站在那里等他。贺超的身后是一扇铁门，铁门里有一片院子，院子里是一座会所。

那是杜川熟悉的会所。在他的噩梦里，那是一座令人毛骨悚然的鬼楼！

第四章

1

杜川走进了会所，仿佛走进了大观园。

会所的名字叫"尘世间"，诗意而神秘，充满了禅机。它像个酒店，外观很低调，内部却很奢华。实际上，杜川那天晚上看见的那座"鬼楼"只是接待大厅。穿过接待大厅，后面有一大片园林。亭台楼榭，绿树成荫。一辆白色的四轮电瓶车，一条曲曲弯弯的小路，带领杜川走进了一个他从来没有想象过的新世界。

这里是多功能区域，有十几间会议厅，最大的可以容纳上百人。还有十几间包房，最小的只能容纳两个人。人们可以在这里开会、谈生意、签合同……在这里出入的都是些有头有脸的大人物，不是身家过亿的大老板，就是流量过亿的大明星。那是银海首富张某某的包房，那是乐坛天后李某某的包房，那是流量小生王某某的包房……他们都喜欢在这里聚会，共享资源，指点江山，谈笑风生。谈笑间，经意或不经意地改变着外面世界的格局。

这里是餐饮区域，有酒廊、茶楼、咖啡厅，还有各式餐厅。川菜、湘菜、鲁菜、粤菜、泰国菜、日本料理、韩国料理，还有意大利菜……应有尽有。这里的厨师都是顶级的，他们能满足你对于美食的所有想象，让你享受顶级的舌尖上的幸福。这里的侍者都是精挑细选的，他们的相貌、身材和气质不比那些流量明星逊色。他们是"为绅士和淑女服务的绅士和淑女"。他们能让你花了钱，真正享受到上帝一般的待遇。

这里是娱乐休闲区域，有健身房、游泳池、台球厅，有歌舞厅，还有电影院。

这里是住宿区域，一共有八十八间客房，所有客房里摆设的都是明代或清代家具，每一件家具都是古董，都有不同寻常的来历……

贺超介绍完了，扭头看着杜川。

杜川听呆了，也看呆了。他觉得自己来错了地方。这是另一个世界，一个完全陌生的世界，一个根本不属于他的世界。

"有问题吗？"贺超问。

"有。"杜川点点头。

"什么？"

"在这儿住一个晚上，要花多少钱？"

"别打听。"贺超露出坏笑，"知道了你也住不起。"

杜川怏怏地闭上嘴。他觉得，贺超是对的。即使是那间蟑螂肆虐的小黑屋，他还欠着房租，为什么要打听这个？

"还有问题吗？"

"没了。"

"那么，我们来讲讲规矩。"贺超收起笑容，"任何地方，都有自己的规矩。"

"您说。"

"这儿的规矩很多，慢慢你就知道了。其中最重要的一条就是，保密！"

"保什么密？"

"这儿原来有个按摩师傅，姓姜，祖传的手艺，绝对是顶级的。许多人都喜欢找他按摩，放松放松。其中有个大导演，我就不说是谁了。老姜后来告诉别人，这个大导演不但有口臭，还有狐臭。然后，这件事情传到了一个小报记者的耳朵里。再然后，这件事情登在了报纸上。最后，老姜被开除了。"

"啊？"

"来这儿的都是些大人物。大人物都有秘密，或多或少。他们最看重的就是名声，而隐私会影响到他们的名声。所以，听到什么，或看到什么，一定要守口如瓶，绝对不能外传，就算是你女朋友，也不能说，一定要烂在肚子里。能做到吗？"

"能。"杜川点点头。不知道为什么，他忽然想起了匹诺羊。他想，在匹诺羊的死亡背后，一定掩藏着一个天大的秘密……

"欢迎你！"贺超热情地伸出手，"从现在起，咱们就是同事了。"

"谢谢你，超哥！"

"咱们是朋友。"贺超收回手，"私底下你可以叫我超哥。但是，当着别人的面，你应该叫我贺总。"

"好的，贺总。"

"我是这儿的总经理，你是我介绍来的，所以，你千万不能给我惹麻烦，明白吗？"

"明白。"

2

穿上制服，杜川就像变了一个人。他仍然很朴素，但无论如何，他都算得上是一个精神小伙儿。会所的制服很合身，恰到好处地衬托了他的棱角，使他看上去更立体，更帅气。

杜川的相貌随了母亲，体格随了父亲。母亲年轻时很漂亮，她有一双大眼睛，一头乌黑的长发。父亲年轻时当过兵，他个子很高，肩膀很宽，手臂很结实。基因注定了杜川是个高个子的大眼睛男孩，他看起来有些消瘦，但永远那么挺拔。如果命运眷顾，如果他遇到了贵人，也许他会有另一种人生，就像那些偶像练习生一样，先让粉丝疯狂，然后收割流量。

也许是因为杜川的相貌和体格都不错，气质内敛，没有任何攻击性，很容易给人好感，他被选中了。他变成了一名门卫，每天在门岗值班，守着那扇铁门，负责迎来送往。保安队长老曹告诉他，他是会所的门面，一举一动都代表着会所的形象。他心里明白，说是门卫，其实就是门童。一般情况下，很少有人会留意一个门童。所以，这是一个没有什么存在感的职位。不过，他已经习惯了卑微，一点儿也不在乎是否有人注意他。老曹鼓励他说，上一个门童被一位富婆相中，辞职离开了，从此过上了豪车别墅的幸福生活，所以才轮到杜川，希望杜川也有那样的好运。杜川并不认为那是好运，也并不期待天上掉馅饼。这只是一份工作，而他需要一份薪水来养活自己，仅此而已。

和送外卖不同，当一名门童需要的是"静"。外卖小哥几乎每时每刻都在动，抢单，接单，送单，来来回回，无休无止。而作为门童，杜川只需要站在那里，一动不动，像一尊雕塑。如果有宾客光临或离开，他所做的也只是拉开铁门，露出微笑，躬身行礼，唱一声"欢迎光临"或"欢迎再次光临"，然后目送他们出来或进去。就这么简单。不用费力气，甚至不用流汗，不会有差评，更不会有任何危险。这是这份工作的好处。它的坏处是，有时候难免会感到无聊，甚至让人昏昏欲睡。

每当无聊的时候，杜川总是会想一些事情。当门童还有一个好处，每一个从这里进出的人，都逃不过他的眼睛。他会悄悄观察他们的背影，然后想象着他们披上了雨衣。他从来没有忘记过那个夜晚。无边无际的大雨，披着雨衣的男人，满脸是血的匹诺羊……这一切就像是刻在了他的脑海里，想忘也忘不掉。这是压在他心里的一块石头，是反复纠缠他的噩梦。这是命运给他出的一道题，找不到答案，他永远得不到安宁。另外，叶舟是个好姑娘，一个干净又简单的好姑娘。他觉得，无论如何，他必须为叶舟做点儿什么。

可是，这太难了。那只是一个背影，在黑暗中一闪而过，很快就消失了。在杜川的记忆和梦境里，匹诺羊脸上的鲜血越来越清晰，那个披着雨衣的背影却越来越模糊，越来越模糊，越来越模糊……这太难了。他感到绝望。

"难，就不做了吗？"这是父亲的声音，来自遥远的童年。

杜川晃了晃脑袋，决定继续努力。

3

一辆汽车开了过来，停在会所门口。黄色的车身，黄色的顶灯。这是一辆出租车。

出租车里没有客人，只有司机。司机的表情很痛苦，捂着肚子，十万火急，一溜小跑，跑到杜川的面前。

"小伙子，附近哪儿有公厕？"司机隔着铁门问杜川。

"附近？我也不清楚。"杜川初来乍到，并不熟悉周围的环境。

"你们这儿有厕所吗？"司机继续追问。

"有。"

"我借用一下，行吗？"

杜川愣住了。他只是个门童，他的工作很简单，只需要说"欢迎光临"或"欢迎下次光临"。他没有准备好回答任何问题。本能告诉他，他应该拒绝。这里是私密会所，出来进去的都是一些有头有脸的大人物。一个出租车司机不应该出现在这里，更不应该提出这样的要求。

"我实在憋不住了，你行个方便，行吗？"出租车司机仍然捂着肚子，表情仍然痛苦。

杜川忽然想起了自己的父亲。在云朗，父亲也是个出租车司机，每天起早贪黑，风里来雨里去，很辛苦，挣得却不多。父亲的前列腺有问题，这让他一直很痛苦。病情发作的时候，父亲的表情几乎和眼前这个出租车司机的表情一样痛苦。

"行。"杜川做出了决定，拉开了铁门。

出租车司机跑进了接待大厅。很快，他解决了他的问题，轻松地离开了。离开的时候，他很感激地冲杜川点了点头。

"小伙子，谢谢你！"

杜川也点点头。他很高兴他能帮上忙，就像是在帮助他自己的父亲。

出租车开走了，老曹出现了。保安队长板着脸，很不高兴。

"什么人？"老曹问杜川。

"一个出租车司机。"

"认识？"

"不认识。"

"不认识，你为什么要放他进去？"

"他肚子不舒服……"

"他爱舒服不舒服，跟你有什么关系？"老曹生气了，口气很严厉。

杜川呆住了，不知道该说什么。

"你知不知道这是什么地方？"

杜川做错了事似的，低着头，不敢回答。

"我告诉过你，这里是高级会所，是顶级会所，是上流社会的温床……"

忽然，一个声音打断了保安队长。

"上流社会的人需要拉屎撒尿，下流社会的人就不需要吗？"

老曹蓦然回头，然后像杜川一样呆住了。

这是个年轻人。他穿着衬衫，扎着领带，戴着眼镜，看上去很斯文，很有修养。

"周总？"

"老曹，你管教自己的下属，按说我不应该干预。但是，你这样批评他没有道理，所以，我还是应该说两句。"

"您说，您说。"老曹点头哈腰，变了一个人似的。

"上流社会，最讲究的是什么？"

"什么？"

"一个煤老板，他很有钱，开豪车，住豪宅，身家上百亿。但是，如果他没有文化，没有修养，满嘴脏话，随地吐痰，喜欢欺负别人，以为有钱就能搞定一切，你还会认为他是上流社会的人吗？"

"不会。"老曹摇了摇头，"他只能算是暴发户，不入流。"

"所以，上流社会最讲究的是什么？"

"文化和修养。"

"如果一个出租车司机遇到了困难，我们明明可以帮忙，却冷酷地拒绝了他，这叫什么文化，这叫什么修养？"

老曹像杜川一样低着头，表情很尴尬。

"这里是高级会所，但不是隔离区，不是富人和穷人的隔离带。为什么有些人仇富？就是因为有钱人对他们很不友好，甚至是欺负他们。很多人并不富裕，并不是因为他们无能，只是因为他们可以掌控的资源太少，没有机会接受更好的教育，认识的人不多，家里也没有条件。如果我们一直这样对待他们，他们就会一直敌视，甚至是嫉恨我们。"年轻人越说越激动，"老曹，你是保安队长，你在这儿领着薪水，你的任务就是替我们拉仇恨吗？"

"不不不。"老曹拼命摇头，"周总批评得很对，受益匪浅，受益匪浅。"

年轻人讲完了他的道理，扭头看着杜川，露出微笑。

"你是新来的？"

"是。"

"贵姓？"

"免贵姓杜，我叫杜川。"

"我叫周震。"年轻人点点头，"你做得很好，继续！"

周震离开了，只留下杜川和老曹站在那里，面面相觑。

"他是谁？"杜川问。

"大人物。"老曹回答。

一个可靠的人。这是周震留给杜川的第一印象。说不清为什么，也许是因为周震的笑容很亲切，声音很温暖。

4

火锅冒着热气。这是个鸳鸯锅，一半是红汤，一半是清汤。红汤属于杜川和贺超，清汤属于叶舟。

这是他们的第一次聚会，以感谢的名义。叶舟要感谢杜川和贺超帮助她对付劫匪，而杜川要感谢贺超给他安排工作。

"工作怎么样？"叶舟问杜川。

"挺好的。"杜川回答。他是个木讷的人，不太会说很长的句子。

"累吗？"

"不累。"杜川扭头看看贺超，"超哥很照顾我。"

"客气什么！"贺超摆摆手，"我们那儿正缺人手，我看你人厚道，形象和体格都不错，很适合当保安，谈不上谁照顾谁。"

"你呢？"杜川问叶舟，"你还在找那个人？"

"嗯。"叶舟点点头。

"找到了吗？"贺超关心地问。

"没有。"

"会不会就是个恶作剧？"

"不会。"

怎么会是恶作剧呢？杜川想。他的圈子很窄，日子很单调，很少和别人开玩笑，他也不喜欢开玩笑。不过，他只是这样想，什么也没说。

"你还要接着找吗？"贺超继续追问。

"嗯。"叶舟继续点头。

"怎么找？"

"不知道。"叶舟很茫然。

"我呢，没什么本事，但也认识一些人。"贺超说，"如果需要我帮忙，你尽管说话。"

"谢谢！"叶舟很感动，"你为什么要帮我？"

"咱们现在算是朋友了吧？"贺超反问。

"当然。"

"朋友嘛，就是用来帮忙的。"

叶舟点点头，更加感动。她沉默了一会儿，把话题转向杜川。

"你老家是哪儿的？"叶舟问杜川。

"云朗。"杜川说。

"为什么来银海？"

"云朗太小了，工作机会少，挣钱也少。"

"所以，你来银海是为了挣钱？"

"是。"

"挣到钱了吗？"

"没有。"

"如果挣到了钱，你想做什么？"贺超追问。

"过得好一点儿。"

"谁不想过得好一点儿呢。说具体点儿，说你最想干的事情。"

最想干的事情？杜川心里一动，然后脱口而出。

"欺负人！"

一个不可思议的答案。叶舟愣住了，贺超也愣住了。

"欺负谁？"叶舟追问。

"欺负那些欺负过我的人。"杜川回答。

"你经常被人欺负吗？"

杜川点点头。

叶舟忽然感到心疼。杜川是个老实人，一个好人。她想，好人应该受人尊重，而不是受人欺负。

贺超看着杜川，眼神里充满了同情。

"都有谁欺负过你？"贺超问道。

"很多。"

"最近呢？"

最近？杜川想了想，然后想起了那个杂货铺老板。

那是个黄昏，杜川走进了那间杂货铺。他挑中了一条毛巾，向老板问价。杂货铺老板是个黑脸男人，向他报了价。他认为这个报价太高了，因为另一间杂货铺里也有同样的毛巾，那里的报价比这里便宜两块钱。杂货铺老板冷冷地说，那你应该去那儿买，你来我这儿干什么。作为一个穷人，他已经习惯了讨价还价，从来没有人这样回应他。所以他呆住了。他愣了一会儿，对杂货铺老板说，你说得对，我应该去那儿买，然后走出门去。他并没有走远，就听到身后传来一声怒吼：傻×！他听出那是杂货铺老板的声音，但他不确定对方在骂谁，本能地回了一下头。杂货铺老板瞪着一双眼睛，死死地盯着他，表情里充满了挑衅。周围有许多路人，路人都在好奇地看着他们，等着看热闹。现在，他知道对方在骂谁了，他不能什么都不做，于是他回了一句，你说什么？杂货铺老板说，我说，你是个傻×！他不知道这个黑脸男人在什么地方受了什么人的气，为什么要把气撒在他头上，也许仅仅是因为他看上去很卑微，比任何人都卑微。但他毕竟年轻，血气方刚，于是他又回了一句，你再说一遍！杂货铺老板又大声咒骂了一通。血涌了上来，他很想冲上去，抡起拳头……但他什么也没做。他不想惹麻烦。另外，他曾经答应过母亲，无论发生了什么，无论受多大委屈，他都不会再动手，因为动手的代价实在太昂贵了。他答应过母亲，他应该说到做到。所以，他只是站在那里，暗暗后悔他不应该冲动，不应该对杂货铺老板的挑衅做出任何回应，更不应该让对方再说一遍，不应该自取其辱。

"然后呢？"贺超感兴趣地问。

"然后我就走了。"杜川说。

"再然后呢？"

"再然后，我听到他在笑，笑得特别夸张，特别得意。"

"最后呢？"

"最后，我听到他在我背后又骂了一句，尿包！"

"呵呵。"贺超露出坏笑，"你呀，还真是个尿包！"

"生气吗？"叶舟同情地看着杜川。

"当然生气。"杜川拍拍胸口，"这口气现在还哽在这儿，一直过不去。不过，我已经习惯了，习惯了就好。"

杜川呼出一口气，露出了苦笑。

这个苦涩的笑容让叶舟又一次感到心疼。就像是一根针扎进了她心里，然后搅了一下，让她忍不住想要流泪。

如果有机会，我一定要对他好一点儿……

5

白色的宝马开进了城乡接合部，在公寓楼门口停了下来。

"谢谢你送我回来。"杜川说。

"你就住这儿？"叶舟很吃惊。

"啊。"

这是叶舟见过的最破旧的公寓。年代久远，饱经沧桑，墙皮开裂，摇摇欲坠，就像是一座危楼。它的前身是洗浴中心，招牌已经被拆除，墙上仍然残留着印记。楼上隔出了一间间小屋，原本是按摩房，现在是出租屋。她当然听说过群租房，但她从来没见过。姐姐一直是她的保护伞，她从来没有体验过底层的生活，无法想象他们的真实处境。她呆呆地看着杜川，再一次感到心疼。杜川是个好人，为什么不能过得更好一点儿呢？

杜川下了车，冲叶舟挥挥手，走进了公寓。叶舟开动汽车，离开了城乡接合部。

路上有一家储蓄所，叶舟把车停了下来，从ATM机上取了五千元钱。杜川一直在帮她，什么都不要，但她不能什么都不做。钱并不多，只是一份心意，也许能让杜川过得好一点儿。更重要的是，能让她自己心里好过一点儿。可是，这样做会不会伤害杜川？杜川需要钱，但杜川也有尊严，一定会拒绝，而她并不善于说服别人……她思索着，扭头发现不远处有一家水果店。

叶舟走进水果店，买了些水果，把五千元现金藏在塑料袋里，藏在水果下面。这样杜川就不会发现，也无法拒绝。她觉得，这是一个好主意。

二十分钟之后，叶舟回到了城乡接合部，拎着水果袋，走进了公寓楼。

"你找杜川？"公寓管理员问叶舟。

"对。"叶舟点点头。

"你是他什么人？"

"我是他朋友。"

"他欠你钱，是吗？"管理员显然不相信，一个看上去如此精致的姑娘会把杜川这样的人当朋友。

"不是。"叶舟莫名其妙，"我是来看他的，他住哪间房？"

"他刚走。"

"不对，他刚回来……"

"没错，他刚回来就走了。"

"他去哪儿了？"

"不知道。"

"他什么时候回来，您知道吗？"

"他不会再回来了。"

"为什么？"

"因为他不交房租。"

"不交房租……"叶舟明白了，"所以您把他赶走了？"

"不然呢，留着他过年吗？"

叶舟无话可说。她愣了一会儿，转身离开了公寓楼。

杜川刚走，他应该走不远。叶舟开上宝马，开足马力，穿过大街小巷，疯了一样地四处寻找……终于，她找到了杜川。

杜川拖着他的行李箱，背着铺盖卷，站在一个十字路口，看着眼前来来往往的人群，目光茫然，不知道他应该去哪儿。他找到了工作，却失去了住处。现在，他是一个真正的流浪汉，无家可归，像一个乞丐。

那一刻，叶舟感到无比心酸，眼泪流了下来。

6

房租交了，杜川回到了公寓楼。

当然，那是叶舟的钱。杜川坚持要写个借条，他说等他发了工资立刻还给叶舟。叶舟收下了借条。她知道，杜川虽然卑微，但他始终保持着自尊。她喜欢这样。她觉得，她有义务保护他的自尊。自尊是对自己的爱护，如果一个人连他自己都不爱，他还能爱谁呢？在某些方面，杜川像她一样执拗。如果不听他的，杜川也许会去找公寓管理员要回那笔钱，然后把钱还给她，然后搬出公寓楼，继续露宿街头。

交完房租，叶舟就离开了。二十分钟之后，她又回来了，手上拎着一个塑料袋。袋子很沉，里面有十斤牛肉。

"你太瘦了，你要多吃牛肉，让自己变得更强壮一点儿。"叶舟说。

杜川只是呆呆地看着叶舟，不知道该说些什么。叶舟满头大汗，呼呼地喘气，昏黄的灯光照在她脸上，她的脸上泛着光。那是一种很特别的光泽，她看上去那么亲切，那么可爱……杜川真想扑上去，张开双臂，紧紧抱住她。不过，他只敢这样想，不敢这样做。过去，乔乔曾经对他很好，总是能让他感动。后来，他坐牢了，乔乔消失了，从此再没有一个姑娘对他好了。现在又有了。他不知道叶舟为什么要这样对他，他只是觉得，他配不上叶舟对他的好。

"愣着干什么？"叶舟问杜川，"冰箱呢，冰箱在哪儿？"

"我这儿没有冰箱。"杜川回答，"而且，我这儿也没法做饭。"

叶舟打量四周，然后呆住了。

出租屋很狭小，像个胶囊。一扇窗户，一张小床，一张桌子，一把椅子。没有冰箱，也没有厨房，连电磁炉都没有……这就是全部，这就是杜川在银海安身立命的小屋，这就是他的生活。

牛肉已经买来了，菜市场已经关门，退不掉的。现在是夏天，如果不及时处理，牛肉也许很快会变质，只能扔掉了。那是一种可耻的浪费。

叶舟感到懊恼。她应该先观察环境，然后再行动。她觉得自己很笨。不过，她很快就想出了一个聪明的办法。

叶舟找到公寓管理员，把牛肉交给了他。管理员的住处有冰箱，也有电磁炉，他可以代劳。但是，管理员为什么要帮忙呢？如果他能和杜川分享这十斤牛肉，这个问题就不存在了。这就是叶舟的办法。

公寓管理员答应了，他没有理由拒绝。这是免费的牛肉。而且，这并不麻烦，不过是加一道菜。

问题解决了。叶舟放松下来，露出了笑容。

"姑娘，你是他什么人？"管理员好奇地问。

"朋友。"叶舟回答。

管理员年过半百，阅人无数。叶舟什么也没说，但他觉得他已经看穿了叶舟，同时也理解了杜川。杜川确实有女朋友，确实不应该去相亲。他的外甥女各方面的条件确实不错，但是，和叶舟相比，外甥女似乎并没有那么好。

叶舟做完了她想做的事情，开着她的宝马，离开了城乡接合部。

一个开宝马的漂亮姑娘，为什么会看上一个身无分文的穷小子？一个身无分文的穷小子，既然有一个开宝马的女朋友，为什么要委屈自己，蜗居在这样一个破旧的公寓楼里？公寓管理员感到困惑，难以理解。

"杜川，"管理员说，"你小子很有骨气，也很有福气！"

杜川没有回应，他在想别的事情。他想起了童年时母亲教给他的一个词——恩恩相报。

现在，叶舟已经走了，临走时给杜川留下了一道题：我应该怎么报答她呢？

7

周震又出现了。他总是那么斯文，永远带着微笑。

杜川上网查过周震的资料。周震是个青年才俊，毕业于银海大学，学的是财经专业。毕业后开始创业，做的是共享生意，共享单车、共享电动车、共享充电宝、共享一切……地铁站的广告牌上有周震的广告，周震在广告上意气风发，为自己代言。

和周震一起来的，还有一位漂亮姑娘。她叫沈宁。她是沈尘的女儿，一个著名的富二代。她是那些八卦媒体上的常客。通过那些媒体，杜川听说了许多关于沈宁的事情。她喜欢飙车，喜欢美食，喜欢发微博，喜欢炫富，喜欢在网上写评论。她的评论很犀利，得罪了许多人，却很少有人敢得罪她。另外，她是周震的女朋友。他们看上去很般配，郎才女貌。

和他们一起来的，还有一位僧人。那是个长者，眉毛都白了，胸前戴着一串佛珠，手上还有一串。周震和沈宁管他叫"大师"。杜川想，这位"大师"应该是一位得道高人，不然，以周震和沈宁的身份和地位，不可能对他如此恭敬。

他们穿过接待大厅，边走边谈。杜川跟在他们身后，不紧不慢。沈宁大概是个购物狂，她买了许多东西，大包小包。她是个富家小姐，总不能自己扛，所以，杜川成了那个跟班。做跟班有个好处，可以免费听课，这是个增长见识的机会。杜川知道，作为得道高人，"大师"的课程一定很贵，按小时计费。

"你先告诉我，最困扰你的问题是什么？"大师问周震。

"财务自由。"周震回答。

"什么是财务自由？"

"拥有足够的财富，足够自由。"

"财务自由的标准是什么？"大师继续追问。

"不同的人，有不同的标准。有的人，一百万就很满足了，有的人，一百亿也不够。"

"你呢？你的标准是什么？"

"我？"周震愣了一下。

"你自己认为，赚多少钱，才算得上财务自由？"

"我没有想过。一个亿，十个亿……或者更多。"

"你现在有多少钱？"

这是一个敏感的问题。杜川竖起耳朵。他同样好奇，很想知道答案。但是，周震并没有满足他的好奇心。

"这个……"

"你现在有多少钱是你的隐私，你不用告诉我。"大师的声音永远不急不缓，"我想告诉你的是，如果你现在有五百块，那就把这五百块当成你的财务自由的目标，那么，你现在就自由了。"

"五百块也能自由？"沈宁傻乎乎地追问。

杜川暗暗苦笑。他想，沈宁大概从来不曾为钱发愁，所以，有些事情她永远也不会明白。

"人间悲苦，求而不得。"大师继续说，"所以，欲望是万恶之源。"

"欲壑难填，这个我懂。"沈宁说。

"境由心转——这个，你懂吗？"

"不懂。"

"守住心灵，不因处境而改变心意，而因心意改变处境。"

"什么意思？"沈宁不明白。

"你们还很年轻，慢慢悟吧。我想告诉你们的是，最重要的并不是财务自由。"

"是什么？"

"心灵自由。"

心灵自由？杜川心里一动。他觉得，他似乎悟到了什么。

杜川喜欢这份工作。在这里，他见识了许多名流，也见识了许多新鲜事物。对于他来说，这是一笔宝贵的财富。

穿过接待大厅，他们上了电瓶车，不再需要跟班。

"麻烦你了。"周震说。

"不客气。"杜川说。

杜川喜欢周震。尽管如此，他还是留意了周震的背影，想象周震披上雨衣的样子。

杜川感到庆幸。谢天谢地，周震不是"那个人"。

8

更衣室里很安静。杜川换下保安制服，洗了个澡，然后换回了自己的衣服。

杜川一直是个爱干净的人，但在公寓里住久了，他也变成了一个将就的人。公寓楼一共三层，每一层只有一间盥洗室。几十个人，四个水龙头，洗漱很不方便。每天一早一晚，就像是在赶集，乱哄哄的。所有人抱着脸盆，排着队。队伍很长，从盥洗室一直排到走廊里，如果有人插队，场面会变得更混乱。不过，现在不同了。会所条件很好，有员工专用的浴室，每天二十四小时热水供应，不用排队。所以，杜川又变回了那个爱干净的男孩。

现在是黄昏，下班时间，杜川准备回他的城乡接合部，找一家面馆，吃一碗拉面，然后回他的小黑屋，睡个好觉。

离开会所，拐过一个路口，穿过一条巷子，不远处就是地铁站。这时，杜川的手机响了。

"贺总？"

"我没在单位，所以不是贺总，是超哥。"贺超的声音听起来很轻松。

"什么事儿，要加班吗？"

"不用。我在你家附近，想找你吃个饭。你在哪儿？"

"我在地铁站，马上回来。"

"好的，我等你。"贺超停顿一下，继续说，"我在附近的街上转了转，发现有两家杂货铺，两个老板，一个又矮又胖，另一个又高又瘦，你上回说欺负你的那个人，他是个胖子，还是个瘦子？"

"你要干什么？"杜川紧张起来。

"不干什么，买点儿东西，顺便跟他聊聊。"

"超哥，我知道你对我好，你可别胡来。"

"不会的。"

"那就好。"

"我就是问问，那人是胖子，还是瘦子？"

"你问这个干什么？"

"我好奇，行不行？"

"不行。"

"我现在以贺总的名义问你，那个人到底是胖子，还是瘦子？"

"我忘了。"

"行了，不问你了。"

啪！电话挂断了。

杜川愣了一下，然后开始狂奔。

半个小时之后，杜川回到了城乡接合部。当他穿过那条小街时，他惊呆了。

相隔不远，两家杂货铺都被人砸了。两个老板，一胖一瘦，全都鼻青脸肿，一边收拾着地上的杂物，一边骂骂咧咧。

杜川继续狂奔，穿过小街，回到公寓楼下，然后停了下来。

贺超站在那里，刷着手机，正在等他。

"超哥……"

贺超抬起头，露出他标志性的坏笑。

"等你半天了。走吧，吃饭去。"

"等会儿。"

"等什么？"

"那两家铺子都是你砸的？"杜川明知故问。

"不是。"贺超摇了摇头。

"不是吗？"杜川不相信。

"我是个脑力劳动者，我怎么会动手呢？"

"不是你，又是谁？"

"只要你肯花钱，自然有人愿意替你动手。"

"为什么？"杜川追问，"你为什么要这么干？"

"我去买毛巾，他说十块。我问他五毛行不行，他说不行。我说就五毛。他说你走吧，毛巾不卖你了。这叫什么态度！讨价还价，很正常嘛。我是来花钱的，又不是来受气的。花钱的是上帝，怎么能这么对待上帝呢！你说，不砸他砸谁？"

"欺负我的是那个胖子，你砸那个瘦子家的铺子干什么？"

"这得赖你！你要早告诉我是那个胖子，我还能省点儿钱呢！"

杜川张了张嘴，什么也说不出来。

"怎么样？"贺超伸手拍了拍杜川的胸口，"现在，这口气顺过来没有？"

杜川摇了摇头，叹了口气。

"你不用谢我。"贺超继续说，"你是我同事，也是我朋友，我兄弟，谁要敢欺负你，那就是欺负我，绝不能答应！"

杜川心里动了一下。过去，他一直很孤独。现在，他忽然感觉不那么孤独了。他明明知道，贺超这样做是不对的。但是，他仍然很感动，发自内心地感动。

9

沈尘来了，带着沈宁。会所里刚刚举行了一场小型拍卖会，他们是来捧场的。沈尘花了一笔钱，得到了一个花瓶。

现在，花瓶捧在杜川手上。杜川仍然是个跟班，他的任务就是把这个花瓶安全地护送到沈尘家里。这是一个不错的机会，可以近距离接触沈尘。在银海，没有人不认识沈尘，沈尘却未必认识所有人，也未必会给所有人认识他的机会。所有人都想得到这个机会，论职位或论资历，无论如何也轮不到杜川。但是，沈尘从周震口中听说了那个出租车司机借用厕所的故事，忽然对这个门童有了兴趣。于是，这份幸运落到了杜川的头上。

花瓶看上去很普通。至少在杜川看来，它很普通，只是个雕花的瓷瓶，怎么也看不出它价值几十万。当然，他知道这是古董。古董就是古董，时间就是它们的意义，也是它们的价值。这是他有生以来触摸过的最贵重的东西，所以，他丝毫也不敢大意，小心翼翼地捧着它，唯恐把它摔了。如果它变成了碎片，时间也就没有了意义。他不能辜负沈尘对他的信任。更重要的是，如果有任何闪失，他赔不起。

这是一辆豪车，开车的是沈宁。她见过杜川，也听说了借厕所的故事，但她不明白父亲为什么会对杜川感兴趣。杜川很卑微，不过是个门童，除了长得不错，一无是处。他们不在同一个频道，甚至不在同一个世界。她对杜川不感兴趣，没有兴趣看他，也没有兴趣和他说话。

目的地是一栋别墅，别墅在郊区。豪车离开会所，开出了城区。然后，沈宁开启了她最喜欢的飙车模式。她猛踩油门，开得飞快，只顾享受风驰电掣的快感，完全不顾别人的感受。

不远处有一片菜地，一个农民正在横穿马路。他看到一辆豪车飞速朝他开来，大声地鸣着喇叭，丝毫没有减速的打算。这让他感到紧张。这时，他有两种选择，一种是继续向前走，快速通过，另一种是退回原地，把马路让给豪车。无论如何，他必须做出选择。也许是选择障碍，犹疑之间，他竟然停在了马路中央，进退两难，像一头惊鹿。

这时，沈宁也有两种选择，一种是继续踩油门，继续向前，另一种是踩下刹车，等待农民通过马路。但是，踩下刹车，会影响她的肾上腺素，毁掉她来之不易的快感。所以，她做出了选择，继续加速，继续拿喇叭吼他。

"停车！"沈尘发作了，忽然一声怒吼。

沈宁把车停了下来，像个听话的孩子。她可以对任何人嚣张，却不敢在父亲面前造次。父亲很少对她发火。每次发火，后果都很严重。也许是经济制裁，她不敢想象。

沈尘摇下车窗，探出脑袋，冲农民摆了摆手。农民如梦初醒，惊魂未定，跌跌撞撞地穿过马路，消失了。

问题解决了。沈宁正要开车，沈尘制止了她。沈尘说，他还有话要说。

"你这辆车多少钱？"沈尘问沈宁。

"啊？"沈宁蒙了。

"你这身衣服多少钱？"

"什么意思？"

"你这双鞋多少钱？你这副墨镜多少钱？你脖子上这条项链多少钱？你手上这只镯子多少钱？你一个月零花多少钱？你吃顿饭多少钱？"沈尘越说越激

动，"你知道他们一个月挣多少钱？你知道他们每天流多少汗？你知道他们每天吃什么？你知道他们住在什么样的地方？你连一条路都不肯让给人家，你还让不让人活了！"

沈宁低着头，不吭声了。

"你享受的已经足够多了，所以，你要学会忍让，你要学会不卑不亢，不争不抢。"沈尘放缓了语气。

"哦。"沈宁低低地回应。

"你是不是认为，因为你是我沈尘的女儿，所以，你生下来就是贵族？"

"不是吗？"

"不是。我告诉过你，什么是贵族。贵族要满足两个条件，除了财产，更重要的是什么？"

"修养。"

"再说一遍！"

"修养。"

"如果你没有修养，你仍然是我沈尘的女儿，但你不会成为贵族。明白了吗？"

"明白。"

"对任何人，你要多一些善意，不能有任何恶意。记住，恶意是一把锋利的刀，它可以杀死别人，也可以杀死自己！"

"明白。"

"开车吧。"

沈宁踩下了油门。她看了看中央后视镜里的杜川，感到尴尬。

后座上，杜川只是坐在那里，捧着花瓶，一动不动，一声不吭，仿佛他并不存在。

但杜川有很多想法。他觉得，他又遇到了一位老师，又上了一堂课。

10

这是一栋别墅，真正的大富之家。和会所相似，它外观低调，内部却很奢华。但它的奢华与会所不同。会所是古朴的，而它的装修风格却是一半古朴，一半时尚。古朴的一半属于沈尘，时尚的一半属于沈宁。两种风格融合在一起，毫不违和，就像是这对父女的相处之道。

花瓶安置在书房里。书房的空间很大，窗明几净，清一色的木质家具，古色古香。柜子里摆满了书。墙上都是些字画，字画上的落款没有一个无名之辈。书桌上有一个相框。照片里的沈尘相貌堂堂，气度不凡。

杜川当然知道沈尘是谁。在报纸上，在杂志上，在电视里，沈尘一直是个传奇。他早年下海经商，卖过农产品，吃过很多苦，后来才成为地产大亨。他是个有钱人，也许是银海最有钱的人，一亿元对他来说只是一个小目标。他还是个学者，银海大学的客座教授，银海电视台财经频道的顾问。另外，他还是个慈善家，热衷公益。每当有灾难发生，在捐款名单上，永远有他的名字，且永远排在第一位。

现在，杜川的任务完成了，他可以走了。但沈尘并没有让他离开。

"坐吧，喝杯茶再走。"沈尘说。

杜川坐下了。他很忐忑，很不安。沈尘的身上仿佛有一股神秘的力量，让他感到压迫，四肢僵硬，呼吸困难。

"放松，不要紧张。"沈尘和蔼地说，"《阿甘正传》，看过吗？"

"看过。"杜川点点头，仍然紧张。

"阿甘上大学的时候，作为棒球明星，曾经被美国总统接见过，你还记得吗？"

"记得。"

"接见的时候，他对美国总统说了什么，你还有印象吗？"

"没有。"杜川说，"没印象了。"

"当时，他喝了很多饮料……"沈尘提醒他。

杜川摇了摇头，仍然想不起来。

"我要尿尿！"沈尘说。

"啊？"杜川愣住了。

"阿甘说，我要尿尿！"沈尘告诉他，"所以，即使是面对美国总统，当你想要尿尿的时候，也要勇敢地告诉他，我要尿尿！"

杜川笑了，然后放松下来。他想，沈尘真是一个很奇怪的人，既可以让人紧张，又可以让人放松。

"在会所工作，感觉怎么样？"沈尘问杜川。

"挺好的。"

"哪儿好？"

"学到了很多东西，认识了很多大人物……"

"大人物？"沈尘感兴趣地追问，"什么是大人物？"

"就像您这样的。有钱，有名，有地位，要什么有什么。"

"你羡慕我吗？"

"当然。"

"如果我说我羡慕你，你相信吗？"

"羡慕我什么？"杜川感到吃惊。

"羡慕你年轻，羡慕你健康，羡慕你充满活力，羡慕你的人生还有无限可能。"沈尘继续说，"如果我还像你这么年轻，也许我会换个活法。"

换个活法……像沈尘这样的人，也有烦恼吗？杜川感到困惑。

"穷人有穷人的烦恼，富人有富人的烦恼。我想告诉你的是，在这个世界上，没有人值得羡慕！"

杜川眨了眨眼睛，似懂非懂。

"你还年轻。记住，人生中最重要的只有两件事。一，做正确的事；二，正确地做事。"

杜川认真地点点头。但他不明白，沈尘为什么要和他说这些，仅仅是因为沈尘好为人师吗？

手机忽然响了，杜川吓了一跳。他掏出手机，抱歉地看着沈尘。他感到懊恼，和一个大人物在一起，他应该关掉手机，或者调成静音。现在，做什么都来不及了。

"接吧，没关系。"沈尘鼓励他。

杜川接了电话，然后露出了焦虑的表情。他想要掩饰，但掩饰不住。

"怎么了？"沈尘关切地问。

"没事儿。"杜川掩饰地回答。那是他的家事，与沈尘无关，他不想麻烦别人。

"如果遇到了难处，也许我能帮上忙。"沈尘永远那么和蔼，"你刚刚帮了我一个忙，现在轮到我了。"

11

杜川来自云朗，叶舟来自沙州。有一次，两个异乡人在一起谈论起了乡愁。

杜川说，他的乡愁是一幅画面，那是他童年的记忆。宁静的小镇，潮湿的空气，母亲站在路口，在暮色中等待他回家。微风吹乱了她的头发，母亲望眼欲穿。当他出现的时候，母亲露出了笑容。然后，母亲拉着他的手，朝他们家的小院走去。父亲在家做饭，小院里升起了炊烟……这个像梦境一样的画面，曾经让叶舟感动得泪湿眼眶。

那时候，母亲年轻而饱满，满头黑发。现在，母亲枯瘦而憔悴，两鬓斑白，躺在病床上，忍受着病痛。杜川感到心疼，忍不住想流泪。叶舟似乎比他更心疼，眼泪流了出来。

这里是银海最好的医院，最好的病房，主治医生是银海最权威的专家。大夫说，母亲的股骨头已经坏死，必须尽快手术。如果不这样做，母亲将一直痛苦，直到无法站立，无法像正常人一样行走。那时候，她需要的将是轮椅。母亲是个小人物，她不过是一家小工厂的会计。正常情况下，她无法享受这样尊贵的待遇。如果是她自己来这家医院求诊，她甚至挂不上号。这一切在杜川看来是那么麻烦，那么烦琐，几乎不可能。在沈尘眼里却是那么简单。沈尘甚至不用出面，只是打了个电话，接下来的事情就交给了周震。周震也只是打了一个电话，然后，问题就解决了。

沈尘为什么要这样做？杜川想。他只是把一个花瓶从会所移动到别墅，除此之外，他什么都没做。他问沈尘，为什么？沈尘微微一笑，他说他欣赏杜川，能为他欣赏的人做点儿什么，这让他得到了快乐。所以，他做这一切只是为了得到快乐。他感谢杜川给了他这个机会，满足了他这个自私的愿望。杜川仍然不明白，如果这是自私，无私又是什么？

无论如何，如果有机会，一定要报答沈尘。可是，沈尘要风得风，要雨得雨，什么都不缺，他拿什么报答？杜川不知道。他知道的是，需要报答的人很多，其中还包括叶舟。

叶舟是个好姑娘，也许是他见过的最好的姑娘。听到消息后，叶舟第一时间赶到医院，看望了杜川的母亲，然后请了假，一直待在医院里，帮忙照顾病人。医院有护工，但她不放心，许多事情非要她自己做。端茶递水，喂饭喂药，不厌其烦。杜川也问过叶舟，为什么？叶舟的答案和沈尘相似。她说，杜川曾经帮助过她，所以她很高兴能有机会帮助杜川。叶舟是真诚的，从她的眼神能看出她的真诚。但是，母亲从叶舟的眼神里看到了一些别的东西。她悄悄地问杜川，你和叶舟真的只是普通朋友？杜川无法回答。

无论如何，他一定要报答叶舟。拿什么报答她呢？其实，杜川心里早有答案。

杜川发誓，即使再艰难，他也必须穿过那个雨夜，解开那道题，给叶舟一个交代。

12

天黑的时候，贺超来了。他刚刚下班，急匆匆地从会所赶来。他给杜川的母亲带来许多营养品，还给她讲了几个笑话。

贺超是个开朗的家伙，他的脑袋里装满了各种段子，总是有办法让别人开心。他告诉杜川的母亲，生病的时候一定要想办法大笑几次，因为大笑可以增强抵抗力，笑声是病魔的克星，包治百病。他的段子确实很搞笑，母亲被他逗得哈哈大笑，像个孩子。

杜川很少看见母亲露出那样开心的笑容，很少听见她发出那么愉快的笑声。他一直是一个沉默的人，很少和父母交谈，每次打电话都像例行公事，还好吗，身体怎么样，早点儿休息……他从来不问他们是否愉快，更不会想方设法逗他们开心。过去，他的家境并不富裕，但也不算穷困，父母原本可以过得更好。六年前，一个意外改变了这一切。他做对了一件事情，却受到了惩罚，还连累了父母。从此，父母背上了债务，不得不卖掉了祖传的小院。他毁掉了父母的生活。他感到惭愧。

笑话讲完了，母亲该休息了。贺超离开了。离开之前，贺超找到了护士长，悄悄地给她塞钱，希望她善待杜川的母亲。护士长拒绝了。所以，这笔钱没能花出去。不过，贺超做的已经足够多了，足够让杜川感动。过去，杜川遇到过许多坏人，忍受过许多恶意。现在，一切都不一样了。现在，他觉得身边全是好人，所有人都对他充满善意。

为了照顾母亲，杜川请了假，耽误了工作。他向贺超表示了歉意。贺超告诉他，他不必抱歉，没有什么比父母更重要。贺超说，他十岁那年失去了父亲，从此与母亲相依为命，为了把他养大，母亲吃尽了苦头。在他十八岁那年，母亲得了重病。他想尽了办法，却没能留住母亲，那是一种深入骨髓的遗憾。直到现在，夜深人静时，他的内心仍然隐隐作痛。

"照顾好你妈妈。不然，将来你会后悔的。"贺超说。

贺超离开了医院。外面下着大雨，他披上雨衣，走进雨里，朝停车场走去。望着贺超的背影，杜川忽然心里一震。

无边无际的大雨，满脸是血的匹诺羊，披着雨衣的男人……一个不断纠缠他的噩梦。

这是命运给杜川出的一道难题。现在，他找到了答案。

第五章

1

多年以来，贺超一直收藏着一个笔记本。笔记本里写着一个男孩的心事。或者说，那是写给一个女孩的情书。

那个时候，贺超才十六岁，还在上高中。有一天，他在上语文课。语文老师正在朗读课文，讲述一位伟人的高尚情操。对待学业，他一直是一个专注的人，心无旁骛，从不懈怠。这一次，他的注意力却被别的事物吸引了。他坐在靠窗的位置，另一个班在窗外上体育课。他无意中看了看窗外，然后，他的人生发生了变化。

贺超看见了一个女孩。她叫叶诺，个子很高，眼睛很大，漂亮，干净，活泼。在人群中，她是那么特别，那么显眼，仿佛降落在人间的天使。

时间在那一刻停滞了，一切都仿佛不存在了。隔着窗户，贺超能听见叶诺银铃般的笑声，仿佛还能闻到叶诺身上迷人的香气。他着迷地看着叶诺，控制不住自己的心跳。从此，除了叶诺，世间万物都没有了意义。

从此，贺超开始在笔记本上写下他的心事，写下他的迷恋，他的渴望，他的想象。他曾无数次想象，一个静悄悄的夜晚，在学校的后山上，他拉着叶诺的手，向叶诺倾诉爱慕之情，叶诺温柔地接受了他的拥抱，接受了他的亲吻……那是他最美的梦境。

现实中，他们素不相识。叶诺甚至不知道贺超是谁。也许知道，但没有兴趣和他认识。而贺超能做的，只是在每天晚自习后，像一条跟屁虫，悄悄地尾随叶诺，尾随她离开学校，穿过小巷，穿过吊桥，走进家门……然后依依不舍地掉头离开。

贺超很想把他的心事告诉叶诺，却一直没有那样的勇气。叶诺那么美，那么骄傲，那么高不可攀。叶诺是所有男生的梦中情人，而他只是其中最不起眼的那一个。他偷拍了叶诺的照片，然后把叶诺和自己的照片拼在一起，就像是一张结婚照。他感到沮丧。照片上，他和叶诺看起来一点儿也不般配。

别做梦了！

可是，贺超仍然控制不住自己的心跳，控制不住对叶诺的迷恋。在他失控的人生中，所有的一切都有了变化，他对叶诺的迷恋却从未改变。

十几年来，贺超一直收藏着这个笔记本，不舍得扔掉。那是他的青春。笔记本的纸张已经泛黄，那些青涩的文字看上去似乎有些矫情，难以启齿，却是他年少时的真情流露。这就是他的爱情故事，一厢情愿的爱情故事。在这个故事里，男主角爱得死去活来，女主角却毫不知情。

高中三年，他们从来没有说过话，一句也没有。贺超在叶诺身边晃来晃去，叶诺却从来没有注意过他。也许叶诺知道他一直在尾随，但她没有兴趣回头，也没有兴趣搭理他。贺超不过是一个卑微而懦弱的暗恋者。在叶诺的世界里，像贺超这样的人已经足够多了，不需要再多认识一个。

那时候，贺超天真地想，等他考上大学，等他有了出息，也许叶诺会对他刮目相看，也许叶诺愿意与他亲近。到了那个时候，也许他可以勇敢地说出自己的心事。

2

高考，是人生的分水岭。许多人的命运，都是被高考改变的。贺超也不例外。

贺超一直是个自卑的男孩。普通的相貌让他自卑，贫寒的出身让他自卑，残缺的家庭也让他自卑……一切都让他自卑。他唯一的自信来自他的学业。老天爷对他唯一的眷顾，就是给了他一个聪明的头脑和过目不忘的本事。他并不热爱学习，但他知道，这是他改变命运的唯一机会，也是他战胜自卑的唯一途径。所以，从小到大，他一直很勤奋，比任何人都勤奋。当别人沉迷于电子游戏的时候，他在学习。当别人沉迷于网络聊天的时候，他在学习。当别人开始早恋的时候，他在学习……他是所有老师欣赏的那种学生。他一直是个学霸。他的文科成绩很好，理科成绩也不错。所以，考上大学，甚至考上名校，对他来说，这不是问题。

然而，高考即将来临的时候，问题出现了。贺超的母亲，一个沉默寡言的保洁工人，有一天忽然晕倒了，被送进了医院。大夫说，她长年劳累，严重贫血。更要命的是，她的肾功能已经衰竭，如果想让她活下来，活得更久一点儿，只有一个办法，换一个健康的肾。

对于贺超来说，这是一场灾难，是他人生中遭遇的第二场灾难。在他十岁那年，因为一场工地事故，他失去了父亲。然后，母亲一直没有改嫁，尽管母亲也遇到过对她很好的男人。母亲一直守着他，唯一的愿望就是把他养大成人。现在，他十八岁了，已经成人，母亲却命悬一线。他知道母亲为了把他养大吃了多少苦头，他一直心存感恩，一直想要报答。他一直那么勤奋，除了改变自己的命运，还有一个动力，就是让他的母亲也过得更好一点儿。可是，命运捉弄，他长大了，母亲却要离开了。子欲养而亲不待，还有什么比这个更让人遗憾？

贺超抱怨过老天不公，不该对这个困苦的家庭这么冷酷。然后，他开始行动。他找过报社记者，找过电台，找过电视台，在网上发帖，四处求助……为了留住他的母亲，为了让母亲活下来，他想尽了一切办法。他每天守在病床边，照顾母亲，在痛苦中等待，在无望中煎熬。他不断地向老天爷祈祷，期望有奇迹发生。

在他最绝望的时候，奇迹发生了。那是个深夜，贺超接到了一个电话。然后，他离开母亲的病房，去了一个陌生的地方，和一个陌生的男人见面。那是他人生中遇到的第一个贵人。他们谈了很长时间，从深夜到天亮……然后，他获得了帮助。

母亲得救了。她获得了一个健康的肾，活了下来。然后，贺超走进了考场，去应付那场人生大考。

贺超考砸了。他的高考成绩让所有人感到意外。那个成绩应该属于一个学渣，而不是一个学霸。当然，所有人都理解他。他们都知道，是母亲的病情影响了他，拖累了他。付出总有回报，得到也必须付出代价，为了让母亲活下来，这就是他付出的代价。

贺超并不沮丧。和母亲的生命相比，这不算什么。高考年年都有，而母亲只有一个。他认为，这一切都很值得。

叶诺也落榜了，这让贺超感到高兴。他想，他们将在复读时相遇，继续他的爱情故事。然而，复读时，叶诺并没有出现。那个时候，叶诺也刚刚经历了一场灾难。因为一场可怕的交通事故，叶诺失去了父母。为了养大她的妹妹，叶诺放弃复读，开始打工。贺超感到失望。不过，他认为，人生还很漫长，他仍然有机会让叶诺对他刮目相看。

那个时候，贺超还年少，一切皆有可能。

3

一年很快过去了。贺超重新走进了考场。

这一次，贺超没有考砸，发挥正常。但是，填报志愿的时候，因为一个小小的失误，他并没有考上他理想中的银海大学，录取他的是一所普通大学，学的是新闻专业。不过，他已经知足了。如果一切正常，毕业后他也许会成为一名记者。

寒假期间，贺超回到了沙州。他仍然惦记叶诺，于是去看她。穿过那条熟悉的小巷，吊桥就在不远处，他却停下了脚步。

叶诺和一个男孩在吊桥上，紧紧地拥抱在一起，亲吻着对方。那是个夜晚，吊桥上没有路灯，贺超看不清那个男孩的脸，不知道是谁，只知道那是一个幸运的混蛋。这个混蛋夺走了他的爱人，撕碎了他的美梦，毁掉了他的青春。他很想冲上去，强行把他们分开，在那个男孩的脸上狠狠地扇一巴掌。结果，他却什么都没做，默默地走开了。

贺超感到遗憾。为自己遗憾，也为叶诺遗憾。他曾经发过誓，如果叶诺和他在一起，他一定会善待叶诺，把叶诺当成手心里的宝，让叶诺成为全世界最幸福的姑娘。现在，叶诺背叛了他，这个誓言也就没有了任何意义。

贺超决定忘掉叶诺，面对现实，做他应该做的事情，其中包括谈一场恋爱。

贺超认识了一个姑娘。她叫恬恬，是校长的女儿。他们是同学，不同专业，一起上大课。有一天，贺超迟到了，在角落里坐了下来，恰好坐在恬恬身旁。恬恬看了他一眼，问他借了块橡皮。就这样，他们认识了，然后恋爱了。恬恬说，她喜欢贺超沉默寡言的样子。她认为贺超很酷，她不喜欢夸夸其谈的男孩。恬恬不够漂亮，但很可爱。其实，贺超并不喜欢恬恬。除了叶诺，他没有喜欢过任何姑娘。但是，他接受了恬恬的爱情。他需要一个姑娘，帮助他忘掉叶诺。其实，他一直把恬恬当成叶诺。他和恬恬拉着手在校园里散步，想象中拉着的却是叶诺的手。他和恬恬在小树林里拥抱，想象中抱着的却是叶诺。他和恬恬在宿舍里亲吻，想象中吻的却是叶诺的嘴唇……叶诺一直在，在他的脑海深处，充满了他的生活，无处不在。

贺超想，叶诺只是一个遥不可及的梦。现实中，他注定要和恬恬结为夫妻，和恬恬共度一生。也许，这就是他的命运。

他错了。这并不是他的命运。他们的爱情很快传到了校长的耳朵里。校长是个暴躁的家伙，时常在校园广播里发脾气。他把贺超叫进了他的办公室，提了许多问题。谈话结束后，他得出了一个结论，这个什么都没有的穷小子配不上他的女儿。尽管他是这所大学的校长，尽管他自己的女儿也是这所大学的学生，但他从骨子里看不起这所大学，看不起这里的所有人。他认为，能配得上他女儿的男孩并不多，至少应该毕业于名校，至少家里应该有一些背景。尽管他也不知道那个男孩是谁，但他敢确定，一定不是贺超。

校长的态度很强硬，严禁贺超骚扰他的女儿。贺超一直很自卑，但这并不代表他没有自尊。他被激怒了。他告诉校长，他从来没有主动骚扰过他的女儿，如果校长不希望他们在一起，他应该去找他自己的女儿谈话，而不是花费口舌来说服他。校长也被激怒了。回家后，校长对他的女儿说了许多狠话，其中包括断绝父女关系，发誓从此不会在她身上再花费一分钱。校长笑到了最后。为了家庭和睦，为了财务自由，恬恬妥协了，从此和贺超断绝了联系。就这样，他们分手了。

分手后，贺超很孤独，很苦闷。他学会了抽烟，学会了喝酒。有一天，他喝醉了，在宿舍里抽烟，不小心点燃了蚊帐，接着又点燃了窗帘。这引发了一场大火，惊动了校长。校长很高兴贺超做了这样的事情，这足以证明他当初并没有看错人。校长也很高兴在关于贺超的处理意见上签字。他签了字，然后，贺超被开除了。

贺超回到了沙州。母亲什么也没说，但能看得出她很痛苦，很压抑，很不开心。夜深人静时，他能听见母亲低低的哭声。不久，母亲病情复发，住进了医院。这一次，没有奇迹发生。他失去了母亲，只剩下他自己。

葬礼很冷清。母亲是个小人物，没什么朋友。贺超捧着母亲的骨灰，陷入深深的自责。他知道，害死母亲的并不是病魔，而是他自己。他害死了自己的母亲。

贺超跌入了低谷，真正的低谷。他觉得，他毁掉了自己的人生，他再也没有机会了。

4

母亲去世之后，贺超再无牵挂。他也不再惦记叶诺，因为他在沙州已经声名狼藉，他不想让他的梦中情人看他的笑话。他决定离开沙州，告别那些不堪的往事，于是他孤身一人来到了银海。

初到银海时，贺超的口袋里揣着一张银行卡，卡上有八万块钱。那是他卖掉家中小屋得到的全部，是母亲留给他的遗产。他决定和命运再赌一把，如果五年之内他不能在银海出人头地，他就要回到沙州，一头跳进护城河，把自己淹死。

那是噩梦般的五年。在这五年里，贺超居无定所，卖过保险，加入过传销组织，做过房产中介……八万块钱很快花完了，他没有出人头地，没赚到钱。五年过去了，他像初来乍到时一样，仍然住在暗无天日的地下室，仍然每天都要为生计发愁。他没有勇气再回沙州，更没有勇气跳河。

贺超所从事的工作需要他不停地说话，终于把他从一个沉默寡言的人变成了一个话痨。他讨厌那样的自己，但为了生存，他不得不接受这样的改变。从此，他变成了一个玩世不恭的人，脸上永远带着标志性的坏笑，脑袋里永远装满了各种段子。他总是有办法活跃气氛，总是有办法让别人开心。但他自己一直不开心，一直郁闷。在他的内心深处，一直住着一个男孩。那个男孩沉默而内敛，自卑而懦弱。

为了战胜自卑，贺超开始结交朋友。慢慢地，他有了朋友。他们和贺超一样，都是些小人物。他喜欢他们叫他"超哥"。他喜欢当大哥的感觉，喜欢打抱不平，替别人出头。他曾经忍受过许多屈辱，当他听到别人受欺负的事情时，他感同身受。他曾经发誓，如果有一天出人头地，他最想做的事情，就是去欺负那些曾经欺负过他的人，把他们送给他的郁闷和屈辱，原封不动地还给他们。但是，命运并没有给他这样的机会。

贺超不愿意回忆过去，也看不见自己的将来。他找不到自己存在的意义，甚至不知道自己为什么活着。活着对于他来说，也许只是一种本能。他和所有人一样吃饭，睡觉，干活。他又和所有人不一样。他没有爱，没有希望，没有牵挂的人，也没有惦记他的人，没有想回去的地方……他什么都没有。他活得像个稻草人，干瘪，空洞，没有灵魂。

这让贺超感到苦闷。苦闷不断地累积，终于累积成了抑郁症。每天早晨，他醒来时都会问自己两个问题。第一个问题，昨晚我睡着了没有？第二个问题，这一天要如何度过？清醒时的每一分每一秒，对于他来说都是一种煎熬。他不知道，这样的煎熬要到什么时候才是尽头。他想要改变这一切，却一直找不到方法。终于，他决定结束这一切，一了百了。

那是一个下午，天色阴沉，下着小雨。贺超走进了地铁站。地铁呼啸而来，他拨开人群，跳下站台……这只是他的想象。事实上，这一切并没有发生。命中注定，在他这样做之前，他看见了地铁站里的那块广告牌。

广告上的主角是周震，他意气风发，为自己代言。贺超站在那里，长久地与周震对视。周震的眼睛很明亮，笑容很神秘，仿佛在嘲笑他，又仿佛在鼓励他。在那一刻，他忽然意识到，命运又给了他一个机会。

贺超找到了周震。高中三年，他们一直是同学，同班同学。当年，贺超高考落榜，而周震考上了他梦寐以求的银海大学。从此，他们再无联系。现在，他们又见面了。久别重逢，周震仍然仗义。他听说了贺超的遭遇，表示了同情，并答应帮忙。在周震的带领下，贺超走进了会所，找回了人生的意义。

苦闷消失了，抑郁症不治而愈。从此，贺超穿上西装，扎上领带，他摇身一变，变成了"贺总"。

贺超感激周震，感谢命运。他知道，一个新世界的大门正在向他敞开。

5

会所是个大观园，也是个名利场。在这里，贺超见识了许多新鲜事物，也见识了许多真正的名流。他们都是些大人物，不是身家过亿的大老板，就是流量过亿的大明星。贺超和他们握手，和他们交谈，和他们平起平坐，和他们开各种玩笑……过去，这是他不敢想象的。现在，这不过是他的日常。他过上了从前不敢想象的生活。

贺超很胜任这份工作。会所是个社交场。社交中，最重要的就是气氛。人们参加社交，目的是让自己愉快，而不是郁闷。而贺超最擅长的，就是花言巧语，活跃气氛。他总是有办法找到所有人感兴趣的话题，总是有办法让人们开怀大笑。他知道，他来对了地方。过去的五年不堪回首，他却要感谢那一段噩梦般的经历，是那些经历塑造了他，为这份工作做好了准备。

贺超实现了人生价值，得到了快乐，不再为生计发愁。他对这一切都很满足。只是，偶尔他还会感觉有些孤单。

贺超很想找个姑娘谈一场恋爱，会所里也有许多年轻漂亮的姑娘。可是，不知道为什么，看着她们，他却没有任何欲望。他想，这一辈子，也许他注定要孤独终老。

有一个姑娘，她叫梅梅，是个会计，在会所里管账。所有人都能看出来，她喜欢贺超，她也从来不掩饰对贺超的好感。梅梅经常给贺超带饭，带各种好吃的，她对贺超很好。贺超接受梅梅的善意，但不接受梅梅的爱情。他告诉梅梅，他们是同事，是朋友，仅此而已。他不想让梅梅误会，如果梅梅误会了他的意思，也许会有麻烦。他害怕麻烦。有一次，梅梅忽然问他，你还不老，就没有那方面的需求吗？他说，当然有啊。梅梅接着问他，那么你平时怎么解决呢？这个问题很敏感。梅梅的态度很暧昧，但意思很明确。可以说，这几乎是一种挑逗。如果是十年前，他也许会面红耳赤，支支吾吾，但他已经不再是那个没见过什么世面的乡巴佬了。他来银海已经快十年了，他什么都见过，没有什么能让他脸红，没有什么能问住他。他微笑着反问，你问这个干什么？梅梅说，网上说，一个男人，正当壮年，如果长期没有那个，对身体不好。他干脆挑明了说，你是说我没有性生活？梅梅说，你有吗？他说，当然有啊，我只是没有两性性生活。梅梅愣了一下，然后脸红了，扑哧一笑。梅梅觉得他很幽默，从此不再给他带饭。

夜深人静时，贺超会翻开那个笔记本，回忆自己的青春，为自己曾经的年少无知而苦笑。他忽然发现，他仍然惦记叶诺。他打听过叶诺的下落，听说叶诺已经离开沙州，来到了银海。但是，叶诺究竟在银海什么地方，究竟在做些什么，没有人知道。银海太大了，他不知道该去哪里寻找。他想，也许他们就这样失散了，这一辈子也不会再相见。直到有一天，他打开手机，无意中进入了一个直播间。

主播叫匹诺羊，一个网红。她戴着假发，化着浓妆，鲜红的嘴唇，厚厚的粉底，黑黑的眼影，就像戴着一副人皮面具。但贺超一眼就认出了她是谁。那是叶诺，是他一直惦记的梦中情人。那一刻，他泪流满面，心跳如狂。

　　贺超很快查到了叶诺的地址，也查到了叶诺的手机号码。在互联网的世界，这并不复杂。他很想给叶诺打个电话，或者去找叶诺，以老乡或校友的名义，先建立联系，然后想办法追求叶诺。但他犹豫许久，并没有这样做。他确实经历了许多，也确实改变了许多，从外在到内在，都发生了深刻的变化，可以说是脱胎换骨。但是，有一点从来没有改变。他仍然疯狂地迷恋叶诺。在内心深处，他仍然是那个自卑而懦弱的男孩。

　　事实上，接下来贺超所做的，只是捧着手机，盯着直播，看着他心爱的姑娘，疯狂地打赏。他也不知道为什么要这样做。也许是为了引起叶诺的注意，也许是为了填补自己内心的空虚。他不停地刷，刷"游艇"，刷"火箭"……不停地刷。与此相对应的是，他的银行账户上的数字不停地减少。

　　贺超是个职业经理人，高级打工仔，会所待他不薄。他的薪水不少，却无法满足他随意的挥霍。银行账户上的钱花完了，他就去想别的办法。在互联网的世界里，他总是能找到办法。

　　贺超找到了网贷公司，然后进入了另一个噩梦。

6

　　那是个黄昏，贺超从会所里走出来。他走到停车场，发动汽车。一切如常。

　　不同寻常的是，后视镜里突然出现一张脸。一张瓦刀一样的脸，胡子拉碴，眼窝深陷，目光凶狠，像一只野兽。

　　"你好！"瓦刀脸说。声音很低沉。

　　"你谁呀？"贺超从来没有这么害怕过，他的心狂跳起来。

　　"放松！"瓦刀脸说，"放松一点儿，别紧张。"

　　"你谁呀？"贺超的心跳得越来越厉害，他觉得自己会因为心肌梗死而死去。

　　"一个朋友。"瓦刀脸说，"咱们没见过面，打过电话。"

"什么朋友？你想干什么？"

"讨债。"

贺超明白了。该死的网贷！

贺超听说过许多暴力讨债的故事，听说过那些人的手段。在别人家门口刷油漆，寄刀片，各种威胁，各种恐吓……可是，他并没有亲身经历过。现在，他又多了一份"阅历"。

贺超转过头。一双手伸过来，像钳子一样掐住他的脖子。他疼得呻吟起来。

"别回头！我不喜欢跟人面对面，我喜欢躲在别人背后，就像躲猫猫一样，明白吗？"

"明白。"贺超喘着气说，"明白，明白，你快放手！"

"钳子"松开了。

"你是怎么进来的？怎么上的车？"

"钳子"忽然又回到了脖子上。贺超发出一声尖叫。

"如果我连这点儿本事都没有，我还讨什么债？"瓦刀脸说，"我干脆要饭去得了。"

"是是是，你很有本事。你先松开，快松开。"

"钳子"又松开了。

贺超从来没遇到过这样的事情。他无法相信这一切就发生在会所的停车场里。外面阳光很好，他可以看到保安。保安就在不远处，正在朝停车场张望。也许他应该大声呼救，保安一定能听到。保安当过兵，训练有素，一定有办法对付他身后的这只"野兽"。然后呢？然后，"野兽"会被关进笼子里，而他必须去派出所做笔录。他怎么解释这一切？他是个体面人，他不能让别人知道发生了什么，不能让别人知道他做过什么，他不能丢掉这份来之不易的工作。

接待大厅的顶端有个时钟。现在，钟上的时间是六点一刻。再过两个小时，匹诺羊就要开始直播了。贺超不想错过直播，那是他唯一的娱乐，也是他唯一能取悦自己的方式。可是，他却被困在这里，和一只"野兽"待在一起。这只"野兽"可能会要了他的命。这很不真实，就像是一场噩梦。

"能不能再给我一个礼拜？"

"钳子"又收紧了。贺超继续呻吟。一张臭烘烘的嘴对着他的耳朵，喷出的气热乎乎的。

"已经三个礼拜了，雷哥很不高兴。"瓦刀脸说，"他说我们都是饭桶，都是废物，都是垃圾！你觉得呢？"

贺超没有回答，他不知道该说什么。

"他还扇了我一耳光，到现在我脸上还火辣辣地疼。你说，我应该去找谁说理？"

"钳子"再次收紧，疼得让人难以忍受。贺超挣扎着，伸手去按车喇叭。

"你敢按喇叭，我就杀了你。"瓦刀脸说。

贺超放下手。他知道，除了一双钳子一样的手，这个人也许还揣着一把刀子，随时可以要了他的命。他们不是一般人，甚至不是正常人，他们都是疯子。

"钳子"松开了。

"你觉得，我是个废物吗？"

"不是。"

"你觉得，我们既然敢把钱借给你，就没有办法把钱收回来吗？"

"不是。"

"你觉得，你能一直拖下去，你躲得过初一，躲得过十五吗？"

"不是。"

"我也觉得，我不是个废物，我只是心太软。"瓦刀脸忽然唱了起来，"我总是心太软，心太软，把所有问题都自己扛……"

"求你了，别唱了。"

"不好听吗？"

"不好听。"

"人们都说我是东北任贤齐，你是第一个说我唱歌不好听的，我敬你是条汉子！"

"谢谢！"

"不客气。你知道吗，如果我不高兴，我可以把你变成一个植物人。"

"我知道。"

"雷哥的意思是，变成植物人太过分了。如果你实在还不上，也可以摘你两个肾。你的肾没什么毛病吧？"

"没有。"

"你的意思是，咱们摘肾？"

"不是。"

"那你什么意思？"

"再给我一个礼拜。"

"钳子"再次收紧了。

"三天！"贺超控制不住自己，眼泪流了出来。

"三天？"

"就三天！"

"行！那我等你三天。三天之后，你要么给我钱，要么给我肾。"

"好。"

"一言为定？"

"一言为定！"

"钳子"完全松了。后门打开，后座上的人走了。他走出停车场，穿过前院，大模大样地和保安打了个招呼，消失了。

贺超全身发抖，僵硬地坐着，心脏咚咚直跳。他感觉很愤怒。随之而来的冲动是打电话报警。但是，他并没有这样做。他是个体面人，他不能丢掉这份工作。

三天之后，你要么给我钱，要么给我肾……

贺超发动了汽车。回家吃饭，然后看直播。一边看直播，一边想办法。没有过不去的坎儿，办法总是会有的。

这是一间玻璃房子，光线充足，可以看到外面的院子。院子里的植物很茂盛，生机勃勃。

周震舒服地坐在那里。这是属于他的包房。贺超坐在他对面，小心翼翼地看着他。这时候，贺超已经解决了他的问题，仍然保留着他的两个肾。他感到庆幸，感到放松。但是，周震的出现又让他重新紧张起来。

论年龄，周震比贺超小几个月。但周震看上去更像是大哥。这是他们骨子里的东西，后天无法改变。在周震的基因里，有一种东西叫作优越感，这是贺超从来不曾拥有过的东西。

"那笔钱去哪儿了？"周震问贺超。

"什么钱？"贺超反问。

"农民工的钱。"

"农民工，什么钱？"

"你知道我在说什么。"

"我真不知道。"

"上个月，这儿搞绿化。"周震指指外面的院子，"雇了一帮农民工，对吗？"

"对。是有这么回事。"

"你跟他们签了合同，连工带料，一共是四十八万，对吗？"

"没错。"

"他们把活儿干完了，你一直没给人家结账，对吗？"

"没结账吗？"

"你是总经理，结没结账你不清楚？"

"我问问……"

"你不用问了。我听说，那帮农民工天天来讨债。"

"你听谁说的？"

"你不要忘了，我也是这儿的股东。"

"梅梅告诉你的？"

"她是财务主管。公司账上有坑，她当然有义务向我报告。"

"你别听她胡说。她追求过我，我没答应……"

"这是你的私事，我没兴趣听。"周震挥手打断他，"我就问你，那笔钱是不是被你动了？"

贺超低着头，不吭声了。

"你欠谁的钱不好，欠农民工的钱？弄不好，他们真敢拉横幅，真敢爬塔吊！"

"我跟他们说了，不是不给……"

"你知道这是什么地方！你知道每天有多少记者盯着这儿！那些媒体记者最喜欢看热闹，他们看热闹从来都不嫌事儿大。如果事情闹大了，你打算怎么收场？"

贺超重新把头低下，继续沉默。

"挪用公款是要坐牢的，这点儿常识，你应该有吧？"

坐牢？贺超吓了一跳，抬起头来。

"梅梅把我告了？"

"没有。她知道咱俩是同学。她让我转告你，趁事情还没闹大，抓紧把坑填上。"

"哦。"贺超松了口气。

"钱呢？"周震继续追问。

"花了。"

"花哪儿了？"

贺超闭上嘴，没有回答。

"你买房了？"

"没有。"

"换车了？"

"没有。"

"买股票了？"

"没有。"

"交女朋友了？"

"没有。"

"那你把钱都花哪儿了？"

贺超咬了咬牙，他不知道该不该说实话。

"我不管你把钱花哪儿了，给你一个礼拜，抓紧把坑填上！"

"一个礼拜？我填不上。"

"填不上也得填，你自己想办法。"

周震站了起来，打算离开。贺超也站了起来，一把抓住周震。

"你再帮我一次，行吗？"

"我不能一直帮你……"

"你也不能见死不救，眼睁睁地看着我去坐牢！"

周震瞪着眼睛，愤怒地看着贺超。贺超没有躲闪，强硬地接了周震的目光。

十秒钟后，愤怒消失了。周震叹了口气。

"最后一次？"

"最后一次！"

"你发誓？"

"我发誓！"

周震甩开贺超，离开了包房。

问题又解决了，贺超松了口气。他不能告诉周震，为了保住他的两个肾，他把那笔钱交给了一个疯子。他也不能告诉周震，他迷恋看直播，一直在花钱。这不是一个成熟的男人该做的事情，听起来简直像个笑话。

8

直播结束了。匹诺羊挥了挥手，带着迷人的微笑，从手机屏幕里消失了。

贺超关掉手机，依依不舍。这一次，他没有打赏，没有刷礼物。他控制住了自己，什么都没做。他也没有能力再做什么。他觉得，在实现真正的财务自由之前，他不能再乱花钱了。叶诺是个好姑娘，一定能理解他。其实，他每天守着直播间，默默地关注叶诺，已经是对叶诺最大的支持了。他不需要再花钱。叶诺是他的梦中情人，情人之间应该谈感情，而不是谈论金钱。那样像是生意，很庸俗，很无聊。

贺超收起手机，打算去洗个澡，然后上床，好好睡一觉。这时，他的手机忽然响了。

"钢铁侠？"一个熟悉的女声，很温柔。

贺超愣住了，心跳得厉害。

"贺超，是你吗？"

贺超惊呆了。他一直以为他是在默默地为叶诺付出，像个傻子一样。其实叶诺什么都知道，什么都逃不过叶诺的法眼。

"你在哪儿？"叶诺问贺超。

"在家。"贺超机械地回答。

"有空吗？"

"有。"

"咱们见个面吧。"

贺超用最快的速度刷了牙，洗了脸，梳理了头发，换了衣服，喷了香水，然后照了照镜子。他对镜子里的自己并不满意，但只能这样了。然后，他控制住心跳，充满激情地走出家门，就像一个要去相亲的男孩。

二十分钟后，贺超走进了一家咖啡馆。咖啡馆里人不多，很安静。灯火昏黄，音乐暧昧，很适合相亲。

在一个角落里，贺超找到了叶诺。叶诺坐在那里，低头刷着手机。察觉到有人走近，叶诺抬起头，露出了微笑。

这是一个熟悉的微笑，曾经无数次出现在贺超的梦里。现在也像是一场梦，很不真实。

但叶诺是真实的。叶诺的笑容很真实，声音也很真实。

"坐吧！"

贺超坐下了，僵硬得像个木偶。

叶诺身上仿佛有一种魔力。这种魔力让贺超感到压迫，使他无法放松，不敢直视叶诺的眼睛。其实，贺超有许多话想要对叶诺说，有许多问题想要问她。然而，真正面对叶诺，他却什么都说不出来，什么也问不出来。

"你紧张吗？"叶诺问贺超。

"有点儿。"贺超老实回答。

"咱们是老同学，你紧张什么？"

贺超咽了咽唾沫，感到口渴。

"你看着我呀，你为什么不看我？"

贺超看了叶诺一眼，移开了目光。

"我不好看，是吗？"

"不是。"

"那你看着我。你不看我，我都不知道自己在跟谁说话。"

贺超鼓起勇气，抬起眼睛，直视叶诺。叶诺还是那个姑娘，就像他第一次从教室窗口看见的那个天使。叶诺一直都是那个天使。她似乎没有太多变化，永远那么美，永远那么干净，永远那么活泼，永远那么让他着迷。

贺超曾经无数次尾随叶诺，却从来没有接近过她，从来没有近距离地凝视过她。现在，他们之间只相隔半米，眼睛对着眼睛，笑容对着笑容。叶诺的笑容很亲切，笑声很悦耳。她的身上散发出香气，那是一种让人神魂颠倒的香气。

"你结婚了吗？"叶诺轻轻地问。

"没有。"贺超低低地回答。

"我也没有。"

贺超心里一动，感觉到了希望。

"你有女朋友吗？"

"没有。"

"有喜欢的人吗？"

"有。"

"是我吗？"

贺超又愣住了。这个问题太突兀，他没有任何心理准备。

"咱们都是成年人了，没必要拐弯抹角。"叶诺淡淡地说。

贺超觉得，叶诺是对的。他已经错了十几年，不能再错过这一刻。

"你喜欢的人，是我吗？"叶诺继续追问。

"是。"贺超认真地回答。

叶诺笑了，用笑容鼓励贺超。

"说说吧，我想听听你的故事。"

贺超喝了口水，深吸了一口气。然后，他战胜了心魔，说出了他的心事。

贺超一直在说，倾诉他的爱情。叶诺一直在听，安静地倾听，偶尔会给他一个眼神，鼓励他继续说下去。

贺超说完了，交出了他的笔记本。叶诺收到了他的情书，那是迟到了十几年的情书。

叶诺一页一页地翻，仔仔细细地看，就像老师在检查学生的作业。

贺超一动不动，在不安中等待，就像学生在等待老师的赞扬。

叶诺看完了，抬起头来。她的眼圈红了，眼睛里隐约有泪光。

"你为什么不早告诉我呢？"

叶诺伸出手，抓住贺超的手，动作很轻，很温柔。她的手上仿佛带电，猛烈地电了贺超一下。贺超起了一身的鸡皮疙瘩，大脑晕晕忽忽。

原来，这就是传说中的幸福。

9

贺超恋爱了。他找回了他的初恋，过上了幸福的生活。

他和叶诺约会，陪叶诺逛街，一起吃饭，一起看电影，一起夹娃娃……这曾是一个遥不可及的梦。现在，它变成了现实。

贺超感到幸福，无与伦比的幸福。他觉得自己已经登上了人生的巅峰。他曾经跌入低谷，他曾经抑郁，曾经生不如死，他比常人更渴望幸福。现在，他得到了幸福。和叶诺在一起的每一分每一秒，都让他感到幸福。

只有一件事会影响他的心情。和叶诺在一起之后，贺超仍然会想起那个夜晚。吊桥上没有路灯，一对男女紧紧地拥抱在一起，亲吻着对方……一个幸运的混蛋！他想，爱情真是一件奇怪的事物，也许是这个世界上最奇怪的事物。他明明已经得到了，为什么还是会嫉妒？

"那个人是谁？"贺超问叶诺。

"一个渣男。"叶诺回答。

"我认识吗？"

"你不认识。"

"他叫什么？"

"都过去了，你问这个干什么？"

"我只是好奇……"

"你别问了，我不想提他！"

叶诺似乎生气了，转过头去，不看他。

贺超知道，他触碰到了叶诺的伤口。他感到懊恼，感到心疼。叶诺是他心爱的姑娘，他应该为叶诺疗伤，而不是残忍地撕开她的伤口。

叶诺说得对，都过去了。他不应该追问，更不应该嫉妒，不应该和叶诺的过去纠缠。那是个渣男，一个混蛋，让他去死吧，灰飞烟灭，他伤害过叶诺，他会遭报应的。

贺超鼓起勇气，张开双臂，拥抱了叶诺。叶诺一动不动，没有挣扎。这是贺超第一次拥抱自己心爱的姑娘，一个历史性的时刻。叶诺的身体那么柔软，身上的香气让人沉醉。贺超感到一股电流传遍全身，控制不住微微颤抖，他几乎被幸福冲昏了头脑。

幸福都是短暂的。很快，叶诺挣脱了他的拥抱。

"你坐下，我有话问你。"叶诺说。

叶诺的表情很严肃，从未有过的严肃。这让贺超感到不安。

贺超坐下了，很忐忑，就像一个小偷面对着警察。

"我问你，咱俩现在是什么关系？"叶诺问贺超。

"朋友。"贺超回答。

"什么朋友？"

"你说呢？"

"男女朋友？"

"是。"

"也就是说，咱俩在处对象？"

"是。"

"你爱我吗？"

"这还用说吗？你看了我的日记……"

"如果你爱我，你就应该和我坦诚相待，对吗？"

"当然。"

"不能撒谎，不能骗我？"

"当然。"

"好。"叶诺点点头，"那我问你，你的学历是真的吗？"

贺超呆住了。

"还是说，因为在会所当总经理需要学历，所以你编造了一段出国留学的经历？"

贺超瞪着眼睛，什么也说不出来。

"被我说中了，是吗？"叶诺的声音听起来那么遥远，很不真实。

"你听我解释……"

"你先别解释，我还有问题。"

贺超闭上嘴，不安的感觉更强烈了。

"当年你是个学霸，可是，高考你却考砸了，为什么？"

"我妈妈生病了，我要照顾她，耽误了复习……"

"所以说，是你妈妈拖累了你？"

"不是……"

"所以说，你妈妈并没有拖累你？"

"也不是。"

"你妈妈的病，"叶诺放缓了语气，"后来怎么样了？"

"她动了手术。"

"她是肾不好，对吗？"

"对。"

"她换了个肾，对吗？"

"对。"

"你家那么穷，哪儿来的钱给她换肾？"叶诺的语气又变了，变得咄咄逼人。

"我上网发帖求助，有人愿意帮我。"

"什么人？"

"一个有钱人。"

"他叫什么？"

"我问了，他不说。他愿意帮忙，但不愿意留下姓名。"

"他为什么要帮你？"

"因为……他是个好心人。"

"他是个生意人，对吗？"

"啊？"

"他和你做了一笔交易，对吗？"

"交易……什么交易？"

"他给你钱，帮你妈妈治病。作为回报，你也应该给他点儿什么。"

"我什么都没有，我能给他什么？"

"你的高考成绩！"

124

贺超惊呆了。叶诺确实法眼通天，什么都瞒不过她。

"被我说中了，是吗？"叶诺冷酷地看着贺超，像个陌生人。

幸福消失了。贺超满头大汗，终于冷静下来。

叶诺从来都没有喜欢过他，从来没有。过去没有，现在也没有，将来也不会有。叶诺来找他，不是因为爱情，而是另有目的。叶诺在下一盘棋。在叶诺的棋盘上，他只是一枚小小的棋子。

叶诺到底想干什么？

10

路边停着一辆摩托车，地上坐着一个孤独的身影。他的身旁有两个啤酒瓶，一个是空的，另一个半空。

这是一个僻静的小区。路上人不多，车也不多。偶尔有人路过，扭头看看贺超，就像在看一个露宿街头的流浪汉。

贺超不是流浪汉，他只是失恋了。其实，他从来都没有恋爱过，但他确实失恋了。他仍然在人生的低谷，从未登上巅峰。老天爷只是和他开了个玩笑，一切都只是幻觉。幻觉消失后，他仍然是个稻草人，一个彻头彻尾的失败者。

多年以来，贺超一直在保守着一个秘密，一个不能说的秘密。如果它被公开，后果将不堪设想。它将影响许多人的生活，包括但不仅限于他自己。那将是一场灾难。在灾难面前，人人都有求生欲。为了讨债，瓦刀脸可以粗暴地对待他，恐吓他，威胁要杀了他，或者把他变成植物人。某人当然也可以这样做。所以，他一直守口如瓶，从未向任何人透露过半个字。现在，叶诺破解了这个秘密。这让他感到恐怖，不寒而栗。

过去，在贺超的梦里，叶诺永远那么可爱，永远那么亲切。现在，叶诺变了，变成了一个魔鬼，一个妖怪，那么狰狞，那么冷酷。他不知道叶诺到底想干什么。他只知道，叶诺欺骗了他，叶诺毁掉了他的过去，还要毁掉他的将来。他感到愤怒，非常愤怒。

她必须付出代价！

怎样做才能让她付出代价呢？痛打她，把她打得鼻青脸肿？或者泼硫酸，让她变成一个丑八怪，永远也不会再漂亮了，永远也不能再欺骗别人的感情？或者，为了保守那个秘密，干脆杀了她，然后自杀，就当是殉情……

抑郁又回来了，贺超感到头疼。他决定停止思考，把剩下的半瓶酒喝完。

手机响了。这是一条短信，告诉他气象台发出了橙色预警，夜间将有暴雨，五十年不遇。

下吧，下点儿雨吧！

有个笨蛋已经被雷劈了，下点儿雨怕什么呢？

让暴风雨来得更猛烈些吧！

一条流浪狗跑了过来，讨好地冲贺超伸伸舌头，舔舔他的鞋尖。贺超一脚把它踢开，转过头继续盯着小区的出口。

目标出现了。白色的宝马开出小区，朝远处驶去。贺超站了起来，戴上头盔，骑上摩托车，跟了上去。

宝马开进了洗车店，摩托车停了下来。叶诺走出洗车店。贺超躲在墙角，安静地等待。

叶诺身边不会永远有人，她总会有独处的时候。到了那个时候，他一定要让叶诺付出代价。叶诺必须付出代价！

叶诺在打电话，朝贺超的方向走来。贺超顺势蹲了下来，蹲在一个垃圾桶背后。叶诺没有发现他。叶诺的声音越来越近，越来越近……近在咫尺。

"你要的东西在我手机里，所以你必须听我的，时间和地点由我来定。今晚十点，尘世间，108房，我会在那儿等你。你记住了吗？好，不见不散！"

叶诺挂了电话，重新走进洗车店。贺超站了起来，困惑地看着叶诺的背影。

为什么是尘世间，为什么是108房？贺超忽然明白了，房号是叶诺的生日……这不重要，重要的是，叶诺的手机里有个秘密，这个秘密可以作为一笔生意的筹码。他不知道这个筹码究竟是什么，但他知道谈判的具体时间和地点……

愤怒的感觉消失了。贺超骑上摩托车,掉头离开了。

11

这是一间高级套房,装修豪华。里面是卧室,外面是客厅。

这里是贺超的地盘。只要没有客人入住,他想什么时候进来,就能什么时候进来,他想进哪个房间,就能进哪个房间。其实,他应该来得更早一点儿。该死的大雨耽误了他的行程。路面太湿滑,摩托车失控了。他没受伤,但刷蹭了一辆汽车,然后他被缠住了。当他处理完事故赶到会所的时候,已经是晚上九点多了。

不过,一切还来得及。距离谈判开始还有半个多小时,在叶诺出现之前,贺超还有时间做一些准备工作。

这是忙碌的一天,倒霉的一天。贺超没吃晚饭,胃里有点儿难受。他把窗户打开一道缝,透了透气,感觉好一点儿了。

外面在下雨,铺天盖地。下这么大的雨,叶诺会来吗?应该会来的。贺超希望她来。如果有钱赚,下点儿雨怕什么呢?

摄像头应该装在哪儿呢?客厅,还是卧室?如果他们只是来谈判的,那么,摄像头应该装在客厅。如果谈判并不尽兴,他们还想干点儿什么,比如……那么,摄像头应该装在卧室里。可是,如果摄像头装错了地方,也许什么都拍不到。那么,这一切都白费了,他什么都得不到。

该死的选择障碍!贺超从客厅走到卧室,又从卧室走到客厅,来来回回,反反复复。他想了很多,结果却什么都没做。

这时,他忽然听到一阵脚步声。

是高跟鞋的声音,在外面的走廊里。脚步声越来越近,停在门口。然后是开门声。紧接着,客厅的灯亮了。

灯亮的那一瞬间，贺超呆住了。逃走已经来不及了。高跟鞋正在穿过客厅，朝着卧室走来。在高跟鞋迈进卧室的一刹那，他躲进了衣柜。

进来的是叶诺，贺超从衣柜的门缝里能看见她。叶诺关上了窗户，在沙发上坐下了，开始刷手机。贺超屏住呼吸，一动不动，暗暗祈祷不要被她发现。这就像是一场躲猫猫游戏，只要你不被发现，你就能赢得胜利。

衣柜里又闷又热，贺超感觉很不舒服。头又开始疼了，他一动不动，等待头疼消失。

叶诺在等什么人，他们要干什么？

贺超开始流汗，额头上的汗水流进了眼睛里。他不敢擦，只能眨眨眼睛，缓解痛苦。他感觉有些虚脱，就要坚持不住了。这是个周五，他疲于奔命，累了一天，心力交瘁。正常情况下，他应该躺在他的公寓里呼呼大睡，而不是待在这个衣柜里，瞪着眼睛，忍受煎熬。他感到后悔，后悔他不该喝酒，尤其不应该在心情低落时喝酒。

叶诺忽然站了起来，走出了卧室。很快，客厅里传来了开门声和脚步声，然后是谈话声。谈话声压得很低，听不清内容。他们似乎发生了争执，因为叶诺的声音突然变大了。

"松手，你干什么！"

拉扯的声音，撞到家具的声音，东西落地的声音。最后是一声巨响……

砰！

一切都静止了。

静默大概持续了十分钟，也许更长。感觉很漫长，就像一辈子那么漫长。贺超躲在衣柜里，不知道客厅里发生了什么，但他有一种不祥的预感。他仍然一动不动，在死一样的寂静中，他可以听得到自己怦怦的心跳。

十分钟之后，客厅里传来了动静。脚步声，关门声。有人离开了，一切重归寂静。

贺超再也坚持不住，走出了衣柜，悄悄走到卧室门口，探头观察客厅……他惊呆了。

叶诺躺在地上，闭着眼睛，太阳穴上有一个洞，鲜血从洞里流出，流到地板上。地上有个茶几，茶几的四个角都很尖锐，其中一个正在滴血……

贺超想要逃走，却迈不开脚步。就像是一种法术，他被定住了。然后，他听到耳边传来一个阴沉沉的声音。

"你是要报警，还是要帮忙？"

12

噩梦都是一样的。无边无际的大雨，满脸是血的叶诺，白色的宝马……

那是贺超有生以来见过的最大的一场雨，仿佛天都塌了。他开着宝马，在大雨中狂奔。后座上躺着叶诺。叶诺已经死了，无声无息，太阳穴上有一个洞。那是他一直爱慕的姑娘，他曾经发誓要善待叶诺，把叶诺当成手心里的宝。现在，他却要抛弃叶诺，就像抛弃一件没用的东西。

报警，还是帮忙？对于贺超来说，这不算是一道难题。他别无选择。如果叶诺还活着，她将引发一场灾难。现在，叶诺死了，灾难就不会发生了。许多人都安全了，他也安全了。不仅安全，还能获得报酬。唯一的问题是，怎么做才能让这一切看起来就像是一场意外？

这个问题也难不倒贺超。他是个聪明人，只是不够幸运。他的智商一直不低，他总是有办法解决问题。

叶诺曾经告诉过贺超，她喜欢刺激，很想去天沐河尝试一下漂流。现在，她再没有机会尝试了。现在，贺超将要帮助她实现这个愿望。

滂沱大雨中，贺超把叶诺扔进河里，看着他心爱的姑娘在水中漂流，直到她消失不见。在那一刻，贺超痛苦地流下了眼泪，仿佛在与他的青春诀别。然后，他擦掉眼泪，把宝马开到上游，沉入了深潭。

一切如他所料。有人发现了宝马，警察找到了叶诺……然后，一切都结束了。

可是，贺超仍然会做噩梦。在他的梦里，叶诺神出鬼没，时常在夜深人静时将他唤醒。醒来后，他惊魂不定，大汗淋漓。该死的女人！叶诺已经死了，但叶诺仍然在折磨他，就像她活着的时候一样。他想，时间能磨灭一切，终有一天，他会忘掉叶诺。终有一天，叶诺会远离他的生活，远离他的梦境，彻底消失，无影无踪。

有时候，他仍然会打开手机，进入匹诺羊的直播间。他知道匹诺羊永远不会再出现了，这只是一种习惯。有一天，他忽然发现，叶舟走进了直播间。

"我在找一个人，一个男人。他给我打过电话。他知道我姐姐是怎么死的。他告诉我，那不是意外……"

在那一刻，贺超知道，噩梦又开始了。

从此，贺超骑上摩托车，开始尾随叶舟，就像当年他尾随叶诺。他觉得，这样做也许能找到"那个人"。这是他唯一的机会。

无论如何，他必须找到"那个人"，结束这一切。否则，他将永无宁日。

第六章

1

云朗是一座小镇，偏远闭塞，在地图上毫不起眼。这里没有高楼大厦，没有立交桥，没有地铁，没有雾霾，从不堵车。它和银海是两个世界。它不如银海繁华，但比银海安静，也比银海从容。在这个小镇上，时间似乎过得更缓慢，焦虑似乎并不存在。生活在这里的人们，也许并不富有，见识不多，但更容易满足，更容易入睡。这里是杜川的故乡，是他出发的地方，也是他想要回去的地方。

母亲出院之后，杜川把她送回了云朗。和他们一起回来的，还有叶舟。叶舟说，她在银海待得太久，也想出来散散心。姐姐的事情让她烦闷，她确实需要出来散心。但更真实的理由，其实是她想给自己一个机会，更接近杜川，更了解杜川。

母亲继续卧床休养，叶舟继续照顾她。父亲每天出车，早出晚归。杜川负责家务，买菜，做饭，收拾屋子。

杜川一直是个沉默寡言的人，从来不向叶舟讲述自己的事。叶舟主动和他交谈，杜川也什么都不说。叶舟只好去问他母亲。她渴望了解杜川，了解他的过去，了解他的一切。

所有母亲都愿意在别人面前夸耀自己的孩子，除非她后悔把这个孩子生下来。杜川的母亲也不例外。母亲一直是个含蓄的女人，和杜川一样沉默寡言，但她说起自己的孩子，表达的欲望却是那么强烈。她是个小人物，一无所有。她这一生最大的成就，也许就是她的儿子。尽管杜川的过去很不堪，现在什么都没有，将来也未必会有，但她仍然为自己的儿子感到骄傲，发自内心地骄傲。

多年以来，母亲一直收藏着一本画册，那是杜川小时候的美术作业。杜川喜欢素描，画册中有许多人像，其中包括杜川给父母画的肖像。那个时候，父亲身材瘦削，英俊而挺拔。母亲满头黑发，年轻而饱满。

"他画得真像！"叶舟由衷地赞叹。

"那时候，美术老师特别喜欢他，说他将来一定会成为一个画家。"母亲叹了口气，"可惜，后来他不画了。"

"为什么？"

"他想要一盒蜡笔，那个时候我什么都不懂，还以为他画画是不务正业，不让他画。现在想想，我真应该给他买蜡笔，我真应该……我真后悔。不过，现在说什么都来不及了。"

母亲的眼中含着泪水。叶舟轻轻地为她擦去眼泪，不知道该说什么。她也感到遗憾，更加心疼杜川。

如果有机会，我一定要对他好一点儿……

"杜川是个好孩子。"母亲继续说，"他从小就很懂事，可惜他命不好。"

"命不好……"叶舟好奇地追问，"为什么这么说？"

母亲犹豫了一下，决定把那件事说出来。母亲觉得，叶舟是个好姑娘，不应该对她隐瞒。

那件事发生在六年前，并不久远，影响却是那么深刻。它深刻地改变了杜川的人生，也深刻地改变了这个家庭。从此，他们背上了沉重的债务，不得不卖掉祖传的小院，过上了穷人的生活。那是一场噩梦，也是一场灾难。

故事听起来似乎很简单，又似乎很复杂。六年前的一个夜晚，杜川把一位昏迷中的老人送到了医院。醒来后，老人说，他被人撞了，撞他的就是杜川。杜川说，他刚下晚自习，骑车路过那个巷口，看见地上躺着一位老人，就停了下来……

"你相信他吗？"母亲问叶舟。

"我信。"叶舟毫不犹豫地回答。

母亲和叶舟在卧室里说话，杜川在客厅里择菜。一墙之隔，他听到了她们的对话，感觉鼻子酸了，眼泪就要流了出来。他觉得，他心里有一块地方，从前是柔软的，后来被冻住了，现在又融化了，它仍然是那么柔软。

"不是你撞的，你为什么要扶呢？"

六年前，几乎所有人都这么问他。在法庭上，法官也这么问他。杜川也说不清为什么。他无法说服他们，他只是想帮忙。无论如何，一个老人晕倒在路口，他不能装作什么都没看见，拍拍屁股，轻轻松松地走人。

可是，无论杜川怎么辩解，除了他自己的父母，没有人相信他。现在，终于有一个人相信。他觉得，他必须报答叶舟。叶舟已经给了他最需要的东西，他也应该为叶舟做点儿什么。这是他的义务，也是他的责任。

杜川知道叶舟想要什么，但他现在还不能给叶舟答案。他不能冒险。在那个雨夜，他确实看见过一个披着雨衣的背影。现在，他已经找到了那个背影。但是，警察未必相信他。毕竟，他看见的只是一个背影，警察不可能单凭一个背影查案，更不可能单凭一个背影抓人。如果警察不相信他，贸然行动也许会给他的生活带来另一场灾难。

这不是懦弱。无论如何，杜川不是一个懦弱的人，从来都不是。六年前，因为那一场无妄之灾，他确实失去过勇气，变得谨小慎微。现在，在叶舟的善意和信任的滋养下，勇气在他的身体里复活了。所以，他并不惧怕什么，但他必须谨慎。他知道，唯有谨慎，才能达到他的目的。他的目的，就是找出真相，给叶舟一个交待。

杜川知道，贺超也许已经注意到了他，也许会对他做点儿什么。而他能做的，就是等待。

2

贺超来到了云朗。其实，从杜川和叶舟离开银海的那一刻开始，他们就没有离开过贺超的视线。任何时候，任何地方，白色的宝马都是那么显眼，所以，贺超一直没有跟丢。

此刻，贺超就站在杜川家楼下。这是一幢古老的公寓楼，墙皮斑驳，年久失修，看上去摇摇欲坠。这里是真正的贫民窟。从贺超的视角，可以看见杜川家的窗户，也可以看见杜川的影子在窗户里晃动。

贺超不喜欢云朗，他对这个地方没有感情。这个小镇太古老了，从银海来到云朗，就像是穿越了时空，回到了古时候。这里的人们看上去懒洋洋的，一点儿也不求上进。这里的马路太窄了，没有车水马龙，也没有霓虹闪烁，一点儿也不热闹。当洒水车开过街头，还在唱着古老的生日快乐歌。这太搞笑了。贺超已经习惯了繁华，习惯了热闹。这一切都让他很不适应。他喜欢银海，那里才是属于他的世界，但他不得不待在这个小镇上。他需要确定一件事，一件关系到许多人的命运的大事。

杜川究竟是不是"那个人"？

在那条小街上，叶舟中暑晕倒了，杜川恰巧在场，把叶舟送到了医院。在那个加油站，叶舟遇到了骗子，挎包被夺走，杜川恰巧在场，奋不顾身地追了上去。"那个人"给叶舟打过电话，他用的是一部公用电话，杜川恰巧就住在电话亭附近……巧合太多了，这不可信。贺超觉得，巧合过多，其中必有蹊跷。

所以说，杜川就是"那个人"吗？可是，如果杜川知道真相，他应该把一切都告诉叶舟。但叶舟一直没有任何反应，这说明什么？这说明杜川并不是"那个人"，否则，一切都会有变化，叶舟不会像现在这样冷静。当然，还有另一种可能，杜川就是"那个人"，但他天生懦弱，害怕给自己惹麻烦，所以他一直不敢把真相告诉叶舟，所以叶舟一直没有任何反应。但是，叶舟一直和杜川待在一起，她对杜川那么好，杜川迟早会告诉她一切……

这是人命关天的大事，贺超不敢轻举妄动，必须谨慎。所以，他给杜川安排工作，为杜川打抱不平。他所做的一切，不过是为了控制杜川，笼络人心。也许，只有这样，他才能更了解杜川，才能看清楚杜川到底是谁。

可是，在贺超的眼中，杜川就像是走进了雾里，神秘莫测。这是一道难解的谜，令人头疼。在云朗，贺超一直跟着杜川，看着他出门，看着他买菜，看着他回家，看着他在厨房里做饭，看着他在阳台上晾衣服……贺超从来没有跟丢过，把一切都看得清清楚楚。可是，他可以看见一切，却一直得不出他想要的答案。

杜川到底是谁？他是莫名其妙的"路人甲"，还是能决定他们命运的"那个人"？

杜川的母亲出现在窗口。那是一个慈眉善目的女人，看上去那么卑微，那么沉默，那么憔悴，那么容易满足……贺超忽然想起了自己的母亲。贺超曾经也是个孝顺的儿子，所以他羡慕杜川。杜川什么都没有，但他至少还有个母亲可以照顾。贺超也很想照顾自己的母亲，母亲却已经不在了。

和杜川一样，贺超心里也有一块地方，从前很柔软，后来变得僵硬。遇到叶诺时，它曾经融化过。现在，它又被冻住了。

抑郁又回来了，贺超感到头疼。该死的睡眠障碍！为了睡个好觉，他去看过医生，开了处方，拿了药。那些药确实有效，睡眠的问题似乎解决了，但新的问题又出现了。有一天早晨，他醒来后忽然感到恶心，然后吐了一地。那是药物的副作用。在那些药物的说明书上写着，副作用一共有六种，他几乎全中。心慌，气短，眩晕，麻痹，恶心，盗汗，时而亢奋，时而低落……他能感觉到身体里血流的速度在加快，心跳的速度也在加快。还有一种感觉非常强烈，他能清楚地感觉到自己的暴力倾向。他很想找个人打一架，拳打脚踢，头破血流。甚至，人生中第一次，他有了杀人的冲动。

贺超越来越焦虑，越来越消瘦。有一天深夜，他从噩梦中惊醒，起床后照了照镜子，他吓了一跳。镜子里有一个陌生人。那个人眼窝深陷，双目无神，毫无生气，像个骷髅。

贺超觉得，他不能再这样下去了。这样的日子会毁了他，他必须换个活法，他必须尽快结束这一切。

3

吃完了药，杜川的母亲睡着了。叶舟关上卧室的房门，来到了客厅。这时，她听到了敲门声。

这是个男人，一头黄毛，一口黄牙，脏兮兮的，眼睛里闪着戾气，浑身冒着酒气，一看就是个坏家伙。

坏家伙走进屋子，大模大样地在沙发上坐下，跷起二郎腿，晃晃悠悠，仿佛回到了自己家。

"你是谁？"叶舟问他。

"我叫陆子强，道上混的都叫我二愣。"

道上混的？叶舟觉得，他可能敲错了门，来错了地方。

"你找谁？"

"我找杜川，我是他朋友。听说他回来了，我来看看他。"

杜川怎么会有这样的朋友？

叶舟只是这样想，什么都没说。她一直是个很有教养的姑娘。她像个主人一样，给陆子强倒了杯水。

"杜川呢，他去哪儿了？"陆子强的眼睛似乎永远不能聚焦，贼溜溜的，东张西望。

"他出去买菜了。"叶舟说。

"那我就在这儿等他。"陆子强忽然咳嗽一声，嘴一张，朝地板上吐了口痰。

叶舟感到恶心，但她仍然保持着她的教养，什么也没说。

"他知道你要来吗？"叶舟问陆子强。

"我没告诉他，就是想给他个惊喜。"陆子强说。

"你有事找他？"

"有。"陆子强笑着说，"他这一走就是好几年，你不知道，我有多么地想他。"

陆子强的笑容很邪恶。叶舟起了一身的鸡皮疙瘩，感觉很不好。

"你找他什么事儿？"叶舟继续追问。

"你是他什么人？"陆子强反问。

"我是他朋友。"

"女朋友？"陆子强斜着眼睛打量叶舟。他想，像杜川这样的人，怎么会有这么漂亮的女朋友？

"你找他，到底什么事儿？"叶舟感觉很不舒服，希望这个坏家伙尽快离开。

"跟你说有用吗？"

"也许有用，也许没用。"

"行。"陆子强说，"那我告诉你，他欠我钱，我是来讨债的！"

"讨债？"叶舟愣了一下，"你有欠条吗？"

"有。"陆子强忽然脱掉了上衣，光着膀子，露出胸口的刺青。

叶舟不知道他为什么要这样做。这太失礼了，她感觉到了被冒犯。

"欠条呢？"叶舟移开目光，不看他。

"这就是。"陆子强指指自己的肚子，"他欠我的，一辈子也还不清。"

陆子强的肚皮上有一道疤，像一条蜈蚣，很难看。

叶舟呆住了。

"你知不知道，你男朋友杀过人？"

杀人！这怎么可能？叶舟瞪大了眼睛，不敢相信。

"他杀了什么人？"

"我。"陆子强指指自己的鼻子，又指指肚子上的那道疤痕，"他告没告诉过你，他坐过牢？"

坐牢？叶舟惊呆了。她知道杜川救过一个老人，从此杜川的人生发生了变化，但她不知道这个坏家伙就是那个老人的儿子，更不知道后来又发生了什么。她无法想象杜川到底经历了什么，为什么会做出那么可怕的事情。

"看来，你还不了解他，他也没跟你说实话。"陆子强说。

叶舟一直在努力，但她确实不了解杜川，也许……她不敢想象。

"你是他女朋友，你能替他还债吗？"

"你想要多少钱？"

"五十万，你有吗？"

"五十万？"

五十万叶舟是有的，姐姐给她留下了一笔丰厚的遗产。不过，她不确定要不要给他。她不知道杜川和陆子强之间到底有什么问题。她可以确定的是，杜川绝不会无缘无故地伤害别人。在搞清楚一切之前，她什么都不能答应。至少要等到杜川回来。

杜川回来了。进门的那一刻，他看见了陆子强。然后，他呆住了。

"回来啦？"陆子强微微一笑，露出一口黄牙。

忽然，杜川的眼睛红了，然后是通红。他就像变了一个人似的。过去，他一直很冷静，很沉默。现在，他变得很疯狂。他像个疯子一样，一把将陆子强从沙发上拉了起来。

"王八蛋，你给我滚！"

"松手！动手你是个儿吗……"

推搡变成了厮打。母亲被惊醒了，走出了卧室。叶舟搀扶着母亲，站在那里，手足无措。她从来没有遇到过这样的场面，不知道自己应该做点儿什么，才能结束这一切。

忽然，事情发生了变化。两个男人出现了。他们扑了上来，一把推开杜川，然后按住陆子强，终结了这一团混乱。

"警察，别动！"

陆子强被警察带走了。屋子里安静下来。

"谁报的警？"杜川不明白。

杜川看看母亲，母亲摇了摇头。杜川又看看叶舟，叶舟眨了眨眼睛，莫名其妙。

4

这是个仓库，四面无窗，黑漆漆的。干燥，凌乱，到处堆满了杂物。

陆子强揉了揉眼睛，渐渐适应了黑暗。他发现眼前有三个男人。除了刚才抓他过来的那两个人之外，还有另一个男人。这个人眼窝深陷，双目无神，毫无生气，像个骷髅。

"知道为什么抓你吗？"贺超的脸上没有任何表情，声音听起来很空洞。

"不知道。"陆子强说。但他知道，这个人肯定不是警察，跟着他的那两个男人也不是。云朗是个小地方，人口并不多，他几乎认识这个小镇上的每一个人。即使他不认识，至少也应该打过照面。他是个混混，成天在街头厮混，喜欢寻衅滋事。所以，他是派出所的常客，几乎每个礼拜都要去那儿报到。在派出所里，他从来没有见过他们。所以，他们肯定不是警察。不然，他不会对他们没有任何印象。

仇人？陆子强努力回忆，最近得罪过什么人。他想不起来。他知道自己是个混蛋，他伤害过的人实在太多了。

"你和杜川怎么回事？"贺超问陆子强。

"他欠我钱，我去找他讨债。"陆子强回答。

"他欠你多少钱？"

"可多可少。反正，我这一辈子都毁在了他手上。"

"为什么？"

"他撞了我爸，不承认。我把他告了。官司我赢了，就是他撞的。可他一直不肯赔钱。我去找他，他把我给捅了。"

陆子强撩起上衣，露出肚皮上的刀疤。他觉得，这个难看的刀疤也许能让他得到一点点同情。也许，他们会对他好一点儿。但他并没有得到同情，得到的却是一记重拳。拳头重重地打在他的肚子上，那里有全身最大的神经组织。他痛苦地跪在地上，流着口水，喘不过气来。他觉得嘴里有点儿咸，也许是流血了。

那两个男人把陆子强拉起来，让他重新面对着那张骷髅一样的脸庞。

"我再问一遍，你和杜川到底怎么回事？"贺超继续追问。

"就是这么回事儿。"陆子强决定坚持到底。

"我要听实话!"

"这就是实话。"

砰!又是一记重拳,仍然打在肚子上。陆子强又一次跪在地上。这一次,他觉得裤裆里有点儿湿,也许是小便失禁了。

"我警告你,没有人知道你在这儿,即使我现在挖个坑把你埋了,也没有人知道。"贺超冷酷地说。

陆子强感到恐惧,浑身发冷。在这个小镇上,他是地头蛇。过去,一直是他在欺负别人,还从来没有人敢欺负他。现在,他却跪在这里,嘴里流着血,裤裆里淌着尿,像个傻瓜。他觉得,他们不敢杀他,但他不敢赌。

"现在,我问什么,你答什么,听明白了吗?"贺超说。

"明白。"陆子强点了点头,决定说实话。

"你爸确实是杜川撞的?"

"不是。"

"是谁撞的?"

"不知道。"

"那么,你为什么说是杜川撞的?"

"我爸住院得花钱,总得有人掏腰包……"

"他救了你爸,所以你敲诈他?"

"他看上去那么老实,不欺负他欺负谁……"

啪!一记重重的耳光。陆子强捂着脸,耳朵里嗡嗡作响。

"他们家赔了多少?"

"十二万。他爸妈把房子都卖了。"

"然后呢,他为什么拿刀子捅你?"

"后来,钱花光了,我又欠了一笔赌债……"

"所以你又去找他?"

"他当时还是个学生,他哪儿有钱?我去找的是他妈妈。"

"他们已经赔钱了,你以什么理由去找她?"

"我说，我爸身体又不好了，大夫说是后遗症，需要一笔钱……"

"她给你钱了？"

"没有。她说她没钱。"

"然后呢，你做了什么？"

"我当时喝了酒，整个人晕晕忽忽的……"

"你动手了？"

"是。"

"你打了他妈妈？"

陆子强低着头，不吭声了。

"怎么打的？"

"打她耳光。"

"打了几下？"

"记不清了，七八下吧，反正不少。"

啪！啪！啪……一共八下。很响亮。陆子强觉得半张脸都麻了。

"这是替她还给你的。接着往下说！"

"然后，杜川回来了。他看见我打他妈妈，就扑了上来。然后，我们就打起来了。他根本打不过我。我把他按在地上，掐住他的脖子，不让他动。我一扭头，看见茶几上有把水果刀……"

"你想弄死他？"

"以前还没有人敢跟我动手，所以我受了点儿刺激。不过，我也没想要杀他，我只是想在他脸上划一道，给他个教训。没想到这小子有股子蛮劲儿，忽然一下把刀夺了过去，然后一刀捅在了我的肚子上。"

"然后呢？"

"然后，我进了医院，他进了监狱。"

"他在监狱里蹲了多久？"

"三年。他出来后，就去了银海。"

陆子强讲完了他的故事。贺超的脸上终于有了一丝表情，似笑非笑。

"我要是他，当时就一刀捅死你，一了百了！"

"是。我该死。我知道错了！"陆子强说。他觉得自己从来没有这么软弱。

"以后还敢欺负人吗？"

"以后不敢了。现在，我可以走了吗？"

"你可以走了。"就像变戏法一样，贺超忽然摊开手掌，亮出了手中的录音笔，"不过，你所说的一切都已经录下来了。必要的时候，它会成为呈堂证供。你知道，敲诈勒索，也是要坐牢的。"

"我知道。"

"以后，你还敢去找杜川吗？"

"不敢。"

"如果你再去找他，我见你一次打你一次。先断你几根肋骨，然后送你去坐牢。听明白了吗？"

"明白。"

陆子强灰溜溜地走了，留下一地的尿渍。他觉得，山外有山，他已经足够坏了，但这个世界上确实还有比他更坏的人。他忽然有点儿嫉妒杜川，嫉妒杜川身后有这样一座靠山。

贺超也走了。临走时，他给了那两个男人一笔钱。他觉得，他们付出了劳动，理应得到报酬。

贺超也说不清他为什么要这样做。他觉得自己就是个坏人，但他仍然讨厌坏人。坏人必须受到惩罚，他才能得到快感。更重要的是，如果陆子强继续纠缠杜川，也许会干扰他的视线，他不能让一个混混打乱他的计划。他必须让一切回归正轨，必须尽快确定杜川究竟是不是"那个人"，然后做出选择。必要的时候，不排除杀人灭口。

现在，贺超对杜川的感觉更复杂了。杜川拿刀子捅过人，蹲过三年监狱。监狱是一所学校，它能改变一个人，从头到脚。杜川果然不像看上去那么朴素，也不像他想象中那么简单。

如果杜川确实是"那个人"，那么，他算得上是一个让人着迷的对手。

5

杜川和叶舟坐在台阶上，在他们身后有一座塔。

这是一座奇怪的塔，塔顶上扣着一口铁锅，长着一棵胡椒树。关于这座塔，有一个传说。传说中，有一位神仙犯了错，为了弥补他的过失，必须在天亮前建成一座塔。天快亮了，他来不及封顶，只好借用了一口铁锅，却不小心打翻了胡椒罐，于是塔顶上长出了一颗胡椒树。这里是云朗的标志性建筑，唯一的旅游景点。

现在是深夜，四周很安静。月亮挂在胡椒树上，银河在夜空中流淌。微风吹过来，吹动着他们的头发。

"现在你知道了，我坐过牢。"杜川轻轻地说。

"我不在乎。"叶舟轻轻地回答。

"你不怕吗？"

"怕什么？"

"知道我坐过牢，一般人都会离我远远的，越远越好。"

"为什么？"

"他们认为，我是个坏人，只有坏人才会被抓去坐牢。"

"不，你不是坏人。你是个好人。"

好人？杜川得到了一个好评。这是一个珍贵的评价，他感到心里升起一股暖流，鼻子又酸了。

"值得吗？"杜川问叶舟。

"什么？"叶舟不明白。

"你对我这么好，值得吗？"

"值得。"

"可是，别人都认为不值得……"

"我过的是自己的日子，别人怎么想，关我什么事？"

叶舟已经知道了一切。拿刀子伤害别人当然是不对的，但她能理解杜川。

143

没有人能在自己的母亲受人欺负时保持冷静。所以，她理解杜川，也心疼杜川。监狱里的日子一定很难熬，杜川一定吃过许多苦。

"所以说，你同情我？"杜川问叶舟。

"这不是同情。"叶舟摇了摇头。

"不是同情，是什么？"

"是……"叶舟犹豫一下，勇敢地说了出来，"是喜欢。我喜欢你。"

喜欢？杜川瞪着眼睛，吃惊地看着叶舟，不相信自己的耳朵。

出狱后，除了他的父母，几乎所有人都在疏远他。仿佛他是个瘟神，仿佛接近他会给他们带来灾难。杜川只好封闭自己，远离人群，忍受孤独，不给任何人添麻烦。只有叶舟，一直在接近他，不停地接近，直到走进他的内心。

一直以来，杜川想要的不过是一点点善意，一点点光。他从来不奢望什么，也告别了所有的幻想。可是，现在他得到的，已经远远超过了他的想象。他得到了爱，一个姑娘的爱。这太奢侈了！这就像是一场梦，很不真实。他感到惶恐。

"你喜欢我什么？"杜川问叶舟。

叶舟看着杜川的眼睛，想起了他们的第一次相遇。

喧闹的小街，头顶的烈日，耳边的微风，空气中的尘埃……一个永恒的时刻。他们近在咫尺，面对面站着，一动不动。叶舟看着杜川的眼睛。杜川的眼睛很明亮，眼神很干净，一尘不染。然后，叶舟晕倒了。醒来以后，她又看见了这双眼睛。她觉得，这一切都是命中注定。

爱情是一种奇怪的事物，也许是这个世界上最奇怪的事物。叶舟身边一直有许多追求者，他们都很优秀，但她从不动心。她不知道为什么，也不知道她到底想要什么，直到她遇到了这双眼睛。看着这双眼睛，能让她感到安全，能给她带来宁静。她不是一个贪心的姑娘，她想要的其实不多。安全和宁静，这就是她想要的全部。

"说不清。反正就是喜欢。"叶舟说。她觉得，爱情是朦胧的，不能说透，说透就不美好了。

杜川沉默了。这是一个幸福的时刻，他不知道该说什么。

"你呢，你喜欢我吗？"叶舟问杜川。

"喜欢。"杜川老实回答，"但是，我不配。"

"庸俗！"

"什么？"

"我说你庸俗！"叶舟似乎生气了，"爱情是什么？是买卖？是等价交易？"

杜川低着头不吭声，像个做错了事的孩子。

杜川沉默的样子，又一次让叶舟心疼了。叶舟转过身，伸出双手，轻轻地拥抱了杜川。

杜川默默地接受了叶舟的拥抱，起初很僵硬，然后变得柔软，越来越柔软……他觉得自己就要被融化了。

"有件事，我一直想告诉你……"杜川觉得，他不能再对叶舟隐瞒什么了。

"我知道了。"叶舟说。

"你知道什么？"

"我知道，你就是那个人。"

"哪个人？"

"给我打电话的那个人。是你告诉我的，我姐姐的死，不是意外。"

"你早就知道了？"杜川吃了一惊。

"啊。"叶舟点点头。

"什么时候？"

"在七间房的那个加油站，我被人骗了，你又出现了。就是那时候。"

"为什么？"

"我觉得，不会那么巧。你一定知道什么，所以你一直跟着我。你是在保护我，对吗？"

"既然你什么都知道，为什么你不问我呢？"

"如果你不想说，我问你，你也不会说。如果你想说，我不问你，你也会告诉我。对吗？"

杜川点点头，忍住了眼泪。叶舟是一个聪明的姑娘，她善解人意，从不强人所难。

"现在，你愿意说了吗？"

杜川当然愿意。然后，他把一切都告诉了叶舟。

"贺超？"叶舟吃惊地瞪着眼睛，不敢相信。

"我不敢完全确定。毕竟，我看见的只是一个背影。"

"那怎么办？"

杜川也不知道怎么办。但他知道，贺超一定觉察到了什么，留给他的时间已经不多了。

6

贺超离开云朗，来到了沙州。这里是他的故乡，是他出发的地方。母亲去世后，他再也没有回来过。现在，他回来了。

沙州是省城。和云朗相比，沙州面积更大，人口更多，商业更发达。从地图上看，它恰好在银海和云朗的中间地带。

十几年了，一切都在变化。贺超和母亲生活过的小院已不复存在，取而代之的是一座现代化商厦。看上去一切似乎更繁华，一切又似乎更冷清，少了许多人间烟火气。不过，贺超并没有时间感慨。他回沙州不是为了故地重游，而是另有目的。

目标就在前方。杜川和叶舟肩并着肩，手拉着手，像一对情侣。他们穿过巷子，穿过吊桥，走进了一座小楼。

这一切都那么熟悉，仿佛穿越了时空，回到了十几年前。贺超看着他们的背影，就像看见了自己。他曾经无数次想象，他拉着一个姑娘的手，穿过巷子，穿过吊桥，送她回家……

从背影看去，叶舟和她的姐姐很像。贺超心疼叶舟，就像心疼她的姐姐。贺超也喜欢杜川，因为杜川就像是他自己的过去。他留恋过去，留恋青春。他喜欢他们。但是，如果有必要，他必须对他们做点儿什么，不排除使用暴力。这让他感到痛苦。

贺超找了个角落，默默地抽烟，静静地等待。他不知道这样做有什么意义，但他想不出更好的办法。他忽然想起了那座塔。一个神仙犯了错，为了弥补他的过失……他想，等这一切都结束了，他也要去建一座塔。

贺超抽了一支烟，又抽了一支……当地上的烟头堆积起来，杜川和叶舟终于走出了小楼，仍然手拉着手，像一对情侣。

他们坐上车，远离城市，来到了郊区。贺超继续尾随。他知道，他们要去看望两位逝者。那是叶舟的父母。十几年前，在一场可怕的交通事故中，他们告别了人世，去了另一个地方。

陵园里很安静。贺超站在角落里，朝远处张望。远处有一块墓碑。叶舟跪在地上，在哭泣。听不见她的哭声，只看得见她的肩膀在微微颤抖。杜川默默地将叶舟拉起来，揽入怀中。

贺超看着他们，忽然一阵心疼。十几年前，叶舟失去了父母，现在又失去了姐姐，从此举目无亲。他知道孤独的滋味。母亲去世后，他一直孤独，那是刻骨的悲凉。

叶舟和杜川走出了公墓。贺超从角落里走出来，看着他们离开。然后，他转过身，朝公墓深处走去。

在公墓深处，贺超找到了一块墓碑。上面刻着一个名字：林秀芝。那是母亲的名字。

贺超跪在墓碑前，伸手去摸它。他的手指慢慢地从它光滑的表面划过。

"妈妈。"贺超低声说，"我来看你了。"

风轻轻地吹过树林，一片落叶飘过阴沉的天空，悄悄落在贺超的肩膀上。

眼泪慢慢地流了出来。

"对不起！"贺超说，"妈妈，对不起！我对不起你！"

贺超低下头，想要控制自己的喉咙，但没有用。他呜咽起来。

风吹在他潮湿的脸上，像春天一样温暖，像冬天一样寒冷。

7

小楼外面贴着拆迁公告。三个月后，这里将夷为平地，然后变成一片商业街区。

叶舟在这里出生，在这里长大，直到她十八岁考上大学离开这里。她熟悉这里的一切。那时候，父母还在，姐姐也在，她还拥有一个完整的家庭。关于这个家的所有记忆，都在这幢小楼里。现在，那些珍贵的记忆将被湮没在现代化的浪潮里。她感到遗憾，却无力阻止。

叶舟开始收拾屋子，她想尽可能地留住那些记忆。杜川站在窗口，望着窗外，想着心事。

从银海到云朗，从云朗到沙州，杜川始终感觉背后似乎有一双眼睛，一直在尾随他们。当他回头的时候，却什么也没有发现。他认为那是错觉。可是，这种感觉并没有消失，反而越来越强烈。当他们离开公墓的时候，他不经意回头，看见一个人影，在远处一闪而过，消失在一棵树背后。那是一个熟悉的背影。他知道，那不是错觉。

杜川知道，他遇到了一个难缠的对手。这个对手一直跟着他们，就像甩不掉的尾巴，他到底想干什么？

小时候，杜川曾有过许多理想，起初他想当画家，后来他又想当侦探。那时候，他觉得，当侦探似乎比当画家更刺激。现在，他正在扮演一个侦探，试图找出凶手的破绽。他感觉到了刺激。但他不是为了刺激才这么干的。他在解决一个问题。这个问题困扰他太久了，同时困扰着他心爱的姑娘。他必须尽快结束这一切，让生活回归正轨。

现在的问题是，杜川已知谁是凶手，却无法证明这一点。他有两种选择，一是报警解决，二是自己解决。他放弃了报警，选择了自己解决。可是，他要怎么做，才能解决这个问题？

杜川看过一些推理小说。当那些侦探找不到证据的时候，会试着去寻找凶手的杀人动机，然后受到启发，找到证据，或者想办法让凶手犯错，自投罗网。

他觉得，他也可以试试这样做，也许会有收获。

如果贺超是杀人凶手，他的杀人动机是什么？他和叶诺是什么关系？他们之间到底发生过什么？

感情纠纷？报复杀人？图财害命？这是推理小说中最常见的三种杀人动机。他应该选择哪一种，才能更快地接近真相？

很快，杜川发现这样做徒劳无获。他既不了解叶诺，也不了解贺超。已知的一切限制了他的想象力，无法支持他继续推理。他必须掌握更多的信息，才有可能完成这个任务。

杜川决定停止思考，去帮助叶舟收拾东西。

东西都收拾好了。其中有一本相册，记录着这个家庭过去的幸福生活。杜川翻开相册，仿佛打开了叶舟的记忆之门。

在照片中，叶舟满月了，叶舟三岁了，叶舟十二岁了，叶舟十八岁了……叶舟和爷爷奶奶在一起，叶舟和父母在一起，叶舟和姐姐在一起……忽然，杜川停了下来。

"怎么了？"叶舟问杜川。

杜川没有回答，仍然盯着那张照片，仿佛能看见叶舟看不见的东西。

那是叶舟和姐姐的合影。那时候，叶舟十岁，姐姐十六岁。有一天，姐姐带叶舟去逛公园，拍下了这张照片。

照片中，姐妹俩都很可爱。但杜川的注意力不在她们身上，而在背景上。背景里有一棵树，就像是长在了叶舟的头上。树干后面探出了一个脑袋，一个男孩畏畏缩缩，朝着她们的背影张望。

"贺超？"叶舟吃惊地问，"他在干什么？"

"他在偷窥，偷窥你姐姐。"杜川说。

杜川收起了相册。他知道，问题还没有解决，但他已经接近了答案。

8

杜川回到了银海，回到他熟悉的会所，继续当他的门童。

杜川在等待。他知道，这是一场暗战，人命关天的暗战，考验的是智慧和耐力。他的耐力没问题。他曾经是个外卖小哥。替别人跑腿，最重要的，就是耐力。不单是身体上的耐力，还有精神上的。这是一个外卖小哥的自我修养。在这门功课上，他的成绩一直很好。多年以来，他的人生格言只有两个字：忍耐！

杜川知道，他必须沉住气。如果他沉住气，对手一定会按捺不住，一定会对他做点儿什么。他甚至能猜到贺超会做什么。他已经想好了如何应对接下来可能发生的一切。

贺超来了。他仍然那么亲切，脸上永远带着标志性的坏笑。他拍了拍杜川的肩膀，把他叫进了办公室。

"你妈妈怎么样？"贺超问杜川。

"挺好的。"杜川回答。他知道，在较量开始之前，寒暄是必要的礼节。这就像比赛开始之前，两个搏击手相互致意。

"那就好。你应该多陪陪她。"

"她怕我丢了工作，让我赶紧回来上班。"

"怕什么，这儿有我呢。"贺超停顿一下，换了个话题，"我听说，叶舟和你一起去了云朗，她回来了吗？"

"回来了。"

"她怎么样？"

"她也挺好的。"

寒暄结束，比赛开始了。

"她还在找那个人？"贺超先出了一拳。

"对。"杜川点点头。

"找到了吗？"

"没有。"

150

贺超沉默了。他在思考接下来该说点儿什么，才能让杜川露出破绽。

现在，轮到杜川出拳了。他必须掌握主动权，才能获得最后的胜利。

"不过，那个人主动给她打了个电话。"杜川说。

贺超瞪大了眼睛，很吃惊。显然，这是他没有预料到的。

"他在电话里说什么了？"贺超迫切地问道。

"他说他看见了凶手。"杜川不动声色地回答。

"凶手是谁？"

"他不肯说，但他给了叶舟一点儿提示。"

"什么提示？"贺超更迫切了。

"他说，凶手是她姐姐的高中同学，他们同一个年级，但不同班。他还说，凶手一直暗恋她姐姐。"

这是一记直拳，贺超被击中了。他脸色煞白，极力控制自己，不让自己失态。

"他说没说凶手叫什么？"贺超继续追问。

"没说。"杜川摇了摇头。

"他为什么不说？"

"他想要钱。他说，指认凶手要冒很大的风险，弄不好要搭上自己的性命。所以他需要一笔钱，才能帮助他下定决心。"

"他想要多少钱？"

"他想要一百万。"

一百万？贺超倒吸了一口冷气。对他来说，这不是一个小数目。看来，"那个人"的胃口不小。

"叶舟答应他了吗？"

"没有。"

"她为什么不答应？"

"她手头没有那么多现金。而且，她觉得，这很可能又是一个骗局。"

"她为什么这么觉得？"

"她回了沙州，给她姐姐的同学打了一圈电话。但是，当年暗恋她姐姐的人实在太多了，根本问不出什么。"

"后来呢，那个人又联系她了吗？"

"没有。"

"如果那个人再联系她，一定要及时告诉我。我岁数比你们大，经验也比你们多，也许能帮上忙。"

"好的。"

比赛结束了。这是第一回合。

贺超感到不安。他的结论是，杜川并不是"那个人"，不然杜川不会那么淡定。"那个人"确实存在，也知道他做过什么。但是，叶舟是个傻姑娘，还以为那是个骗子。目前，他仍然很安全，但他不敢保证这种安全感还能维持多久。这就像是一颗炸弹，不知道什么时候引爆。这让他很不安。

杜川感到满意。让贺超感到不安，就是他的目的。他很有把握，下一个回合，他将引爆炸弹，结束这一切。

9

这是沈尘的办公室，位于银海最繁华的地段。落地窗，视野很好。从这里俯瞰，可以将大半个银海收入眼帘。

沈尘永远那么亲切，像个慈祥的父亲。他看着叶舟，就像看着自己的女儿。

"你瘦了。"沈尘说。

"是吗？"叶舟说。旅途劳顿，她确实疲惫。

"你要注意休息，好好吃饭，多补充营养。不然，你姐姐在天有灵，看见你现在这个样子，她也会心疼的。"

叶舟沉默地点点头。沈尘提到了姐姐，这让她感到难过。

"我听说，你和杜川一起回了云朗？"

"是。"

"你和杜川，现在是什么关系？"

"男女朋友。"叶舟很坦白，没必要隐瞒。

"哦？"沈尘愣了一下，"你们在一起了？"

"是。"

"好啊。"沈尘点点头，"你也应该有个男朋友了。你身边应该有个人，不然太孤单了。"

"嗯。"叶舟说。和杜川在一起以后，她确实感觉日子更充实，不再孤单。

"杜川我见过。朴实，诚恳，与人为善，我对他印象不错。只是……"沈尘忽然停了下来，欲言又止。

"只是什么？"叶舟很好奇，不知道沈尘到底想说什么。

"这是你的私生活。按道理，我不应该说三道四。"

"您说吧，不要紧的。"

"我听说，因为持刀伤人，他坐过三年牢。"

"您听谁说的？"

"我在银海也有些人脉，想要了解一个人，并不难。"

"您为什么要打听他的事情？"

"我对他并没有太大的兴趣，我是在关心你。"

"关心我？"叶舟不明白。

"我想知道，和你在一起的到底是什么人？他可靠不可靠，会不会对你好，值不值得你信任，值不值得你对他好？"

叶舟明白了，然后是感动。沈尘确实像是她的父亲。如果她的父亲还活着，也会像沈尘一样，考虑同样的问题，做同样的事情。

"杜川是坐过牢。"叶舟说，"但我不在乎。"

"为什么？"

"我能理解他。他确实拿刀子捅过人，但他捅的是个坏人。"

"坏人？"

"一个流氓，不停地敲诈他，没完没了，还欺负他妈妈，把他妈妈打成了脑震荡。"

"所以说，他持刀伤人，是为了保护自己的母亲？"

"是。"

"情有可原。"沈尘说，"但是，他毕竟坐过牢，底子不干净……"

"沈叔！"叶舟生硬地打断他，"我说了，我不在乎这些，一点儿也不在乎。"

"那你在乎什么？"

"我只在乎他是不是个好人，对我好不好。"

"他对你好吗？"

"他对我很好。"

"那就好。"沈尘叹了口气，继续说，"恋爱是你的自由，任何人都没有权利干涉。我毕竟不是你的父亲。就算是你父亲，我也没有这个权利。"

叶舟感到后悔。她觉得，她不应该冲动，不应该那么生硬地对待沈尘。

"对不起。"叶舟低低地说。

"没关系。"沈尘微微一笑，转移了话题，"接下来，你们有什么打算？"

"打算？"叶舟不知道他指的是什么。

"你还在找那个人？"

"对。"

"我也一直在找他。"沈尘说。

"为什么？"叶舟吃惊地看着他。

"我想帮你。"沈尘平静地说，"这件事把你困住了，你现在的生活很不正常，我想让你回到正常的生活中来。"

叶舟瞪着眼睛，愣住了。

"我已经找人调查过了。"沈尘继续说，"那条小街上有几家便利店安装了摄像头，但没有一个摄像头能拍到那个电话亭。所以，我也没找到他，没帮上忙。"

除了感动，叶舟不知道该说什么。

"如果他和你联系，一定要告诉我。你们毕竟年轻。处理这种事情，我比你们更有经验。"

"好的。"

沈尘是个好人，对她很好，也许是对她最好的人。沈尘对她有知遇之恩，一直在给她父亲般的关怀。叶舟很想对沈尘说实话，但她忍住了。在水落石出之前，她必须守口如瓶。这是一个天大的秘密。如果她守不住这个秘密，后果将无法预料。

10

天黑了。贺超走出会所，左手拿着对讲机，右手拎着手提袋。

下午，贺超在会所上班，忽然收到一个包裹。拆开包裹，里面是一台对讲机。他以为快递员搞错了，仔细检查后才发现，收件人确实是他，但发件人信息不详。他想，到底是谁，为什么要送给他一台对讲机？然后，他发现包裹里还有一张字条。字条是打印的，告诉他接下来应该做什么。

首先，他要给对讲机充满电，方便随时联系。然后，他要去银行取一百万现金。最后，他要在指定的时间赶到指定的地点，和"那个人"见面，用这一百万现金，交换"那个人"手机里的一段视频。

这是赤裸裸的敲诈。但贺超并不愤怒，反而感到亢奋。他很高兴"那个人"主动联系他。如果"那个人"不主动，他将永远被动，永远不安，永远惶恐，永远睡不好觉……现在，对手终于出现了，他终于有机会结束这一切。

通过对讲机，他们联系上了。"那个人"描述了视频里的内容。无边无际的大雨，满脸是血的匹诺羊，披着雨衣的贺超……贺超知道，"那个人"说得对，他确实看见了一切，他确实是目击者。

"那个人"为什么不报警呢？这个问题毫无意义。报警有什么好处呢？他想要的只是一面锦旗，上面写着"见义勇为好市民"？如果他想要一面锦旗，他早就这样做了，早已经得到了他想要的东西。所以，"那个人"真正想要的是现实的利益。他的胃口不小，还以为叶舟能满足他的欲望。但叶舟是个傻姑娘，还以为他是个骗子。所以，他只好放弃叶舟，转身找到了贺超。他知道，贺超别无选择，没有理由拒绝。当然，和凶手做交易，这样做要冒很大的风险。但是，看在一百万的份上，冒险是值得的。为了改善自己的生活，冒险是必要的。富贵险中求，这不算什么。

对于贺超来说，一百万并不是一个小数目。但是，如果用一百万能换来安全感，这也是值得的。生意场上有一句话，能用钱搞定的，都不是问题。这确实不是问题。他帮过某人的忙，搞定这一百万确实不是问题。

指定的地点是一座公园。现在是夜晚，公园里很热闹，比白天还要热闹。有人在唱歌，有人在跳舞，有人在打牌，有人在下棋，有人在叫卖……干什么的都有，像个热闹的集市。

为什么要在这儿交易呢？这个问题也毫无意义。对于"那个人"来说，最热闹的地方，也是最安全的地方。如果感觉不好，他随时可以脱身，所有人都会掩护他离开。再冷酷的杀手，也没有胆量在大庭广众之下动手。

对讲机响了。耳机里传来一个奇怪的声音，就像是机器人在说话。

"钱带来了吗？"那个声音问贺超。

"带来了。"贺超费力地举起手提袋。他知道"那个人"就在附近，却不知道对方究竟在哪儿。

"你往左边看，那边有个八角亭，看见了吗？"

"看见了。"

"你现在去那儿。五分钟后，我们在那儿见面。"

贺超以最快的速度赶到目的地。等了一会儿，"那个人"没有出现。对讲机又响了，让他去另一个地方。他去了另一个地方，"那个人"仍然没有出现，又让他去下一个地方……

这是很常规的手段，就像是"遛猴"，很容易理解。在电影里，那些绑匪都是这样做的，用来确定那个倒霉的事主身后有没有"尾巴"。这就像是一宗绑票案。贺超带着一百万现金，想要救赎自己的命运。

贺超终于累了，在一个僻静的角落里停了下来。

"钱我带来了，你到底要干什么？"贺超问。

"我想知道，你为什么要杀匹诺羊？"那个声音反问。

"我没杀她。"

"如果你没杀她，那你为什么要听我的？"

贺超愣住了，不知道该如何回答。

"如果你没杀她，你就不会在这儿出现，不会带着一百万来和我见面。"

故事太长了，贺超不知道从哪儿说起。而且，他真的累了，急于结束这一切。

"好吧。"贺超说，"是我杀了她。"

"为什么？"

"你问这个干什么？"

"我很好奇。"

"我喜欢她,在她身上花了很多钱,但她欺骗了我的感情,所以我把她杀了。"

"就因为这个？"

"不够吗？"

"够了。"那个声音说。

"你满意了吗？"贺超问。

没有回答。

"现在，我们可以见面了吗？"

没有回答。

"喂，你在哪儿？"

没有回答。

贺超以为对讲机出了故障，使劲地敲打。

"喂喂，你还在吗？"

贺超抠出电池，重启对讲机。

"喂喂喂，收到请回答！"

对讲机死气沉沉，始终没有回答。

11

带着那一百万，贺超回到了公寓。

这是倒霉的一天。贺超感到浑身无力，一阵头疼。他像一摊烂泥，在沙发上躺下，看着天花板，抽着烟，等待头疼消失。烟雾升了起来，笼罩着他，就像是一团迷雾。

我做错了什么？"那个人"想要一百万，我也愿意给他一百万，只要他交出视频。他让我做的，我都做到了。我很有诚意。他应该能看到我的诚意。可是，他为什么突然消失了呢？为什么呢？也许是他太敏感，他以为我带了帮手，想要杀人灭口，所以他害怕了，临阵退缩？这是最合理的解释。如果是这样，我还有机会。一百万就像是诱饵，没有人经得起这样的诱惑。如果他还想要这一百万，他应该还会来找我。他一定还会来找我。所以，我还有机会。我还有机会结束这一切……

头疼减轻了。贺超坐了起来，掏出手机。交易失败了，他应该给某人一个交代。

"你这个笨蛋！"手机里传来一个暴躁的声音，震得他耳膜生疼。

"你小点儿声！"贺超说。

"你知不知道，你就像一只猴一样，被他耍了？"那个声音更暴躁了。

"什么意思？"贺超感到困惑。

"根本没有什么视频！他没有任何证据，什么都没有。他找你，就是想要证据。现在，他达到目的了。你亲口告诉他，你杀了匹诺羊。你亲口告诉他，你为什么要杀匹诺羊！"

嗡的一下，头又开始疼了。

贺超知道，他没有杀任何人，他只是帮了某人的忙，掩盖了某件事。可是，现在他成了一个杀人犯。还有什么比这个更让人不安，还有什么比这个更让人绝望？但是……事情也许并没有那么糟糕，也许还有转机。

"不！"贺超挣扎着说，"他想要的是钱。如果他还想要钱，他一定还会来找我，一定的。我还有机会……"

"你没有机会了。"那个声音冷酷地说，"他不会来找你了。来找你的会是警察！"

"警察？"贺超倒吸了一口冷气。

"他会去找警察，他会给他们听录音。然后，警察会来找你，让你跟他们走一趟。"

血流停止了，呼吸也停止了。贺超彻底绝望了。

"怎么办？"贺超问。

"银海你是待不下去了。"那个声音忽然变得缓和，"你收拾一下，准备跑路吧。"

"去哪儿？"

"我马上安排。你在家等着，我派人来接你。"

啪！电话挂断了，一阵忙音。

漫长的等待。贺超抱着手提袋，惴惴不安。没有什么可收拾的，手提袋里有一百万，够他花一阵子了。

时间长久得就像是永远。终于，门铃响了。贺超吓了一跳。

猫眼里有个男人。瓦刀一样的脸，胡子拉碴，眼窝深陷，目光凶狠，像一只野兽。

该死的高利贷！

"开门！"瓦刀脸说。

贺超没有回答，假装不在。

"贺超，我知道你在家，快把门打开！"

贺超屏住呼吸，一动不动。

"开门！不然，我打电话报警了。"

贺超犹豫一下，把房门拉开一道缝。瓦刀脸敏捷地钻了进来。

"钱已经还给你们了，你怎么……"

"放松。"瓦刀脸说，"别紧张，我不是来讨债的。"

"那你来干什么？"

"有人给我钱，让我来帮你。"

"帮我什么？"

"帮你跑路。"

贺超明白了。瓦刀脸看上去似乎没有那么丑陋，也没有那么可怕了。

"收拾好了吗？"瓦刀脸问贺超。

"收拾好了。"贺超点了点头。

"走吧。"

"去哪儿？"

"另一个世界。"

半分钟后，贺超飞了起来。他飞出窗口，像一只断了翅膀的大鸟，垂直降落，向地面俯冲。

十二层楼，自由落体。在这短短的几秒钟里，一个念头闪过他的大脑……

一切都结束了？

砰！

一切都结束了。

12

这是一栋高级公寓，装修豪华。墙上有挂钟，时针指向的是凌晨一点。

很晚了，周震仍然没睡。他坐在沙发上，瞪着眼睛，一动不动，盯着手机。他在等一个消息，一个人命关天的消息。

手机响了。周震打开微信，看到了一张照片。照片中，贺超躺在地上，悄无声息，鲜血从他的头部流出来，嫣红一地。

为了解决问题，周震付出了一百万。他曾经把这一百万交给贺超，希望用这笔钱引出"那个人"。"那个人"并没有拿走这一百万。现在，贺超也不需

160

要再花钱了。所以，这笔钱落到了瓦刀脸手上。他觉得，瓦刀脸冒了风险，付出了劳动，理应得到报酬。当然，一百万并不是一个小数目。但是，和他的安全相比，这不算什么。

"那个人"找到了贺超，戏耍了贺超，他是个危险人物。不过，他威胁不了周震。如果他知道周震是谁，他不会只去骚扰贺超，不来找周震的麻烦。所以，贺超必须做出牺牲。现在，贺超上路了，一切都结束了。

当然，警察也许会介入调查。警察会发现什么呢？他们会在贺超的枕头边发现一些药片，在贺超的电脑里发现一封遗书，还会在贺超的抽屉里发现一本日记。药片是抗抑郁用的，遗书里充满了忏悔，日记里充满了迷恋。如果警察去会所了解情况，还会发现贺超曾经挪用公款。如果警察调查得更仔细一点儿，还会发现贺超曾经迷恋直播，曾经疯狂地打赏。一个抑郁症患者，负债累累，因为感情纠纷，他杀了一个人，现在，事情败露了，他无路可走，畏罪自杀……这很合理，非常合理。

周震收起手机，上了床，关掉台灯，准备睡觉了。

睡醒了，他还有许多事情要忙。他是个干大事的人，前途无量。

第七章

1

在沙州，周震曾经是个著名的浪子，人人都知道他是个纨绔子弟。

周震的父亲叫周允刚，在市里担任要职。母亲叫付玉娟，在教委任职。他几乎符合人们对纨绔子弟的所有想象，饱食终日，不思进取，浑浑噩噩。他是个学渣，他不喜欢文科，也不喜欢理科……他什么都不喜欢。当别人都在渴望通过高考改变自己的命运，他却表现得很淡漠，无欲无求。当别人都在抱怨时间不够用，他却在苦恼如何消磨那些无聊的时光。当他感到苦恼的时候，他开始逃课，并且学会了抽烟。

学校的操场后面有座山，那里是周震的吸烟室。就是在那座山上，他遇见了叶诺。

每个人的人生，都会有许多决定性时刻。那些时刻会改变人的命运。遇见叶诺，就是周震的决定性时刻。而遇见周震，同样也改变了叶诺的命运。

那一年，周震十六岁，叶诺也十六岁。

那是个春天。叶诺安静地坐在一棵树下，树上开着不知名的花。周震着迷地看着叶诺，觉得她比树上的那些花更好看。然后，叶诺发现了周震，朝他招了招手。周震慢慢地走过去，仿佛走向他的命运。

周震当然知道叶诺是谁。叶诺是校花，是所有男生的梦中情人，没有人不知道她是谁。他们在同一个年级，但不同班。他们都知道对方是谁，但从来没有说过话，直到他们在逃课的路上相遇。

周震坐了下来，叶诺找他要了一支烟。他们抽着烟，聊了起来，才发现原来他们有那么多共同语言。比如，他们都是学渣，都不喜欢文科或理科，都很苦恼如何打发那些无聊的时间。他们之间的区别也显而易见。周震家境优越。而叶诺出身很普通，工薪阶层，家境并不富裕。父母并不关心叶诺，更疼爱她的妹妹，但她并不嫉妒，她也很喜欢自己的妹妹。她的妹妹喜欢音乐，是个天才。叶诺很苦恼。老天爷给了她超出常人的美貌，却没有给她某种超出常人的才华。她当然知道，美貌已经是老天爷最大的恩赐，这是她最大的资本。但是，她不知道如何利用这个资本。在她的周围，从来不缺少追求者，但她一个也看不上。他们要么丑陋，要么油滑，没有一个靠得住。叶诺很现实，同时又很浪漫。她希望她的现实生活足够富有，爱情故事足够浪漫。当她在树下思索这些问题的时候，仿佛命中注定，周震出现在她面前，这让她眼前一亮。周震符合她对梦中情人的所有想象。周震足够高，足够帅，家境足够好，待人足够坦诚，可惜他是个学渣。但是，这又有什么关系呢？叶诺也是个学渣，没有资格看不起周震。

就这样，他们顺理成章地相爱了，爱得死去活来。春暖花开，他们都找到了人生的意义，找到了消磨时间的方法。

从此，苦恼消失了，时间也不再无聊。

2

初恋是美好的，周震感到幸福。可是，他不敢公开他的爱情，不敢让任何人分享他的幸福。在沙州，他确实是个浪子，但这不代表他无所忌惮，为所欲为。他不是没有家教，只是父母公务繁忙，很少关照他的精神世界。如果父母知道这一切，他不敢想象会发生什么。所以，这是一段隐秘的爱情，包在纸里的火。不过，偷偷摸摸反而让他们感到刺激。他的计划是，等到年满十八岁，成人礼过后，他们将公开这一切，大声向全世界宣告他们的幸福，让所有人都吓一大跳。

然而，他们并没有等到这一天，事情就发生了变化。

有一天，周震和叶诺缠绵过后，很晚才回家。回家后，母亲闻到了他身上的烟味，还有一股女人的香气。母亲当然不傻，猜到发生了什么。逼问之下，他承认了抽烟，但咬紧牙关没有出卖他的爱情，没有出卖叶诺。他知道，如果母亲知道一切，他将失去恋爱的自由，还会给叶诺带来意想不到的麻烦。他必须保护叶诺，那是他心爱的姑娘。

母亲是个强硬的女人，得罪过许多人。半小时前，她刚刚接过一个电话。她得罪过的一个人小物对她说，你知不知道，你的儿子是个学渣，迟早有一天他会让你丢尽脸面。她感到愤怒，然后冷静下来。她意识到，这确实是个问题。但她无法说服周震，只好把周震的父亲从睡梦中叫了起来。父亲也意识到这是个问题，如果一直放任不管，后果将不堪设想。这不仅会影响到他儿子的前途，也可能给他自己带来麻烦。

百忙之中，他们坐在一起，开了个家庭会议。会议中，他们讨论了人生的意义是什么，讨论了人的一生应该如何度过，讨论了少壮不努力，老大徒伤悲……周震告诉他的父母，这些道理书本上都有，他认识字，所以他全都明白。但他不明白，他为什么要花时间去做那些他不喜欢做的事情。会议开了三个多小时，从深夜到凌晨，他们没有取得共识，谁也没说服谁。最后，母亲流了眼泪，父亲发了脾气，摔了杯子。但周震仍然没有任何改变。

这时，沈尘出现了。沈尘是父亲的大学同学，睡在他下铺的兄弟。毕业三十多年，他们一直有来往。沈尘也有个女儿，对父亲的烦恼感同身受。他以义父的身份单独请周震吃了顿饭，语重心长，苦口婆心，希望通过他的说教，规劝浪子回头。沈尘告诉周震，人生最重要的只有两件事，一是做正确的事情，二是正确地做事。对于一个高三学生来说，最正确的事情，就是放下一切，复习功课，准备高考。周震不以为然，他觉得他的学业荒废了太久，临阵磨枪，已经来不及了。沈尘告诉他，西方有一句谚语，种一棵树，最好的时机是十年前，其次就是现在。这句话的意思是，做正确的事情，任何时候都不晚……周震一直很尊重沈尘，但沈尘仍然没能说服周震。

那个时候，周震正在经历漫长的叛逆期。他认为，父母都很忙，时间和精力都很有限，只要他坚持到底，迟早有一天，他们会感到疲倦，迟早有一天，他们会解除对他的约束，还给他自由。但是，他毕竟年少，容易把事情想得太简单了。

有一天晚上，母亲给他热了牛奶。周震喝了，却不知道牛奶里有催眠类药物。他上了床，很快睡着了。不知道睡了多久，醒来后他发现自己被关进了一间小黑屋。屋子被反锁了。他知道，他被软禁了，他失去了自由。他大声呼救，沈尘出现了。沈尘告诉周震，这是在银海，除非他允许，否则周震哪儿都不能去。沈尘给周震带来了许多复习资料，并且告诉他，在高考之前，他只能做一件事情，就是复习功课，全力备考。周震很愤怒，非常愤怒。他告诉沈尘，这是绑架，是非法拘禁。沈尘认为，周震还不满十八岁，尚未成年，还需要有人监护，而他已经征得周震父母的同意，临时取代了他们的监护人资格。所以，周震必须听他的。然后，沈尘向周震宣布了许多禁令，不许他出门，不许他上网，不许他看电视，还没收了他的手机，断绝了他与外界的一切联系。

周震当然不服。但是，无论他说什么，沈尘始终不为所动，强硬得像一块铁，甚至比铁还要强硬。周震大声冲他吼叫，或者低声哀求，甚至对他哭也没有用。无论如何，沈尘就是不放他出去。

那是噩梦般的三个月，是周震人生中最黑暗的三个月。在这三个月里，他体会到了坐牢的滋味。

寂寞，无聊。除此之外，最难忍受的是想念。周震是个热恋中的男孩，无法不想念他心爱的姑娘。他从来没有停止想念。那是锥心的想念，蚀骨的想念，无休无止。无数个夜晚，他在想念中翻来覆去，辗转难眠。

周震仍然叛逆，沈尘的强硬并没有让他屈服。他把所有的复习资料撕成了碎片，粗暴地赶走了沈尘为他请来的家教老师。他决心反抗到底。沈尘是个暴君，一个不近人情的坏蛋。他必须告诉沈尘，他不会轻易屈服。

但周震没能坚持到最后。不到两个礼拜，他就屈服了。小黑屋里的日子实在难熬，他太寂寞，太无聊了。所以，他屈服了。他告诉沈尘，他想通了，他终于理解了沈尘所说的那些道理，愿意为自己的前途付出努力。他希望沈尘替他把家教老师请回来。当然，这不是实话。他真实的想法是，有人和他说话，总比他一个人待着强。

家教老师都回来了。这是语文老师，这是数学老师，这是英语老师，这是历史老师……他们都很有名，在银海的教师界，他们都是顶尖的高手。他们都很敬业，很负责任，一直在周震耳边絮絮叨叨。可是，周震什么都听不见，心里只想着叶诺。

想念让人疯狂。周震渴望尽快结束这一切，渴望见到叶诺。可是，他只能忍受这一切。过去，他最害怕的就是夜晚来临，因为黑夜里最让人感觉寂寞。现在，他最渴望的却是夜幕降临，因为夜里还会有梦，在梦中他还能见到心爱的姑娘。

三个月后，周震终于被释放了。当他走出那间小黑屋时，眼神空洞，浑身僵硬，像个可怕的稻草人。

3

周震回到沙州，见到了他心爱的姑娘。久别重逢，他们都哭了。

叶诺很憔悴，瘦得厉害。她一直在想念周震。在周震消失的三个月里，她像生病了一样，吃什么都不香，总是睡不好觉。她给周震家里打过电话，找了个借口，打听周震的去处。周震的母亲猜到了她是谁，逼问她的姓名。她不敢透露，随口编了个名字，继续追问周震的下落。周震的母亲告诉她，周震正在闭关，准备高考，如果她对周震还有感情，希望她不要骚扰周震。叶诺不敢再打电话，只能在想念中煎熬。在等待周震出关的日子里，每一分每一秒都是煎熬。

现在，他们终于又重逢了。但是，他们还来不及缠绵，就匆匆忙忙地踏上了考场。

他们都是著名的学渣，高考只是个过场，结果似乎毫无悬念。叶诺落榜了，没有人感到意外。真正让人意外的是周震。他的高考成绩让人不敢相信自己的眼睛。叶诺也不敢相信。那个成绩应该属于一个学霸，而不是一个学渣。

结果看似很不合理，但一切都可以解释。首先，周震不是个傻瓜，他的父母年轻时都是学霸，所以他拥有学霸的基因。他智商不低，是个聪明人，只是志不在此，才导致学业荒废。但任何人都有开窍的时候，有的人开窍早，有的人开窍晚，而他属于开窍比较晚的那种人。他为什么会突然开窍呢？因为他遇到了贵人。那位贵人给他洗了脑，告诉他许多人生真谛，比如，做正确的事，任何时候都不晚。其次，高考之前，他曾经闭关补习，父母为他请来了顶级的家教老师，临阵磨枪，不快也光。世间自有公道，付出总有回报。从结果看，努力没有白费，他们得到了回报。第三……没有第三，有这两条就足够了。打个比方，兔子也许会懈怠，也许会打盹，但是，如果兔子及时醒悟，及时发力，结果一定不会太坏。所以，一切都很合理，非常合理。

父亲感到高兴。他终于不用再担心什么了，周震不会给他带来麻烦了，现在不会，将来也不会，永远都不会。

母亲也感到高兴。她知道，她得罪过许多人，那些人一直想看她的笑话，他们并没有得逞，他们永远不会得逞。

叶诺同样感到高兴。周震考上了大学，前途无量，这说明她很有眼光，没有选错对象。可是，高兴之余，她隐约感到担忧。担心什么呢？她自己也说不清楚。

他们又去了学校后面的那座山，找到了他们相遇时的那棵树。那个时候，周震已经收到了银海大学的录取通知书。

那是个夏天，树上的花变成了不知名的果实。他们在树下有了第一次。叶诺把自己献给了周震，作为他考上大学的贺礼。

阳光、树阴、汗水、荷尔蒙、年轻而饱满的身体……周震永远无法忘记那种美妙的感觉。多年以来，在他的无数个梦中，那种感觉让他欲罢不能。

叶诺问他，我们怎么办？周震也很迷茫，不知道该怎么办。他不想去银海，不想上大学，他只想和叶诺待在一起，分分秒秒。那个时候，叶诺刚刚经历了一场灾难，因为一场可怕的交通事故，她失去了父母。周震知道，叶诺需要他。但他不可能放弃这个机会，不仅仅因为这将改变他的人生，也因为他无法抗拒父母的意志，不能辜负沈尘为他所做的一切。

叶诺确实需要周震，很想让周震留下。但她知道这不可能。她觉得，她不能那么自私，不能耽误周震的大好前程。她希望周震不要背叛她，更不要忘记她。周震对天发誓，一辈子永远对她忠诚。周震的计划是，大学毕业后回到沙州，找份工作，和叶诺结婚，生孩子，永远在一起。他能想到的最浪漫的事，就是这些。

就这样，周震去了银海，而叶诺留在了沙州。然后，命运发生了转折，仿佛和他们开了个玩笑。

4

周震来到银海，走进了大学校园，开始了新的生活。那个时候，他刚满十八岁。

至少在一年内，周震遵守了他的诺言，每个礼拜至少给叶诺打一个电话。他给叶诺讲大学校园里发生的那些有趣的事情，问叶诺最近在做些什么。为了养活自己的妹妹叶舟，叶诺放弃了复读，在一家美容院里找了份工作，开始打工，挣钱养家。叶诺担心大学生活改变周震，担心周震嫌弃她，忘记她。周震再一次发誓，他永远不会背叛叶诺，永远对叶诺忠诚。周震的誓言发自内心。他确实是这样想的。过去，他确实是个浪子，一个纨绔子弟，但这并不代表他做什么都是错的。他一直信守承诺。他觉得，一个真正的男人，应该说到做到。

但是，周震很快就食言了。

大学生活很精彩，周震不可能不受影响，不可能不发生变化。依照沈尘和他的约定，每个周末他都要去沈尘家改善伙食，顺便给当时还在上初中的沈宁补习功课。在沈尘家中，他见识了许多新鲜事物，也见识了许多真正的名流。他忽然意识到，新世界的大门正在向他打开，他已经无限接近上流社会。他忽然意识到，命中注定，他是个要干大事的人。他忽然意识到，过去浑浑噩噩的日子实在荒谬。他决定告别过去，告别过去的一切，其中包括他的初恋。

当周震在电话里宣布这个决定的时候，叶诺伤心地哭了。在叶诺的哭声中，周震感到一阵心疼。不过，这并没有让他改变主意。尽管这很艰难，但他认为，这是一个正确的决定。这是他从沈尘那里学到的人生信条：做正确的事，正确地做事！

周震知道，这样做是正确的。对叶诺来说，这样做也许很残忍。但痛苦是暂时的，时间可以治愈一切，一切都将成为过去。叶诺那么美，那么骄傲，那么活泼，她是所有男生的梦中情人，她身边永远会有追求者，她不可能找不到对象。她也许缺钱，但她不可能缺爱。叶诺一定能找到一个更适合她的男孩，然后忘记他，开始新的生活。

但是，叶诺比周震想象的更痛苦。她已经失去了父母，无法再忍受失去周震。失恋是一件可怕的事情，失去的不仅仅是爱人，还有自信和精神依赖。本质上，爱情就是一种精神依赖。在失恋后遗症中，失去自信才是最严重的后果。她开始嫌弃自己，觉得自己一无是处。这让她感到痛苦，感到绝望。于是，她来到银海，想要找回她的爱情，找回她的自信。

大学围墙外面有一片小树林，他们在那里见了面。那是个冬天，一个寒冷的夜晚。叶诺双膝跪地，痛哭流涕，苦苦哀求。周震仍然感到心疼，但他仍然没有改变主意。他坚定地相信，这是一个正确的决定。他转身离开，叶诺把他叫住了。叶诺开始脱衣服。她脱掉了羽绒服，然后是毛衣，最后是内衣……周震惊呆了，以为她疯了。当叶诺赤身裸体地站在那里，强颜欢笑朝他招手时，他才意识到，叶诺是在诱惑他，想用自己的身体留住他。在那一刻，他感到恍惚。他想起了那棵树，阳光、汗水、荷尔蒙……叶诺的身体确实对他充满了诱惑。但是，最后他经受住了诱惑。在叶诺绝望的哭声中，他转身离开了，头也不回。

从此，他们再没有见过面，断绝了联系。一切都结束了。周震从不后悔当初的决定，只是偶尔会感到愧疚。

可是，除了愧疚，他又能为叶诺做点儿什么呢？

叶诺是周震的初恋。在周震的人生中，叶诺很重要。可是，和他的前程相比，叶诺似乎又没有那么重要。

5

和叶诺分手后，周震也曾经历过失恋后的痛苦。他很不适应，不习惯没有叶诺的生活。他仍然会想念叶诺，仍然会梦见叶诺。他曾无数次拿起手机，想要打给叶诺，最后他并没有这样做。他知道这样做的后果是什么。他知道，他和叶诺不应该藕断丝连。当断不断，他们将承受更大的痛苦，没完没了。他觉得，他是个男人，他已经出尔反尔，不能再优柔寡断。

随着时间的流逝，周震渐渐从失恋后遗症中走了出来。他摆脱了痛苦，从此把时间和精力都投入到学业中。大学四年，许多人把大部分时间都浪费在了花前月下，他和那些人不一样。他只专注于学业。除了学业，他什么都不想，什么都不问。他是个帅哥，家境也不错，是许多女生理想中的对象，是她们谈论的焦点。有许多漂亮姑娘主动向他示好，但他从不动心。过去他浪费了太多时间，做过太多无聊的事情，现在他开窍了，必须做正确而有意义的事情，必须把浪费掉的时间追回来。他坚定地相信，命中注定，他是个要干大事的人。

四年很快过去了。毕业典礼上，周震像个懂事的孩子一样，先和父亲握手，然后与母亲拥抱，发自内心地感谢他们的养育之恩。最后，他走到沈尘面前，深深地鞠了一躬。在那一刻，他控制不住，泪流满面。沈尘也很动情，泪湿眼眶。

沈尘曾经绑架过他，囚禁过他。那是噩梦般的三个月，是周震人生中最黑暗的三个月。他曾经敌视沈尘，甚至仇恨沈尘。他认为沈尘是个暴君，一个不近人情的坏蛋。现在，他最感谢的也是沈尘。是沈尘改造了他，使他改头换面，从一个浪子，一个纨绔子弟，变成了一个成熟而稳重的男人，一个雄心勃勃、前途无量的青年才俊。这是再造之恩，他发誓要报答沈尘。

可是，沈尘要风得风，要雨得雨，什么都不缺，他拿什么报答呢？周震不知道。沈尘似乎猜透了他的心思，笑着对他说，如果你想报答我，就来我的公司帮忙吧。

沈尘是个商人，他的公司叫恒泰集团。这是一个响亮的名字，没有人不知道这个名字。它是一家超级公司，是巨无霸，是航空母舰，是无数年轻人向往的地方。恒泰集团的触角无处不在，地产、金融、科技、文化……它无所不有，无所不能。它每年都有招聘，条件极其苛刻，只招那些顶尖的大学中最顶尖的毕业生。现在，沈尘向周震发出了邀请，这是对他的肯定，同时给了他一个机会。没有比这个更好的机会了。这是一个很高的起点，他没有任何理由拒绝。

周震进入了恒泰集团，从基层干起。他干得不错，没有辜负沈尘对他的信任。半年后，他变成了项目经理。又过了半年，他变成了公司中层。如果他一直这样干下去，也许用不了五年，他将名正言顺地进入恒泰集团的管理层，登上事业的高峰。要知道，管理层都是些头发花白的糟老头子，而他有可能在三十岁之前跻身其中，这将是一个奇迹。然而，就在这个时候，他做出了一个让所有人都感到意外的决定。他决定辞职，去创造另一个奇迹。

周震告诉沈尘，他很感激沈尘这些年来为他所做的一切。但是，如果他一直活在沈尘的羽翼之下，他得不到真正的成长。所以，他决定自立门户，去创造一个属于他自己的世界。他认为，这是一个正确的决定，恳求沈尘理解和支持。他很坦诚。然后，他得到了他想要的一切，其中包括沈尘的理解，还包括更现实的五千万创业资金。从小到大，沈尘一直是他的义父，对待他永远是那么慷慨。

公司注册，选择办公地点，撰写商业计划……周震亲力亲为，一切都有条不紊。他把"震"字拆开，给他的公司命名为雨辰。在他的商业计划中，还需要一个代言人。他谁都看不上，选择了为自己代言。这仍然是一个正确的决定。无论长相和气质，无论学历背景和工作履历，他都完美无缺，堪称偶像。与那些流量小生相比，他毫不逊色。

从此，周震走到哪里都能遇见自己。公交站、地铁站、写字楼、电梯间……在广告上，他意气风发，目光坚定，笑容自信。他去餐厅吃饭，服务员会轮流上菜，只为了看看这位广告上的明星。他共享一切的理念为他赢得了许多粉丝。他仍然干得不错，顺风顺水。然后，他开始接受记者采访，去大学演讲，去电视台做节目，去参加公益活动。他变成了一个真正的商业明星，变成了媒体追逐的对象。有些媒体说他是时代宠儿，有些媒体说他是青年领袖，有些媒体说他是商业偶像。无论他是什么，他都是一个干大事的人。

当然，周震知道自己运气不错。不是每个人都能获得五千万，用来改变自己的命运。但是，他也知道，即使手握着五千万，也不是每个人都能赌赢。除了运气，还需要能力。现在他证明了自己的能力，也证明了沈尘的眼力。他对自己的判断没错。命中注定，他确实是一个干大事的人。

干大事的人都很忙碌。忙碌中，周震渐渐淡忘了叶诺。当他身边有了沈宁之后，叶诺慢慢地离开了他的梦境。

就这样，那一段刻骨铭心的青春往事，渐渐地消失在他的记忆里。

6

所有的爱情故事都绕不开相遇那一刻。由于父辈的渊源，周震和沈宁命中注定会相遇。不过，他们的相遇并不浪漫。因为他们相遇的时候，周震的心里装着另一个姑娘。

那个时候，沈宁才十四岁，正是懵懂的年纪。母亲去世之后，父亲永远那么忙，她一直感到孤独，一直渴望有人陪伴。有一天，家里忽然来了一个男孩，被关进了小黑屋。她很好奇，也很兴奋。可是，父亲告诉她，这个大哥哥正在准备高考，需要一个地方安静地复习功课，希望沈宁不要打扰他。沈宁答应了，但她没做到。

在一个深夜，父亲入睡之后，沈宁悄悄走近那扇窗户。周震恰好站在窗口，想着心事。就这样，他们相遇了。沈宁发现周震又高又帅，这让她感到心动。这是她人生中第一次心动。她觉得，这就是传说中的爱情。

从此，沈宁经常去看望周震，隔着窗户和周震聊天，就像在探监。有一天，她终于问出了那个她最感兴趣的问题。

"你有女朋友吗？"

"你问这个干什么？"

"我想做你的女朋友。"沈宁很直率，不喜欢兜圈子。这是她的风格。

"你还小。"

"我会长大的。"

"你有手机吗？"周震很突兀地问道。

"干什么？"

"借我用用。"

"你先回答我的问题！"

"什么问题？"

"你有女朋友吗？"沈宁重复着她的问题。

"没有。"周震说。他知道，如果他对沈宁说了实话，沈宁不可能会满足他。而他现在迫切地需要一部手机，给叶诺打个电话。那个时候，他被想念折磨得快要疯了，他渴望听见叶诺的声音。

"那我能做你的女朋友吗？"

"能。"周震答应了，"不过，得等你长大了。"

沈宁相信了周震，并且很高兴地把手机借给了他。然后，沈宁开始渴望长大。

后来周震考上了大学，经常来家里吃饭，顺便帮沈宁辅导功课。四年后，沈宁也考上了大学。而周震已经毕业，进入了沈尘的公司。有一天，沈宁去公司看周震，发现他正在和一个姑娘谈话。尽管周震和那个姑娘谈论的只是工作，沈宁仍然感到嫉妒在撕咬她的心脏。她觉得，她喜欢周震，所以她必须占有周震。而且，现在她已经长大了，周震必须兑现承诺。于是，她主动向周震表白。周震接受了，没有任何犹豫。他是一个信守承诺的人。更重要的是，他也喜欢沈宁。他觉得，这仍然是一个正确的决定。

他们顺理成章地相爱了。再过一个月，他们就要结婚了。没有人反对这门亲事。

和叶诺相比，沈宁的容貌并不逊色，只是少了点儿什么。少了点儿什么呢……温柔？

沈宁是个标准的富二代，符合他对富二代的所有想象。任性，自我，嫉妒心重，占有欲强……她喜欢刺激，喜欢飙车，喜欢那种疯狂的感觉。每次坐她的车，周震都有一种心惊肉跳的感觉，就像是在坐过山车。

沈宁是一个贪心的姑娘。其实，她拥有的足够多，但她并不满足。所有的美好事物，她都想据为己有。如果别人拥有，而她没有，她就会不开心。在她的眼中，周震是好的。所以，周震只能对她忠诚，不能和别人暧昧，即使是曾经暧昧，那也不行。她觉得，因为周震是她的初恋，所以她也必须是周震的初恋，这样才公平。

周震从来没有和沈宁提起过叶诺。他了解沈宁。他知道，和沈宁相处，必须遵守规则：永远不要惹沈宁生气。如果沈宁生气了，平衡就会被打破，全世界都会被她搅得天翻地覆。周震不想给自己惹麻烦，也不想给叶诺惹麻烦。如果沈宁去找叶诺的麻烦，他不敢想象会发生什么。

再过一个月，周震和沈宁就要举行婚礼了。他不想节外生枝。现在，雨辰科技已经在银海打开了局面。在他的职业生涯中，这应该算得上是一场辉煌的胜利。尽管这和他的终极目标相距甚远，但这毕竟是一个阶段性成果。他终于可以长舒一口气，暂时把重心转移到生活中来。接下来，他应该花点儿时间陪沈宁去挑钻戒，试婚纱，拍婚纱照，然后大宴宾客，周游世界……这才是他想要的生活。不能让叶诺毁掉这一切。

所以，他必须把叶诺忘掉，彻底把她忘掉。

7

八月八日，星期一。雨辰科技大厦正式落成。

这是一个美好的日子。雨辰科技在银海站稳了它的脚跟，年轻的创业者登上了事业的高峰。在周震二十八岁的人生中，这是无与伦比的成就。他穿着笔挺的西装，皮鞋擦得锃亮，头发梳得一丝不苟，站在办公室窗口，俯瞰外面的世界，心潮澎湃。

五年！周震只用了五年时间就缔造了一个奇迹。五年来，他几乎没有好好休息过一天。现在，他终于可以松一口气了。

落成典礼上出了点儿小问题。剪彩的时候，天空忽然变得阴沉，下了一阵子小雨。这多少有点儿扫兴，但并没有影响周震的心情。沈尘出席了典礼，在致辞中热情洋溢，对他的工作给予了高度评价。这意味着他交出了一份让沈尘满意的答卷。对于他来说，只要沈尘满意，就意味着全世界满意，没有什么比这个更让人兴奋了。

他应该感谢沈尘。五年前，当沈尘把五千万启动资金交给他的时候，他才二十三岁。沈尘对他说，创业是一条不归路，只许成功，不许失败。他当然明白这句话的意思。成王败寇，他从小就明白这个道理。如果他成功了，他将进入上流社会，享受上等人的待遇，财富、名望、地位……应有尽有。但是，如果他失败了，他将一无所有，成为一个笑话，甚至沦为社会底层。沈尘也将因为投资失败而被他连累，既损失财富，又损失名声。所以，五年来，他战战兢兢，殚精竭虑，不敢有丝毫疏漏，不敢有任何懈怠。现在，他交出了成绩单。他没有让沈尘失望，他成功了，他创造了奇迹。

他应该感谢父母。从小到大，母亲一直在支持他，无论他做了什么，无论他做对了还是做错了，她都无条件地支持他。父亲和母亲不一样。在他的整个青春期，父亲一直是他的梦魇。在梦中，父亲脸色铁青，瞪着眼睛，冲他怒吼：你是个废物，没用的东西！现在，他很少做这样的梦了，因为他不再是个废物，他不再是个没用的东西。他曾经胸无大志，曾经游手好闲，但那都已经过去了。现在，他已经告别了他的青春期。现在，他做到了许多人做不到的事情，他是个对社会有用的人。他应该感谢母亲的支持，也应该感谢父亲的怒吼，那是他进步的动力。

他应该感谢沈宁。沈宁爱他，爱得死心塌地。当他遇到困难的时候，沈宁会替他想办法解决。当沈宁解决不了问题的时候，她会去找她的父亲沈尘，或者以父亲的名义去找别人帮忙。沈宁总是有办法。如果没有沈宁，一切不会那么顺利。他应该感恩，应该对沈宁忠诚。再过一个月，他和沈宁就要结婚了。他发誓，无论婚前还是婚后，他一定要对沈宁忠诚。

他应该感谢所有人。在这个成功的时刻，他希望所有人都来分享他的荣耀和他的喜悦。

从办公室的窗口往外看，对面是另一座大厦，工人们正在楼体上安装巨幅广告，一个女明星在广告中露出迷人的微笑。女明星很漂亮，与某人眉眼之间有几分相似，这让周震想起了一个姑娘，想起了他的初恋。

叶诺……一个遥远的名字，仿佛来自另一个世界。那是青春期的记忆，一个遥远的梦。

过去，周震已经很少梦见叶诺了。可是，当他成功的时候，当他春风得意的时候，他忽然又想起了这个名字。

十年不见，周震忽然很想知道，叶诺在哪儿，她过得好不好？可是，叶诺过得好不好，和他又有什么关系呢？

过去他一直做得很好，几乎忘掉了这个名字，忘掉了一切。现在他到底怎么了？当他想起叶诺的时候，仍然感到心疼。他骗不了自己，他确实心疼。

他和叶诺已经十年不见，为什么还会心疼呢？他问自己。也许是……愧疚？

没错，是愧疚。他从不后悔当初的决定，只是感到愧疚。过去他也曾有愧疚，但在日常的忙碌中，愧疚渐渐被压抑了，几乎觉察不到。当他志得意满的时候，愧疚忽然汹涌而来，变得无比强烈。

都过去了，别再想她了！没什么可愧疚的，这都是命运的安排。一切都是命运。

周震晃了晃脑袋，关上了记忆的闸门。

8

这是个黄昏。周震走进会所。贺超迎了上来，讨好地冲他微笑。

周震不喜欢贺超，一点儿也不喜欢。尽管他们过去是同学，曾经是朋友。

整个高中时代，周震最好的朋友就是贺超，但这并不代表他们是同一种人。

他们几乎是两个世界的人。周震是个纨绔子弟，养尊处优。而贺超是个穷二代，生活窘迫。周震是个学渣，不学无术。而贺超是个学霸，勤奋刻苦。周震待人慷慨，很讲义气。而贺超小气吝啬，不守信用。他们成为朋友，仅仅是因为相互需要。就像是交易，周震需要贺超替他应付那些让人头疼的作业，而贺超需要周震帮忙改善伙食和购买学习资料。上了大学之后，他们不再需要对方，从此断绝了联系。周震曾经发誓告别过去，其中包括叶诺，也包括贺超。

三年前，贺超忽然出现在周震面前。那时候，贺超过得很不好，很落魄，像个乞丐。而周震已经创业成功，一切都很顺利。出于同情，他收留了贺超。从此，贺超摇身一变，变成了"贺总"。周震觉得，他能为贺超做的，他都已经做了。但贺超想要的，显然不止这些。贺超是个贪婪的家伙，总是利用他的同情和软弱，为自己争取利益。周震感到后悔，当初他不应该收留贺超。可是，现在做什么都来不及了。贺超就像是一块膏药，牢牢地粘在他的身上。

"农民工的钱，给他们了吗？"周震问贺超。

"给了。"贺超回答。

周震点点头，急于摆脱这个讨厌的家伙。

贺超忽然靠近周震，表情很神秘，似乎要说一个惊人的秘密。

"匹诺羊，你知道吗？"贺超问周震。

"知道。"周震感到困惑，不明白贺超为什么突然提起一个网红。

"她是咱们的老同学。"

"是吗？"

"匹诺羊是她的网名，她的真名叫叶诺。"

叶诺？周震吃了一惊。

"你不知道？"贺超问周震。

"我怎么知道，我从来不看直播。"周震淡淡地说。尽管他与贺超曾经是朋友，但他从来没有对贺超提起过叶诺。

"她现在是个网红，经常上热搜。"

"我从来不看八卦。"周震装作漠不关心，"你提她干什么？"

"她找过我。"

"她找你干什么？"

"说是老同学聊聊天，叙叙旧。"

"你们聊什么了？"周震感到紧张。

"她很关心你，问我你最近怎么样。"

"你怎么说的？"

"我说你挺好的。"

"然后呢？"

"她知道你要结婚了，让我转告你，祝你幸福。"

周震忽然有点儿感动。十年了，他和叶诺都应该放下了。

"不过，"贺超忽然转折，"她来找我的目的，不是这个。"

"是什么？"

"她的真实目的，是向我打听那件事。"

那件事？周震倒吸了一口冷气。

"你告诉她了？"周震追问。

"我傻吗？"贺超说，"告诉她，你和我都完了。"

周震松了口气。但是，他的心很快又悬了起来。

"那件事"是周震和贺超之间的秘密，一个不可告人的秘密，一颗不知什么时候引爆的炸弹。他曾经为此惶惶不可终日，巨大的心理压力几乎将他压垮。随着时间流逝，他才慢慢放松下来。没有人追问，更没有人追究。整件事情的知情面很小，知情人都是一根绳上的蚂蚱。十年来，他一直保守着这个秘密，对所有人守口如瓶，其中包括叶诺，也包括沈宁。渐渐地，他几乎已经忘掉了"那件事"。现在，忽然有人对它感兴趣，这让他感到不安。他有一种不祥的预感，叶诺找到了那颗炸弹，正打算将它引爆。

愧疚变成了恐惧。他曾经伤害过叶诺，也曾经担心叶诺报复，但叶诺一直杳无音讯。现在，叶诺又出现了。她不再是叶诺，而是一个陌生人，她叫匹诺羊。

周震知道，叶诺一定会来找他，但不知道叶诺会在什么时间出现，也不知道叶诺会以什么方式来了结这一切。

欠下的债，迟早要还的。周震觉得，也许，这就是他的命运。

9

这是会所中最大的包房，也是最豪华的一间。它属于沈尘。事实上，整座会所都属于沈尘，是他创造了这个地方。

十年前，这里还是一片平房，是真正的贫民窟。有一天，沈尘从这里路过，停下来看了看风水。然后，贫民窟消失了。他就像魔术师一样，大手一挥，把这里变成了"尘世间"。现在，这里是银海的地标性建筑，上流社会的俱乐部。

在沈尘面前，周震完全丢掉了自己的气场，像个唯唯诺诺的学生。

"婚礼都准备好了？"沈尘问周震。

"差不多了。"周震回答。

"需要我做什么？"

"不需要。"

"你父母呢，他们什么时候过来？"

"婚礼前两天。他们都挺忙的。"

沈尘欣赏地看着周震，像个慈祥的父亲。周震是他的作品，是他改造了周震。他感到欣慰，感到得意。

"宁宁打算创业。"沈尘说，"她跟你说了吗？"

"没有。"周震摇了摇头。多年以来，他和沈宁只谈恋爱，不谈工作。

"可能是想给你个惊喜。"沈尘继续说，"她一会儿过来，你也听听她的项目，提提意见。"

"什么项目？"

"不知道。不过，这是好事，我们应该支持，总比她成天无所事事强。"

"是。"周震点点头。他也觉得这是好事，如果沈宁有事情可做，就不会成天缠着他不放。

等待并不漫长。很快，沈宁出现了。和沈宁一起出现的，还有另一个姑娘。

叶诺！

周震惊呆了。他猜到叶诺会来找他，但他没料到会是在这样的场合中重逢。

十年不见，叶诺变了。她变得更漂亮，也变得更精致了。

"沈总好！"

叶诺大大方方地和沈尘握了握手，又把手伸向周震，露出迷人的微笑。

"周总，你好！"

周震仍然呆在那里。直到沈宁提醒他，他才碰了一下叶诺的手，就像碰到一块烙铁，很快松开了。

叶诺一直在说话，但周震一句也听不见。从叶诺出现的那一刻起，他一直感到恍惚，脑袋里嗡嗡直响，什么都听不见。

创业一定是个幌子，叶诺到底想干什么？

叶诺说完了，沈宁又说了些什么，周震仍然听不见。直到沈尘叫他，他才回过神来，恢复了听觉。

"周震，"沈尘审慎地看着他，"你什么意见？"

"我……"周震不知道该说什么，"我还需要时间，好好消化一下。"

"不着急。"叶诺保持着微笑，"你们慢慢考虑。考虑好了，让宁宁给我个信儿。"

宁宁？周震感到恐惧。这说明叶诺和沈宁的关系已经很亲密，她到底想干什么？

"周总是雨辰科技的创始人？"叶诺忽然问周震。

"是。"周震下意识地点点头。

"我在电梯里见过你们的广告，周总本人比广告上更帅！"

"谢谢。"周震机械地说，"叶总也很漂亮。"

"雨辰科技现在势头很猛，需不需要我在直播间帮你们带带货？"

"好啊。"周震仓促地回答，"太好了。"

"那好。改天我们好好聊聊？"

"好的。"周震说。

"我们加个微信吧，方便联系。"叶诺掏出了手机。

加过微信，叶诺离开了，沈宁和她一起走了。屋子里安静下来。

周震惊魂未定，回头看看沈尘。沈尘也看着他，眼神里充满了困惑。

"你怎么了，不舒服吗？"沈尘问周震。

"没有。"周震掩饰地说。

但周震确实很不舒服。他知道，十年了，舒服的日子即将走到尽头。

10

八月十二日，星期五。命运降临了。

约会地点仍然是在会所，房号是叶诺的生日。当周震匆匆赶到108客房的时候，叶诺刚刚从午睡中醒来。

"坐吧。"叶诺问周震，"喝点儿什么？"

"什么也不喝。"周震直截了当地说，"十年了，咱们没必要再兜圈子。你说吧，你到底想干什么？"

"你说呢？"

"你想报复我？"

"我为什么要报复你？"

"因为……我抛弃了你。"

"我还以为你都忘了呢。"

"我没忘。我经常想起你，一想起你，我就感到愧疚。"

"是吗？"叶诺讽刺地笑着，"太感人了！"

"你别这样。"周震不喜欢叶诺这样。叶诺以前不是这样的，她以前一直很温柔。

"你是个渣男。"叶诺收起笑容，"你会遭报应的。"

"你想要钱，是吗？"周震试探地问。

"你很有钱吗？"

"我现在没有，将来会有的。"

"将来是什么时候？"

周震张了张嘴，不知道该说什么。

"沈尘现在还很健康，你想继承他的遗产还早着呢，我等不了。"

"那你想要什么？"

"我想要什么，你都能给吗？"

"你说说看。"

"我想要你。"

"我？"周震愣了一下。

"别害怕。"叶诺露出微笑，"我不是想跟你复合，我只想要你一个晚上。"

"什么意思？"

"什么意思你懂的，你没那么单纯吧？"

"为什么？"周震明白了，但他仍然困惑。

"为了弥补十年前的遗憾。"叶诺淡淡地说。

周震想起了那个冬天的夜晚。大学围墙外面的小树林，叶诺双膝跪地，赤身裸体，在寒风中瑟瑟发抖……

"你想要什么，我都可以考虑……"

"我什么都不要，就要你一个晚上。"

"有必要吗？"周震问。

"有必要。"叶诺咬着牙说，"十年前，我把衣服都脱了，你拔腿就走，头也不回。你知不知道，你让我觉得我自己很脏！你知不知道，你让我觉得我自己很贱！你知不知道，你差点儿就把我毁了！"

"对不起。"周震低声说。

"现在说对不起有用吗？"叶诺继续说，"为了弥补这个遗憾，我必须要你一个晚上。"

"你知道的，我快结婚了。"周震恳求叶诺，"过去是我对不起你，现在我不能再对不起沈宁。"

"也就是说，你不答应？"

"我不能答应。"

"你必须答应。"

"为什么？"

"因为你跟贺超的那件事。"

"什么事？"

"你说呢？"

叶诺终于露出了獠牙……周震感到窒息。

"你知道什么？"周震问叶诺。

"我什么都知道。"叶诺说，"过去我一直很奇怪，你的成绩比我还差，你是怎么考上大学的？现在，我终于明白了。"

"你明白什么了？"

"当年，贺超的母亲生了一场大病，有个好心人帮了他的忙。那个好心人就是你妈妈，我说得对吗？"

周震只是看着叶诺，一声不吭。

"你妈妈做了一件善事，她救了一个女人的命。不过，她行善不是为了积德，而是为了跟贺超做一笔生意。"

脚下似乎有个大洞，周震感觉自己正在急速坠落。

"事情并不复杂。"叶诺继续说，"你妈妈把所有事情都安排好了。你和贺超要做的很简单，只需要在各自的答题卡上填写对方的姓名和考号，就能神不知鬼不觉地完成这笔生意。"

"这不可能！"周震摇了摇头，很无力。

"现在也许不可能，但十年前可能。如果你有足够的资源，一切皆有可能。"

"你有证据吗？"周震继续挣扎。

"我不需要证据。"叶诺蛮横地说，"我只需要在直播间说说这件事儿。你知道我在网上有多少粉丝吗？只要有十万个转发，一定能把你推上热搜，一定会有人把你的底细全部都扒出来，包括你的父母，也包括你的祖宗十八代！"

"你不敢！"周震心虚地说，"你没有证据，我可以告你诽谤！"

"没关系，你可以去告我。"叶诺轻描淡写地说，"如果你上了热搜，一定会有调查组来找你。如果他们什么都查不出来，那我承认诽谤，甘愿受罚。但是，你一定要想清楚，你自己做过什么！你一定要想清楚，你到底经不经得起调查！你一定要想清楚，你的父母经不经得起调查，能不能承受那样做的后果！"

周震沉默了。除了他自己，他必须为更多人考虑，其中包括他的父母。在沙州，父母辛苦了半辈子，才得到现有的一切。他不想连累他们。他宁可毁了自己，也不能连累父母。

"怎么样，你想好了吗？"叶诺问周震。

周震继续沉默……然后下定了决心。

"就一个晚上？"

"就一个晚上。"

"你发誓，以后不会再来敲诈我？"

"笑话！我现在不缺钱，将来也不会缺钱，我为什么要敲诈你？"

"你发誓，以后也不会再去骚扰沈宁？"

"我和她无冤无仇，我骚扰她干什么？"

"你发誓，以后……"

"你还有完没完？"叶诺不耐烦了。

"好！"周震咬了咬牙，"什么时间？"

"大家都很忙，择日不如撞日，就今晚吧。"

"今晚几点？"

"九点半。"

"什么地点？"

"就这儿吧。"叶诺抬起手，指指里面的卧室。

"这儿？"周震愣住了。

"天气预报说，今晚有雨，五十年不遇。所以，这儿晚上应该没什么人。"

"可是……"

"我这是为你着想。"叶诺打断他，"你是要结婚的人，如果有人看见你和另一个女人开房，沈宁的脾气你也知道……"

"好。"周震点了点头，"现在，我可以走了吗？"

"等一下。"叶诺说。

"干什么？"

"抱抱。"

周震愣了一下，然后僵硬地抱了抱叶诺，很快松开了。

叶诺的身体还是那么柔软，只是她的心肠变硬了。

11

别墅里很安静。外面黑乎乎的，下着大雨，仿佛天都塌了。

周震关上窗户，回到沈宁身旁。沈宁愁眉苦脸地坐着，像个受了委屈的小姑娘。

"我最讨厌那帮记者了。"沈宁说。

"为什么？"周震不明白。

"你知道他们是怎么说我的吗？"

"不知道。"周震摇了摇头。他一直很忙，很少上网，上网也从来不看八卦。

"我喜欢飙车，他们说我空虚。我喜欢美食，他们说我贪吃。我喜欢发微博，他们说我炫富。我喜欢在网上写评论，他们说我毒舌……反正我做什么都不对，做什么都是错。他们还说我是个寄生虫。太恶心了！都上升到人身攻击了。你说，我跟他们无冤无仇，他们为什么总是针对我，为什么总是要'黑'我呢？"

"因为你是沈尘的女儿。"

"我是沈尘的女儿，这是我的错吗？我是富二代，我就错了吗？"

"你没错。"

"那是他们的错？"

"他们也没错。"

"你什么意思？谁都没错，我就活该被人针对，我就活该被人'黑'吗？"

"我不是这个意思。"周震摇了摇头。

"那你什么意思？"

"我的意思是，这是他们的工作。他们也未必想针对你，但他们也得养家糊口。"

"拿'黑'我来养家糊口？"沈宁感到困惑。

"没错。"

"为什么？"

"因为你自带流量，因为'黑'你可以给他们带来流量。"

"这不公平！"

"确实不公平。"周震说，"不过，你可以换个角度想问题。其实，是你养活了他们……"

"我明白了。"沈宁忽然眼睛一亮。

"你明白什么了？"

"我养活了他们。"沈宁开心地说，"所以，我不是寄生虫，他们才是。"

"所以，你还要跟他们生气吗？"

"不生气了。"

周震抱了抱沈宁，表示安慰。沈宁忽然揪住他，用力地抽了抽鼻子。

"你身上有她的香水味！"

周震以为这是个玩笑。但沈宁是认真的，怒目圆睁。

"你自己闻闻！"

周震闻了闻自己，他身上确实有一股淡淡的香气，丁香的味道。

"这应该是你的……"

186

"不对，我从来没用过这种香水。"

周震愣住了，然后想起了叶诺。抱抱……她是故意的吗？

"说！她是谁？"

"应该是叶诺。"周震承认了。

"匹诺羊？"沈宁惊呆了，将抱枕扔到周震脸上，"你们……你们太过分了！"

"你听我解释……"

"我不听。"沈宁又扔了一个抱枕，然后怒视周震，"你给我一个合理的解释。"

"下午，我去会所跟别人谈事儿，从她身边路过。她在喷香水，不小心喷我身上了。"

"你以为我会相信吗，你是不是觉得我傻呀？"

"不信你可以去问她。"

"我问她干什么？她不可能承认，你还是觉得我傻。"

"你也可以去问贺超。他当时在场，他都看见了。"周震觉得，贺超应该可以替他解围。这是男人之间的一种默契。而且，这不是第一次了。

"真的吗？"

"真的。"

"你发誓？"

"我发誓。"

沈宁半信半疑，然后又有了新的问题。

"你觉得，是匹诺羊好看，还是我好看？"

"当然是你好看。"

"真的吗？"

"当然是真的。"

"她也不难看，对吧？"

"她不难看。不过，跟你比，她差远了。"

沈宁满意了，但事情还没有结束。

"我不想创业了。"沈宁说。

"为什么？"周震问。

"你知道吗？闺密是一个很危险的物种。"

"什么意思？"周震不明白。

"你上网看看，很多女人都在控诉她们的闺密撬走了自己的男朋友。"

"所以呢？"

"所以，我不能把匹诺羊当闺密，不能和她一起创业。"沈宁认真地说，"我应该和她绝交。不然，我很可能引狼入室。"

"你不相信我？"

"我相信你，但我不相信她。我不想再理她了，以后你也不许再理她。"

"好的。"

"你把她拉黑！"

"好的。"

"你现在就把她拉黑，我看着呢！"

周震只好掏出手机，当着沈宁的面把叶诺拉黑了。

"太晚了，你快睡吧。"周震说。他急于离开，他和叶诺约的是九点半，现在是九点一刻，他要迟到了。

"还早呢，我爸还没回家。"沈宁说。

"你爸去哪儿了？"

"不知道。你再陪我待会儿，等我睡着了你再走。"

"好吧。"周震坐了下来，给沈宁读《小王子》，就像她中学的时候那样。

终于，沈宁安静地睡着了。周震关了灯，悄无声息地离开了。

12

噩梦都是一样的。叶诺躺在地上，闭着眼睛，太阳穴上有一个洞，鲜血从洞里流出，流到地板上……

周震站在那里，一动不动。他想逃走，却迈不开脚步。就像是一种法术，他被定住了。在那一刻，所有的记忆都复活了，涌了上来，将他湮没。

那是个春天，叶诺安静地坐在一棵树下，树上开着不知名的花。周震着迷地看着她，觉得她比树上的那些花更好看……

那是个夏天，树上的花变成了不知名的果实。他们在树下有了第一次。阳光、树阴、汗水、荷尔蒙、年轻而饱满的身体……

那是个冬天，在学校围墙外的小树林里，叶诺双膝跪地，赤身裸体，眼泪汪汪，在寒风中瑟瑟发抖……

遥远的天际忽然划过一道闪电，然后是一声霹雳，震得地板都在晃动，窗户哗哗作响。

法术解除了，周震被雷声震醒。醒来的时候，他满头大汗。他忽然感到恶心，胃里一阵翻腾。

他走进洗手间，拧开水龙头。他捧起水洗了一把脸，感觉好一点儿了。

他走出洗手间，回到客厅，然后他呆住了。

贺超站在那里，看着地上的叶诺，瞪着眼睛，呆若木鸡。

周震吓了一跳，然后镇定下来。他鼓起勇气，问出了那个问题。

"你是要报警，还是要帮忙？"

这是一场赌局，人命关天的赌局。周震赌对了。贺超别无选择。十年了，他们一直是一根绳上的蚂蚱，他们都别无选择。

当贺超将叶诺扔进河水，将宝马沉入深潭，周震以为一切都结束了。可是，当叶舟走进直播间，他知道，噩梦又开始了。

现在，噩梦终于结束了。贺超也上路了，不会再纠缠他。他不会再有麻烦，永远也不会。

一切都结束了。周震终于可以睡个好觉了。最近，他一直睡眠不好，头疼欲裂。

老天保佑。他是个干大事的人，他有大好的前程，一切尽在掌握。

第八章

1

墙上挂着警徽，金色的盾牌在灯下闪闪发光。这里是派出所，一个安全的地方。

桌上有支录音笔，它在工作。扬声器里的环境音很嘈杂，嘶嘶乱响，但贺超的声音仍然清晰可辨。

"我喜欢她，在她身上花了很多钱，但她欺骗了我的感情，所以我把她杀了……"

警察呆住了。这是个小警察，很年轻，看上去和杜川年纪差不多大。

"他叫什么？"小警察指指录音笔，仿佛录音笔里藏着一个小人。

"贺超。"杜川回答。

"他是干什么的？"

"'尘世间'的总经理。"

小警察愣了一会儿，似乎在思索接下来应该做点儿什么。然后，他放下录音笔，掏出了手机。

十分钟后，一个老警察出现了。他四十多岁，很沧桑的样子，看上去很有经验。他听完录音，又向杜川提了几个问题。杜川花了点儿时间告诉他们过去都发生了什么。他把知道的全都说了，毫无保留。然后，警察相信了他，决定去找贺超谈谈。

他们找到了贺超。但是，贺超已经不能回答任何问题了。当他们赶到那栋公寓的时候，发现楼下的空地上躺着一个人，走近了才发现，那是贺超。贺超躺在那里，瞪着眼睛，无声无息，地上一摊血。

杜川惊呆了。他累了一天，应该听警察的话，回家去睡觉。但他知道，他不可能睡得着。他很想知道这个故事的结局。不仅仅是好奇，也因为这个故事的结局将影响到他自己的命运。所以，他跟着警察来到了现场。

现在，杜川看到了这个故事的结局。结局就是贺超死了。救护车急匆匆地来了，又急匆匆地走了。而贺超仍然躺在那里，身上盖着白布。白布从头到脚，将贺超覆盖得严严实实。

现场拉起了警戒线，把看热闹的人们挡在外面。人们挤来挤去，指指点点。嘈杂声中，杜川什么都听不见了。他感到恍惚，耳朵里嗡嗡乱响，大脑里一片空白。

贺超，二十八岁，会所经理，脸上永远带着标志性的坏笑，脑袋里永远装着各种搞笑的段子。他总是有办法活跃气氛，总是有办法让别人开心。他喜欢别人叫他"超哥"，喜欢替别人出头，打抱不平。他帮叶舟赶走过骗子，为杜川安排过工作，还替杜川教训过那个讨厌的杂货铺老板……现在，他死了，无声无息地躺在地上，变成了一具毫无生气的尸体。

杜川抬起眼睛，看看高处。他看见了那个窗口。窗口亮着灯，那个小警察探出了脑袋，东张西望。

十二层楼，自由落体……杜川无法理解，贺超为什么会选择用这样的方式结束一切？他也无法想象，在做出这个决定之前，贺超的内心到底有多么挣扎，到底有多么绝望？他忽然感到内疚。他觉得，是他把贺超逼上了绝路。

与贺超斗法，杜川当然设想过结局，但他没料到会是这样的结局。当然，贺超做错了事，必须受到惩罚，必须付出代价。可是，当结局出现的时候，他为什么还是会感到内疚？

别想了，你没有做错什么，别再折磨自己！

杜川晃了晃脑袋，转过身来，穿过人群……忽然，他停了下来。

人群中有一张脸。一张瓦刀一样的脸，胡子拉碴，眼窝深陷，目光凶狠，像一只野兽。

杜川敢肯定，他见过这张脸。这是一张很特别的脸，让人过目不忘。他从小酷爱画画，最擅长的是人像素描，一直以来，他对人脸的记忆力超出常人。所以，他一定见过这张瓦刀脸。

可是，什么时间，在什么地方见过？杜川闭上眼睛，在大脑里搜寻记忆。大脑里仍然一片空白，他什么都想不起来。

杜川停止思考，继续向前走。人群拥挤，有人撞了他一下，对讲机掉在地上。他蹲下来，拾起对讲机，忽然眼前一亮。

两个小时前，杜川曾在公园里"遛猴"。他躲在暗处，看着贺超左手拿着对讲机，右手拎着手提袋，满头大汗，东奔西走。他知道，贺超不会轻易交出那一百万，也许会带帮手。在他的遥控之下，贺超一共去了五个地方，八角亭、小树林、七孔桥、玲珑塔、喷泉水池，每到一个地方，贺超身后都会出现一张瓦刀脸，不远不近，就像是贺超的影子。他知道，这不是巧合。在成为外卖小哥前，为了找到乔乔，他在影视城充当过群众演员，扮演过许多尸体，尝试过各种死法。他知道，在电影里，如果同一个群众演员在不同的场合中反复出现，这不合常理。所以，瓦刀脸穿帮了。他一定认识贺超，也许是贺超的帮手。

现在，贺超死了，瓦刀脸又出现了……这说明什么呢？没有答案。杜川感到茫然。

杜川站了起来，四处张望，才发现瓦刀脸已经从人群中消失，不见了踪影。

2

凌晨四点，周震睁开眼睛，从床上坐了起来。他没有开灯，在黑暗中问了自己两个问题。

第一个问题，我睡着了吗？答案是肯定的。因为只有睡着了才会做梦。他做梦了，甚至能回想起一些支离破碎的片段。在梦中，贺超仍然活着，表情变幻不定，忽然讨好地冲他点头哈腰，忽然又面目狰狞地冲他怒吼……所以，他确实睡着了，但他睡得并不安稳。睡不安稳是因为他的耳朵里一直有幻听。幻听里充满各种奇奇怪怪的声音。其中有一种很特别的声音，一直在他脑海里萦绕，挥之不去。那是警车的声音。警车拉着警笛，警笛一直在响，很尖锐，非常贴切地描述了他的恐惧，"完了完了完了完了完了"……

第二个问题，接下来我应该做什么？他打开台灯，从枕头边找来纸和笔，开始回答这个问题。这是他上大学时养成的习惯。他知道，大脑每时每刻都会产生想法，稍纵即逝，而纸和笔可以留住这些想法，也可以使它们更有条理，更合乎逻辑。

很快，纸上写满了想法，其中包括接下来可能发生的一切，也包括他必须做出的反应。

首先，会有人告诉他一个坏消息。无论是谁来告诉他这个坏消息，他都应该露出吃惊的表情。当然，对于贺超的死亡，他并不吃惊。但是他必须吃惊，不然会使人生疑。这个表情必须足够逼真，可以骗过所有人的眼睛。为了达到逼真的效果，他开始对着镜子练习。他并不擅长表演。但是，通过训练，这个吃惊的表情变成了一种肌肉记忆。

然后，警察也许会来找他盘问。毕竟，他与贺超既是同乡，也是同学。贺超落魄时，是他把贺超引荐到会所当总经理。最近他们一直都有来往，一直有联系。贺超人生中的最后一通电话打给了他。警察也许会调出通话记录，向他提一些问题。他应该怎么回答呢？他会告诉警察，贺超在电话里向他抱怨了人生悲苦，寂寞难耐……诸如此类，都是些沮丧的情绪表达。但他并不知道贺超有抑郁症，也不知道贺超为情所困，更不知道贺超曾经杀过人，还以为贺超只是情绪低落，向他求安慰，所以他只是象征性地安慰了几句，然后就挂了电话，关了手机，上床睡觉。他有早睡的习惯。如果他知道贺超会跳楼自杀，无论如何，他不会让这一切发生，他一定会想办法阻止贺超这样做。所以，他很遗憾。不过，现在他做什么都来不及了……这段台词很长，每一句话，每一个表情，都必须恰到好处，不能露出任何破绽。

最后，如果警察排除了他杀，就可以结案了。结案以后，接下来的问题就是如何处理贺超的后事。贺超是个孤家寡人，没有父母，没有爱人，也没有孩子。那么，贺超的后事由谁来处理呢？一般情况下，警察会通知贺超的工作单位派人领回尸体，处理善后事宜。贺超生前是会所的总经理，而他是会所的执行董事。所以，也许会有人问他，贺超的后事怎么处理？他应该告诉他们，无论贺超做过什么，毕竟同事一场，现在贺超死了，无论如何，他们都应该善待贺超，让贺超的灵魂得到安息。作为同事，这是在贺超死后，他们唯一能做的……

　　周震想了很久，写了许多。他像个编剧一样，写出了剧本。他思维缜密，想法周全。接下来发生的一切，几乎都是在按照他的剧本进行。

　　首先，电话响了，有人向他报告了一个坏消息。然后，警察来了，向他提了几个问题。最后，会所的副总经理找到他，向他请示贺超的后事如何处理。

　　火化，安葬……终于，一切都结束了。贺超消失了，消失在他的生活中，永远不会给他带来任何麻烦了。接下来，他要继续努力，继续创造奇迹。命中注定，他是个干大事的人。

　　周震放松下来，推开窗户，透了透气。

　　窗外空气潮湿，天空中乌云密集，要下雨了。

3

　　天空中下着小雨，陵园里冷冷清清。墓碑上嵌着照片，叶诺在照片中露出微笑。

　　一张报纸扔进了火盆。现在，很少有人看报纸了，但这并不代表报纸消失了。当人们需要它的时候，报纸一直都在。

　　报纸上讲述了一个抑郁症患者如何疯狂地迷恋一个网红，如何因爱生恨，将其残忍杀害并抛尸野外的故事。除此之外，它还讲述了一个受害人亲属如何发现疑点，如何穷追不舍，最终使凶手罪行败露而不得不跳楼自杀的故事。

　　叶舟点燃了火柴，火焰在抖动。报纸烧了起来，灰飞烟灭。

叶舟哭了。她发出的哭声就像是从压力锅里溢出来的。过去，姐姐一直在照顾她。后来姐姐死了，她觉得她必须为姐姐做点儿什么。现在，她做到了，她终于找到了凶手，给了姐姐一个交代。可是，她并没有感到轻松，并没有真正解脱。在她的内心深处，她仍然感到遗憾，遗憾再没有机会报答她的姐姐。

杜川同样遗憾。除了遗憾，还有内疚。结案之后，老警察找过他，批评过他，认为他当初应该报警，而不是自己解决。他很后悔。如果当初他选择报警，结局也许会不一样。贺超也许不会选择那样极端的方式结束一切，至少贺超来不及这样做。警察一定会在贺超自杀前找到他，然后想办法让贺超说出真相。

真相是什么呢？真相就像报纸上说的那样吗？也许是，也许不是。贺超知道真相，可是他已经死了，他不可能再说话。他不可能告诉大家，真相到底是什么。

贺超，真的是自杀吗？

对于一个走投无路的凶手来说，选择自杀当然是合理的。叶诺死后，贺超处心积虑，一直在掩盖真相。事情败露之后，贺超曾经寄希望于用一百万来交换证据，却在交易过程中出卖了自己，所以他绝望了。绝望导致自杀，听起来似乎也很合理。可是，从交易失败到跳楼自杀，不过短短两个小时，听起来又似乎太过仓促。在那样仓促的情况下，贺超还写下了一份遗书，把一切都交代得清清楚楚，听起来似乎也不合常理。当然，还有另一种可能，对于这样的结局，贺超早有心理准备，所以，他早就写下了遗书……

无论如何，杜川始终感觉不对。可是，究竟哪里不对呢？他说不上来。

当杜川感到困扰的时候，不知道为什么，他总是会想起那张脸。那张瓦刀脸就像是刻在了他的脑海里，怎么也删不掉。

贺超死了，至少从表面上看，他是自杀的，从十二楼跳下来，结束了自己的生命。然后，瓦刀脸出现在贺超的死亡现场，像个路人一样，在人群中看了看热闹，然后转身离开，消失得无影无踪……这能说明什么呢？

杜川的画功还在，他根据记忆画出了那张脸。看看画稿中的那张瓦刀脸，他浮想联翩。

也许，贺超不是自杀，而是他杀。凶手不是别人，就是瓦刀脸。所以，在贺超的死亡现场，瓦刀脸会再次出现。凶手杀人后，往往会重返现场，在推理小说中，这是常用的桥段。可是，瓦刀脸为什么要杀贺超呢？他们到底是什么关系？他们之间到底发生了什么？

头疼又开始了。杜川停止思考，感到沮丧。

杜川知道，他既没有证据证明贺超死于他杀，也没有证据证明瓦刀脸是凶手。所以，尽管他一直困扰，但他什么都没说。他既没有告诉警察，也没有告诉叶舟。过去的这些日子，叶舟承受了太大的心理压力。这让叶舟变得憔悴，也让他感到心疼。他不想让叶舟再受困扰，不想让叶舟再受折磨。叶舟真的累了，她需要的是一个清静的世界，而不是没完没了的噩梦。

就这样吧。生活还要继续，过去的就让它过去吧！

4

火盆里残留着报纸的灰烬，这说明叶舟和杜川来过。周震警惕地看看四周，四周不见人影，很安静。

周震放松下来，扭头看着墓碑。叶诺在墓碑上看着他。叶诺还是那么漂亮，有一双会说话的眼睛，仿佛有许多话想要对他说，可是他什么都听不见了。

"叶诺！"周震在心里默念，"原谅我吧。如果有下辈子，如果下辈子还能遇见，我给你做牛做马！"

周震深深地鞠了一躬，转身离开了，头也不回。墓碑前留下一捧鲜花，那是叶诺生前最喜欢的丁香。

周震告别了叶诺，但没有走出陵园。接下来，他还要去另一个地方，看望另一个朋友。

贺超没有墓地，也没有墓碑。他的骨灰盒存放在一个格子里。格子不大，像个抽屉。在这个抽屉里，装着一个人的一生。逝者的世界和活人的世界相似，有人住着别墅，也有人住在胶囊一样的小黑屋里。

看着那个格子，周震心里一动。人都是会死的，如果有一天他死了，也会被装进骨灰盒，住在这样的一个小格子里吗？他忽然一怵。从小到大，他一直有轻微的幽闭恐惧症，害怕黑暗，害怕逼仄的环境。

"贺超！"周震在心里默念，"我来看你了。你好好地，别再折磨我了！"

周震最近一直睡不好。有时候梦见叶诺，有时候梦见贺超，有时候梦见叶诺和贺超一起朝他走来，脸上的笑容神秘莫测。在梦中，他的耳边仍然有幻听，尖锐的警笛声一直在他的脑海里响个不停。他被那个声音折磨得快要疯了。

周震从来都不是一个迷信的人，从来不相信怪力乱神。但他觉得，也许他应该做点儿什么，才能得到宽恕，才能得到解脱，才能赶走噩梦和幻听。他考虑过做一场法事，超度叶诺和贺超。但是，这样做太张扬了，也许会给他带来意想不到的麻烦。所以，他放弃了这个想法。他想，一切都交给时间吧，时间可以消磨一切。

周震走出陵园，来到停车场，朝他的沃尔沃走去。忽然，他停了下来。

瓦刀脸出现了。他坐在沃尔沃的引擎盖上，百无聊赖地玩弄着手中的折叠刀。折叠刀打开，又收起，再打开，再收起……反反复复。阳光照在刀刃上，一闪一闪，让他着迷。

周震一直很缜密，一直很周全。他的剧本天衣无缝，但他忽略了一个人，遗漏了一个问题。现在，贺超的问题解决了，新的问题又出现了。这就像是上一个故事的续集，在续集里，瓦刀脸变成了一个很重要的角色。

上午，瓦刀脸给周震打了个电话，想和他谈谈报酬的问题。报酬他已经给了，那是足足一百万现金。可是，瓦刀脸说，那只是首付，接下来还有尾款。瓦刀脸没说尾款是多少，只说要和他当面谈谈。他说他很忙，可以谈，但要等他空闲的时候。忙当然是借口，他是在争取时间。他必须花一点儿时间为自己考虑，考虑怎么做才能彻底结束这一切。

"怎么样，你想好了吗？"瓦刀脸从引擎盖上跳下来，脸上的表情似笑非笑。

"没有。"周震说，"想好了，我自然会给你打电话。"

"行。你慢慢想，不着急。"瓦刀脸不急不躁，"雷哥让我问问你，你什么时候有空？"

"他要干什么？"

"没什么。雷哥说他想你了，就想和你坐坐，聊聊。"

"改天吧。"周震说，"改天我给他打电话。"

周震钻进沃尔沃，发动了汽车。汽车开出停车场。后视镜里，瓦刀脸仍然站在那里，双手斜插在口袋里，吹着口哨。

周震一直认为，人这一辈子，要么被欲望支配，要么被恐惧支配。现在，在他的生活中，既充满了欲望，又充满了恐惧。它们组合在一起，几乎要撕裂他的神经。他觉得自己真的要疯了。

周震知道，瓦刀脸不会出卖他，因为出卖他等于出卖自己。瓦刀脸是个贪财的家伙，想要的不过是钱。可以用钱搞定的，都不是问题。问题是，他不能一直活在恐惧中，他不能一直带着头疼睡觉。

瓦刀脸是个坏蛋，非常坏的坏蛋。他伤害过许多人，是许多人的眼中钉。警察很可能已经盯上他了。如果警察盯上他，他迟早会出事。如果瓦刀脸出事了，这个混蛋不可能再为任何人保守任何秘密。当然，他也可以找个人，神不知鬼不觉地把瓦刀脸做掉，就像他找瓦刀脸做掉贺超一样。但是，接下来他还会面临同样的问题，没完没了。他总不能自己动手杀人。他杀死过蚂蚁，杀死过蚊子，杀死过蟑螂……但他从来没有想过要动手杀人。他是个干大事的人，他不能这样做。

那么，他应该怎么办？大脑里一片空白，剧本也编不下去。

周震深吸了一口气，用力地吐了出来。

随他去吧。生活还要继续，让瓦刀脸见鬼去吧！

5

一只麻雀飞过来，停在铁门上。杜川抬起眼睛，与它长久地对视。然后，麻雀拍拍翅膀，飞走了。

会所看似平静，其实暗流涌动。这里发生过命案，死者是个网红，凶手是这里的高管……还有什么比这个更让人震惊，还有什么比这个更让人耸动？杜川每天站在门口，像个机器人一样点头哈腰，迎来送往。他听到了那些声音，心情很复杂。有人认为贺超该死，也有人替贺超感到惋惜。

没有人谈论杜川，也没有人向他追问什么。保护证人是警察应尽的义务。所以，无论老警察还是小警察，都守口如瓶，从未向外界透露过证人的身份。叶舟也没有向任何人透露过半个字。人们都在猜测那个神秘的证人是谁，却没有人想得到，这个神秘人只是一个毫不起眼的小人物。更没有人想得到，这个看上去沉默寡言的门童，曾经做过一件很了不起的大事。

随着时间流逝，人们找到了新的话题。明星吸毒、逃税、离婚、出轨……热搜每天都有，新闻永远比旧闻更吸引眼球。互联网确实有记忆，但互联网也最擅长遗忘。当一个流量小生因为涉嫌迷奸被捕之后，人们几乎忘记了这件事情。就这样，贺超和叶诺的名字渐渐地消失了，消失在人们的议论声中，消失在许多人的记忆深处。

过去，"尘世间"一直很热闹，门庭若市。作为门童，杜川常常应接不暇，腰酸腿疼。现在，他一整天也见不到几个人影，常常感到无聊，昏昏欲睡。那些身家过亿的大老板，那些流量过亿的大明星，仿佛集体消失了，不再露面。这很容易理解。没有人不知道这个地方发生过什么。对于那些迷信风水的人来说，这里不再是上流社会的温床，它变成了一个凶险的地方，充满了煞气。

这一天，周震出现了。他带来了一个设计师。当所有人都在回避的时候，他决定破除迷信。他决定在这里举办婚礼。他打算重新装修，把最大的一间多功能厅改造成结婚礼堂。他告诉大家，他受过高等教育，只相信科学，不相信怪力乱神，如果这里真的像某些人说的那样有一股煞气，那么，他将用他的喜气来消灭这一股煞气，进而消除人们对这个地方的恐惧。他说，他不仅要为自己代言，还要为"尘世间"代言。他说话热情洋溢，让所有人都感觉到了希望，包括杜川在内。那个时候，由于"尘世间"越来越萧条，杜川正在担心失业的问题。

一个礼拜后，沈尘出现了。他不仅带来了设计师，还带来了一支庞大的装修队。他告诉大家，当年他创造了这个地方，将一座贫民窟打造成了上流社会的温床，现在他不能眼睁睁看着它沉沦，直到它沦为被人遗忘的角落。他必须改变这一切。他决定改造娱乐区域，将它改造成一座现代化的露天剧场，每天安排演出，每天邀请一位顶流明星，唱歌跳舞，为它站台。他相信，这是一个正确的决定。会所将重新汇聚人气，尘世间将重新焕发生机。他说话很有感染力，让所有人都感到振奋，杜川也不例外。杜川的想法很现实。他知道，如果沈尘实现了这个目标，那么这里的所有人都不会失业，不会为生计发愁。

很快，一座美轮美奂的大型现代化露天剧场建成了，命名为天沐剧场。落成典礼上，沈尘请来了天沐艺术团。他宣布，天沐艺术团将长驻剧场，承担每天的演出任务，而叶舟将担任主角，是当之无愧的明星。他说，叶舟人品端正，技艺非凡，他完全有信心把叶舟打造成一个顶流明星。然后，沈尘把叶舟请上主席台，把话筒交给了她。叶舟显然没有任何心理准备，她愣了一下，然后开始说话。她毫不隐讳地告诉大家，她曾经有个姐姐，死在这个地方，她对这里怀有一种复杂的情感。她相信姐姐在天有灵，一定能听到她的歌声，一定能看到她的表演。所以，她不在乎能不能成为顶流明星，但她一定会好好表现，不让姐姐失望，不让所有关心她的人失望。叶舟说完了，把话筒交还给沈尘。沈尘愣了一下，然后带头鼓掌。

杜川在台下跟着鼓掌，泪湿眼眶。

6

长长的红毯，从停车场一直铺到接待大厅。接待大厅的墙上悬挂着巨幅广告。在广告中，叶舟露出微笑，光彩照人。

演出即将开始，客人们陆续到场。"尘世间"重新变得热闹起来，停车场上趴满了豪车。

杜川仍然是个门童。他仍然像个机器人一样，面带微笑，点头哈腰。

"欢迎光临……欢迎光临……欢迎光临……"

忽然，杜川呆住了。

一辆保时捷开了过来。然后，乔乔出现了，和一个男人在一起。

那是个渣男。宽宽的肩膀，黑黑的脸庞，额头上一道疤，目光凶狠，像个瘟神。杜川不可能忘记他。

乔乔和渣男手拉着手，朝杜川走来。隆重的礼服，使他们看上去很尊贵，气场十足。

乔乔看见杜川，愣了一下，很快恢复平静，表情淡然，假装不认识他。但渣男认出了杜川，停下了脚步。

"你不是那个送外卖的吗？怎么，换工作了？"

杜川点点头，不知道该说什么。

"你们认识？"乔乔很吃惊。

"认识。"渣男说。

"怎么认识的？"

"他撞了我的保时捷。"

"是吗？"乔乔看看杜川，用眼神问他，你是故意的吗？

"欢迎光临！"杜川机械地说。他仍然不知道该说什么。

"我让他赔了根冰棍。"渣男告诉乔乔。

"冰棍？"

"我这人吧，就一个缺点，心太软。"渣男忽然唱了起来，"我总是心太软，心太软，把所有问题……"

"求你了，别唱了！"乔乔说。

"不好听吗？"

"要多难听，有多难听！"

渣男和乔乔说笑着走远了。杜川站在那里，看着他们的背影，心情复杂。

乔乔曾经是他的过去，也是他的将来。他曾经以为，拥有乔乔，就拥有了一切。可是，他和乔乔终于还是走散了。过去，乔乔曾是他的美梦。现在，他已经很少梦见她了。在他的眼中，在乔乔的眼中，他和她彼此都是陌生人。

忘了她吧，都过去了！

客人们都进场了，会所门口安静下来，只剩下杜川。这时，保安队长老曹忽然出现了，满头大汗。

"去吧！"老曹喘着气说，"去看演出。"

"不行。"杜川摇了摇头，"我得在这儿值班……"

"我替你值！"

"不行……"

"别废话了！"老曹不耐烦了，"赶紧！不然，沈总该生气了。"

"沈总？"杜川不明白。

"这是沈总的意思。他说，今晚是你女朋友在这儿的首场演出，你必须在场！"

杜川明白了，然后是感动。

沈尘高高在上，而他不过是个小人物。沈尘却一直惦记着他。不止一次，沈尘帮助过他，也帮助过叶舟。他发誓一定要报答，却一直找不到机会。将来吧，人生漫长，将来也许有机会……

杜川走进剧场，在黑暗中寻找那个属于他的座位。当他穿过人群时，所有人都向他投来惊奇的目光，以为他来错了地方。所有人都穿着礼服，衣冠楚楚，一看就是有身份的人。只有他穿着制服，一看就是个门童。他是个小人物，不应该出现在贵宾席，不应该闯入上流社会。那些奇怪的目光几乎将他劝退。正当他犹豫是继续朝前走还是掉头走开的时候，沈尘忽然站了起来，远远地朝他招了招手，又指了指自己身边的那个空位。

杜川走过去，在一片惊奇的目光中坐了下来，坐在沈尘的身旁。沈尘什么都没说，只是指指舞台，示意他专心观看演出。

演出开始了。大提琴的声音如此低沉，仿佛来自遥远的年代，讲述着一个古老的传说。

叶舟出场了。白色的长裙，清秀的脸庞，凛然的目光，看起来就像一位圣洁的女神。她穿越时间隧道，来到天沐山下。她用美妙的歌声唤醒了受伤的村民……她九死一生，终于降服了恶龙……她告别村民，回到了天外世界。

演出结束了。掌声经久不息，喝彩声不绝于耳。

叶舟仰望天空，仿佛看见了她的姐姐。然后，她把目光投向观众席，准确地找到了她想要找的"那个人"。

在那一刻，叶舟露出了微笑，杜川却流下了眼泪。

7

化妆间里很安静。人们都走了，只剩下叶舟。她卸了妆，换上自己的衣服，照了照镜子。

镜子里有个姑娘，微笑着，幸福而满足。现在，叶舟不再是那个救苦救难的女神，而是一个沉浸在热恋中的姑娘。

忽然，另一张脸出现在镜子里。黑黑的脸庞，额头上有一道疤，目光凶狠，像个瘟神。叶舟吓了一跳，"噌"地站了起来。

"你是谁？"叶舟警惕地问。

"我姓雷，你可以叫我雷哥。"渣男微笑着说，"我是你的粉丝。"

"你是怎么进来的？"叶舟看看门口，那里有一块警示牌——"闲人免入"。

"我不是闲人，也不是外人。"渣男继续微笑，"你们这儿的保安队长老曹是我朋友。"

"老曹？"叶舟不认识老曹。在这个会所里，除了杜川，她不认识任何人。

"放松。"渣男看着叶舟的眼睛，"别紧张，我不是坏人。"

"你想干什么？"叶舟仍然保持警惕。

"是这样。"渣男掏出名片，"我有个财务公司，正在找代言人，有没有兴趣谈谈？"

"没有。"

叶舟直截了当地拒绝了，然后绕开渣男，朝门口走去。

"你去哪儿？"渣男追了上来。

"回家。"

"我送你。"渣男晃了晃手中的车钥匙，保时捷的标志在灯光下闪闪发亮。

"不用。"

"这么晚了，外头不好打车。"

"我自己有车。"

叶舟继续走，渣男继续追。

"你们当演员的，演出那么辛苦，就别开车了。我给你当司机，路上咱们正好谈谈……"

"不用了。"

"谈谈吧。谈谈又不会有什么损失……"

"我说了不用。"

"不给面子？"

"对不起。"叶舟说，"我真的得走了，我男朋友在等我。"

男朋友？渣男愣住了，停了下来。他很好奇，配得上这位女神的男人，到底是什么来头？

渣男追到门口，看见了那个门童。门童和叶舟手拉着手，朝停车场走去。渣男追了上去。

"这是你男朋友？"

"对。"

"你男朋友是个门童？"

"对。"

"凭你的条件，你怎么也得找个更像样的……"

"你说话客气点儿！"叶舟生气了。

"你是不是被绑架了？"渣男觉得自己很幽默，"如果是，你就眨眨眼……"

204

"无聊！"

叶舟甩开渣男，拉着杜川走进了停车场。忽然，杜川停下脚步，似乎看见了什么。

乔乔站在那里，身边是一辆保时捷。她先看看杜川，再看看叶舟，最后将哀怨的目光投向追在他们身后的渣男。

"乔乔！"渣男说，"你怎么还在这儿？"

"怎么？"乔乔说，"我在这儿，碍着你事儿了？"

"我不是让你先回家吗？"

"你不是说，你还有事儿吗？"乔乔反问。

"我是有事儿，怎么了？"

"就这事儿？"乔乔指指叶舟。

"没错，就这事儿。"渣男点点头。

"现在呢？"乔乔问渣男，"你还有事儿吗？"

"没了。"渣男说。

"回家吧。"

"你先回家，我还有别的应酬。"

"你到底要干什么？"乔乔忍不住喊了一声。

"我干什么，你管不着。"渣男比她更大声。

"我是你老婆，我有权利……"

"咱俩结婚了吗，你就是我老婆？"

乔乔呆住了，眼泪流了出来。

"你哭什么？！"渣男很不高兴，"你烦不烦？！"

乔乔走过来，从杜川和叶舟身边走过，走到渣男面前。她拉住渣男的手，可怜巴巴地看着他。

"求你了，跟我回家吧！"

渣男看看乔乔，又看看叶舟和杜川。也许是觉得在外人面前失了颜面，他忽然变得暴怒。

"滚！"

渣男甩开乔乔，径直走向他的保时捷。

轰的一声，保时捷开走了，扬起一片尘埃。乔乔呆在那里，一动不动。杜川和叶舟相互看看，不知道该说什么。

这时，另一辆车开了过来，停在乔乔面前。

车门打开，一个男人出现了。

瓦刀脸！

杜川心里一震，下意识地抓紧了叶舟的手。

乔乔仍然呆在那里，瓦刀脸上去拉她。

"走吧，嫂子。"

"滚！"

"雷哥让我送你回家。"

"我让你滚！"

"别让我为难，行吗？"

乔乔看看杜川，又看看叶舟，似乎想说什么，结果却什么都没说。

乔乔上了车，瓦刀脸把车开走了。停车场安静下来，只剩下叶舟和杜川。

"走吧。"叶舟轻轻地说。

"什么？"杜川没听清，他的脸色很不好。

"你怎么了？"叶舟问杜川。

"没事儿。"杜川掩饰地回答。

杜川有一种预感，瓦刀脸也许会是他的下一个对手。但他无法预料，当这张脸再次出现的时候，会给他带来什么。

8

这是一家甜品店。杜川安静地坐着，透过玻璃窗，看着外面的世界。

外面的世界很精彩，男男女女，来来往往，匆匆忙忙……杜川安静地坐着。在动与静之间，他找到了一种舒服的感觉。他忽然理解了乔乔为什么总是喜欢在这里待着。这才是生活，生活就应该这样。悠闲地坐着，看着窗外的风景，不必流汗，不必疲于奔命，不必为生计发愁，只需要安静地坐着，安静地消磨时间。

现在，乔乔就坐在他对面，黑黑的眼圈，哀怨的眼神，看上去很憔悴。

下午，乔乔忽然给杜川打了个电话，约他在这里见面。下班后，杜川赶了过来。他不知道乔乔遇到了什么问题，为什么找他。但他知道，他也想见乔乔，他也有许多问题想要当面问她。

"你和叶舟，现在是什么关系？"乔乔问杜川。

"男女朋友。"杜川回答。

"哦。"乔乔似乎有点儿失落，扭头看看窗外，不说话了。

杜川也看看窗外，保持沉默。

"她对你好吗？"乔乔继续追问。

"她对我很好。"杜川说。叶舟确实对他很好。乔乔过去也对他很好，后来突然就不好了。

"那就好。"乔乔说，"你也应该对她好。"

"我会的。"杜川点点头。

又一阵沉默。时间缓慢得像是停滞了。

"你会忘了我吗？"乔乔突然问杜川。

"不会。"杜川摇了摇头。他曾经很想忘记乔乔，他努力过，但他做不到。没有人能忘记自己的初恋，那是刻骨铭心的记忆，无论如何也抹不掉。

乔乔似乎很感动，眼圈红了，泪光闪闪。

"你是个好人。"乔乔说。

"谢谢。"杜川说。

杜川也不知道，从什么时候开始，他和乔乔变得这么生疏，这么客套。过去，他们不是这样的。过去他们一直有说有笑，打打闹闹，就像两个长不大的孩子，总是那么亲密，总是那么愉快。他曾经以为，他和乔乔会永远那样。

"你坐牢的时候，我去看过你。"乔乔继续说，"那时候，我发过誓要等你出来，你还记得吗？"

"记得。"杜川当然记得，他怎么可能忘了呢？监狱里的日子很难熬，乔乔曾经是他唯一的希望，唯一的光。

"你恨我吗？"乔乔问杜川。

"我为什么要恨你？"杜川反问。

"我出尔反尔，说了不算……"

"我确实恨过。"杜川说，"不过，现在不恨了。"

"为什么？"

"因为我想通了。"

"你想通了什么？"

"我坐过牢，底子不干净。"杜川平静地说，"你和我不一样，你很清白。这样对你不公平，我不能那么自私……"

"不！"乔乔忽然打断他，"我没有等你出来，不是因为这个。"

"那是因为什么？"

"因为我父母。"

"你父母不同意？"杜川觉得，如果是因为她父母不同意，他仍然可以理解。一般情况下，很少有父母愿意让自己的女儿嫁给一个坐过牢的男人。无论他坐牢是因为什么，都会让人指指点点，没有人受得了那样的风言风语。

"不是。"乔乔停了一下，继续说，"如果我不这样做，他们会没命的！"

杜川惊呆了。然后，他听到了一个故事。

那个时候，乔乔才十九岁。有一天，她去监狱里看望杜川，发誓要等杜川出来。她确实是这样想的，也以为自己能做到。但是，她很快就食言了。离开监狱之后，她来到银海，看望她的父母。在她上高中的时候，父母离开云朗，在银海做生意。他们当时过得很不好。生意失败了，还欠下了高利贷。高利贷威胁他们，如果还不上钱，也可以用身体里的某个器官抵债。为了保护她的父母，乔乔开始打工，拼命赚钱。终于，她绝望了。她知道，无论她多么努力，也许这一辈子都还不上那笔债。就在她绝望的时候，事情忽然有了转机。放高利贷的人发现了她的存在，然后告诉她的父母，如果还不上钱，也可以用乔乔来抵债。父母当然不会同意。但是，乔乔同意了。她觉得，父母养育了她，她别无选择。

乔乔讲完了她的故事。杜川目瞪口呆。

"他对你好吗？"杜川问乔乔。他问完就后悔了。那是个渣男，他亲眼看见了渣男是怎么对待乔乔的。

"刚开始他对我很好，后来就不好了。"乔乔说。她觉得，也许男人都是这样的，也许这就是她的命。

"你们还没结婚，你为什么不离开他呢？"杜川继续追问。

"我想过要离开他。可是，我做不到。"

"因为他供你吃，供你住，你已经习惯了这样的生活？"

"原来，在你眼里，我是这样的人！"乔乔生气了，恼怒地瞪着眼睛。

"对不起。"杜川低低地说。

"我和他提过分手。"乔乔放缓了语气，"他说，如果我离开他，他会先杀了我父母，然后杀了我。"

"他是在吓唬你。"

"不。"乔乔的眼里忽然充满了恐惧，"这不是吓唬。你不了解他，他也坐过牢，你看见他额头上那道疤没有？"

"看见了。"

"他告诉我，那是被人砍的。砍他的人，现在躺在轮椅上，一辈子也无法直立行走。"

杜川倒吸了一口冷气，忽然想起了那张瓦刀脸。

"那个瓦刀脸是谁？"杜川问乔乔。

"他姓庄，是雷哥的小弟。"乔乔说，"雷哥现在是个生意人，他很少动手了，动手的主要是他那帮小弟。"

"你为什么要告诉我这些？"

为什么呢？乔乔也说不清。当她看见杜川和叶舟手拉着手的时候，她忽然感到嫉妒。她忽然意识到，她从来没有放下，她从来没有忘记过杜川，就像杜川不可能忘记乔乔一样。

"我们还回得去吗？"乔乔问杜川。

"回不去了。"杜川轻轻地摇了摇头。

他们确实回不去了。但是，杜川知道，他不能让乔乔一直待在渣男身边，他不能让乔乔一直在恐惧中生活。尽管这与他无关，但他必须做点儿什么。这与爱情无关，只是一种本能。本能告诉他，他必须为乔乔做点儿什么。

天色已晚。在告别之前，杜川问了乔乔最后一个问题。

"雷哥最近常来会所，他在和什么人谈生意？"

"周震。"

杜川明白了，然后是困惑。

周震……一个可靠的人？

9

包房里很闷热，周震松开领带，透了口气。这是个黄昏。窗外空气很好，鸟儿在院子里叽叽喳喳。

雷哥斜靠在沙发上，叼着香烟，笑眯眯地看着周震，就像动物学家在研究一个有趣的标本。瓦刀脸懒洋洋地站在雷哥身后，手中玩弄着他的折叠刀。

"怎么样，你想好了吗？"雷哥问周震。

"我们说好了一百万，你不能坐地起价。"周震很强硬，不打算退让。他知道，这是一场博弈，退一步未必海阔天空。

"你觉得，一百万能买一条人命吗？"

"如果你觉得不能，当初你就不应该答应。"

"现在后悔，"雷哥继续微笑，不急不躁，"还来得及吗？"

"来不及了。"周震摇了摇头。

"过去,我们卸人一条胳膊,报价是八万。断一条腿,报价是十万。摘一个肾,报价是三十万。你觉得,取一条性命,我们应该报价多少?"

"这是你的问题,与我无关。"

"你是甲方,我是乙方,咱们在同一条船上。"雷哥收起笑容,"同舟共济嘛,怎么能说与你无关呢?"

周震闭上嘴,不说话了。

"我核算了一下成本,"雷哥继续说,"一百万远远不够,连成本都收不回来。"

"你们有什么成本?"

"我们和你可不一样。你命多好啊,老爸当官,老丈人有钱,动不动就给你个几千万,让你花着玩儿。我们命多苦啊,啥也没有,挣点儿钱很不容易,流的是血,拼的是命,这不是成本是什么?"

"可是……"

"你听我说完!"雷哥指指瓦刀脸,"你看看小庄,你看看他瘦得,都没个人样了!"

瓦刀脸很配合,装模作样地揉揉眼睛,擦擦眼泪。

"他现在吃不下饭,也睡不着觉,成天做噩梦,心理压力特别大,老觉得活着挺没意思的。他说他打算去找警察谈谈,让警察赏他一颗子弹,赏他个痛快,一了百了。"

周震呆住了。他明知道这是恐吓,可是他仍然感到恐惧。

"放松。"雷哥说,"别紧张。我跟他说了,不能这么干。做人嘛,必须厚道。你这么干,考虑过人家周总的感受没有?咱们是烂命一条,是死是活都无所谓。可是,人家周总跟咱们不一样,人家周总是干大事的人……"

"够了!"周震实在听不下去了,"你想要多少?"

"很好,周总终于想通了。"雷哥微笑着,伸出一根手指,"一口价,一千万。"

"一千万？"周震瞪大了眼睛。这是个讨厌的家伙，像一条巨蟒，胃口太大了。

"没有一千万，我摁不住小庄。"雷哥回头看看瓦刀脸，"小庄，我说得对吗？"

"雷哥说得对。"瓦刀脸继续配合，"我这人吧，没钱的时候特别容易冲动，我一冲动，连我自己都摁不住自己。"

"好。"周震下定了决心，"我答应你们。不过，你们也要答应我一个条件。"

"什么条件？"

"这是最后一次！"周震说，"从此，咱们井水不犯河水。以后你们永远也不要再来找我。再来找我，我也不会给钱了，一毛钱也不会给。真把我逼急了，大不了同归于尽！"

"好。"雷哥问周震，"什么时候给钱？"

"一千万不是个小数目，我现在手头没那么多现金，容我点儿时间。"

"多久？"

"半年。"

"半年？"雷哥摇了摇头，"半年太久了，我等不了。"

"我可以分期付，半年内付清。这样可以吗？"

"可以。"

"那就说定了。"周震站了起来，急于摆脱这两个讨厌的家伙，"我还有事，先走了。"

"等一下！"雷哥掏出了手机。

手机里有一张照片。照片中有一家甜品店，杜川和乔乔坐在靠窗的位置。

"这是你的人？"雷哥指指照片中的杜川。

"是。"周震点点头，感觉不祥。

"这是我的女人。"雷哥又指指照片中的乔乔。

"明白了。"周震松了口气，"我会警告他的，让他离她远一点儿。"

"我不是这个意思。"雷哥的表情很神秘，"你不想知道他是谁吗？"

"什么意思？"周震追问。不祥的感觉又回来了。

"你不是一直在找'那个人'吗？"

"那个人"？周震呆住了。

"小庄！"雷哥扬起手，"告诉周总，你都看见什么了。"

"为了找到'那个人'，"瓦刀脸凑了上来，"按您的吩咐，我一直盯着叶舟。"

周震点点头。他一直想找到"那个人"，他不认为贺超能完成这个任务，所以他找了雷哥帮忙。

"在那条小街上，叶舟晕倒了，他出现了。后来，在那个加油站，叶舟被人抢了，他又出现了……"

"这些我都知道。"周震很不耐烦，"说我不知道的。"

"贺超死的那天晚上，他又出现了。我看见他了，他好像也看见我了。"

"这不能说明什么。"周震安慰自己，"他跟贺超认识，也许他是去找贺超，恰好发现贺超死了。"

"你不觉得，巧合太多了吗？"雷哥说。

周震心里一动。但是，不知道为什么，他本能地抗拒那个结果。

"我发现，"瓦刀脸继续说，"最近，他又开始跟踪我……"

"他跟踪你？"周震吃了一惊。

"对。"瓦刀脸得意地说，"他以为我不知道。其实，我逗他玩儿呢。"

"也许是你太敏感，以为他是在跟踪你。"周震继续安慰自己。

"你听我说完。"瓦刀脸继续说，"然后，我反过来跟踪他，发现他去了一个地方。"

"什么地方？"

"派出所。"

"派出所？"周震更吃惊了，继续挣扎，"也许，他是去办别的事情。他是外地人，也许是去办居住证。"

"这个呢？"瓦刀脸忽然亮出手机，"这个怎么解释？"

手机里有一张照片，照片中有一台对讲机。

"我去了他住的地方。"瓦刀脸说，"在他的枕头边发现了这个。"

周震眼前一黑。贺超告诉过他，"那个人"给他寄来了一个包裹，包裹里有一台对讲机……

"现在，你知道他是谁了？"雷哥的声音听起来很遥远。

周震点点头，无力再抗拒。

"他已经盯上小庄了。"雷哥继续追问，"你告诉我，我们应该怎么做？"

周震没有回答。但他知道，他仍然别无选择。

10

天黑了。杜川骑上电动车，离开会所。电动车的后座上有个包裹。

杜川不知道包裹里是什么。当保安队长老曹把包裹交给他的时候，只说这是个急件，必须在指定的时间将它送到指定的地点。他问老曹，为什么不交给快递呢？老曹说，这是周震送给一个朋友的礼物，意义重大，不能有任何闪失，周震信不过快递，特意让杜川跑一趟。杜川当过外卖小哥，最擅长的就是替别人跑腿，所以，他相信杜川一定能圆满地完成这个任务。

指定的地点是个偏远小区，刚刚开盘不久，还没有人入住。小区里没有路灯，黑漆漆的，看不见人影，就像是一座鬼城。整个小区只有一扇窗户亮着灯，那里就是他的目的地。杜川看看手表，差五分钟九点，时间刚刚好。

杜川坐上电梯，穿过走廊，找到了 1508 号房间。当房门打开的那一刻，他呆住了。

一张瓦刀一样的脸！

杜川来不及做出任何反应，瓦刀脸迎面给了他一拳。他倒下了，挣扎着爬起来。瓦刀脸又踢了他一脚，踢在他的脑袋上。他昏了过去……

当杜川睁眼醒来的时候，他看见的是一口黑乎乎的深井，井壁上悬挂着一根缆绳。他很快意识到，这是电梯井。他躺在井口，脑袋冲下。瓦刀脸从背后抓住他，正打算把他扔进井里。他挣扎了一下，没能挣脱。瓦刀脸的力气实在太大。他被扔进了井里。几乎是一种本能，他抓住了那根缆绳，悬吊在半空中。无论瓦刀脸怎么踢他，他都不肯松手。

瓦刀脸放弃了，点上一根烟，悠闲地看着杜川，等待他的力气耗尽。当杜川耗尽最后一丝力气，他将坠落在井底。那时候，瓦刀脸只需要拍一下按钮，电梯厢就会从顶层降落，将杜川轧成肉饼。第二天，网络上会出现一条消息，关于一场电梯事故。一个年轻人在十五楼等电梯，电梯门打开的时候，他一脚迈了进来，但他没料到电梯箱并没有到达……

杜川大声呼救，但没用。除了瓦刀脸，没有人听得到他的喊声。为了节省力气，他决定停止呼救，等待转机。

时间一直在流逝，力气一直在消耗，杜川快坚持不住了。在最绝望的时刻，他忽然听到了脚步声。然后，瓦刀脸倒下了。紧接着，一只大手朝他伸了过来。他看见了另一张脸，一张沧桑的脸。

"我没来晚吧？"老警察问杜川。

"没有。"杜川说。

杜川俯瞰井底，头晕目眩。他不敢想象，如果老警察再晚来一会儿，结果会是什么。他忽然想起了贺超，心里咯噔一下。很快，他放松下来。他知道，他得救了，乔乔得救了，乔乔的父母也得救了，许多人都得救了。他为此感到高兴。

其实，杜川早知道这是陷阱。所以，出发前他打了个电话。他不顾老警察反对，坚持要这样做。他当然知道这是在冒险，但他想不出别的办法。他觉得，这样做是值得的，他必须让对手犯错，才有可能结束这一切。从结果看，他是对的。

老警察打开了那个包裹。如他所料，包裹里除了一团团废纸，什么都没有。

瓦刀脸蹲在那里，戴着手铐，垂头丧气。对于瓦刀脸来说，这是世界末日。两宗谋杀案，一宗既遂，一宗未遂。无论如何，他知道他已经完了，彻底完了。他不能再吓唬任何人，也不能再伤害任何人了。

警车拉着警笛，开出了小区。杜川骑上电动车，跟了上去。小区里太黑了，他们都没有注意到，在一个黑暗的角落里，静静地趴着一辆沃尔沃。

　　当警车和电动车的背影消失之后，沃尔沃悄无声息地开走了。

11

　　沃尔沃开出小区，在黑夜里狂奔。开车的是老曹，周震坐在后座上。

　　周震皱着眉头，像个苦瓜。他很困惑，他为什么会输？杜川不过是个门童，一个卑微的小人物，而他是个干大事的人。无论如何，在这场实力悬殊的较量中，他应该击败对手，获得胜利。结果却是他输了，输得很惨。他承认，他低估了对手，如果再给他一个机会，他一定要重写剧本，他一定要赢，一定要笑到最后……可是，他再没有机会了。

　　回顾整件事情，他唯一失算的，也许就是在惶恐中找了雷哥帮忙。可是，在那么仓促的情况下，他并没有更好的选择。而雷哥唯一失算的，就是给他找了一个猪一样的队友。瓦刀脸是个坏蛋，一个愚蠢的坏蛋，他太迷恋暴力，从来不动脑子。现在，瓦刀脸栽了，栽到了警察手里，不可能为任何人保守秘密。所以，他知道，他再没有机会了。

　　周震掏出手机，拨通了一个号码。他已经失败了，必须给某人一个交代。

　　"辛苦了。"手机里传来一个温和的声音。

　　"对不起，我搞砸了。"周震说。

　　"没关系，你好好休息，我来想办法。"那个声音仍然很平静，让周震感到安慰。

　　电话挂了，一阵忙音。

　　现在，周震终于能体会到贺超的感受了。贺超没有杀人，不过是帮了他的忙，掩盖了某件事，最后却以杀人犯的名义上路了。同样，周震也没有杀任何人，不过是帮了某人的忙，掩盖了某件事。最后的结果会不会和贺超一样？他不敢想象。

沃尔沃远离城市，在山路上盘旋。周震看看窗外，窗外漆黑一片。

"这是要去哪儿？"周震问老曹。

"乡下。"老曹回答。

"乡下？"

"你先避避风头，休息一段时间，然后再想办法出去。"

周震松了口气，闭上眼睛。他真的累了，需要休息。

"周总，"老曹忽然问他，"你研究过无人驾驶技术吗？"

"没有。"周震不明白，"你为什么问这个？"

"我觉得，无人驾驶将来是趋势，你可以研究一下。"

将来？我还有将来吗，过了今晚再说吧。

周震重新闭上眼睛。幻听又出现了，尖锐的警笛声……他睁开眼睛，看了看老曹，吃了一惊。

老曹解开了安全带，松开了方向盘。

"你要干什么？"周震问老曹。

"再见，周总。"老曹忽地推开车门，纵身跳出车厢，消失了。

这是一条陡峭的坡道，坡道尽头有个拐角，拐角外面是悬崖，悬崖边上有警示牌——"注意减速"。

沃尔沃没有减速，飞快地俯冲下来，惯性和加速度……

周震认为他应该跳车，或者踩下刹车，但安全带束缚住了他求生的本能。当他终于解开束缚的时候，已经来不及了。

天旋地转。玻璃撞碎的声音。天窗被撞破，周震飞了起来，他的整个身体从那个破碎的玻璃洞里飞了出去。

他在空中飞行，感觉不到疼痛……

一个念头闪过他的大脑：我会死吗？就这样结束了吗？

内心的声音回答：是的，你正在死去，就这样结束吧……

周震重重地落在地上，落在山崖底下。那里有一块巨大的岩石。他在岩石上躺了很长时间，直到他失去知觉。

一颗流星划过夜空。夜空一片漆黑。

12

床头柜上有闹钟，现在是凌晨两点。

很晚了，沈尘仍然没睡。他站在窗口，一动不动，仰望夜空。他在等一个消息，一个人命关天的消息。

手机响了。沈尘打开微信，看到了一张照片。照片中，周震躺在一块岩石上，瞪着眼睛，悄无声息。远处是一辆沃尔沃，支离破碎，四轮朝天。

周震一直以为自己很聪明，以为自己可以当编剧。其实，他不过是个跑龙套的，沈尘才是真正的编剧。

沈尘曾经投资拍摄过一部电影，老曹在剧组里担任动作指导，兼做武戏替身。沈尘需要老曹，刚开始是想给自己找个保镖，后来又觉得这样做太张扬，容易让人反感，于是把老曹安置在会所，充当保安队长。他对老曹一直很不错，老曹也一直对他很忠诚。

沈尘相信，老曹可以处理好这一切。从照片上看，老曹并没有让他失望。接下来会发生什么呢？接下来，警察会找到周震，然后得出一个结论：周震杀死了叶诺，为了掩盖这件事，找了贺超帮忙。当贺超败露后，周震又找了一个杀手，杀死了贺超，伪装成自杀。当杀手败露之后，周震也败露了。周震走投无路，驾车逃亡。在逃亡的路上，汽车失控，掉下悬崖，粉身碎骨……这很合理，非常合理。

周震是沈尘的作品。是他改造了周震，把周震从一个浪子改造成了青年才俊。周震过去常说，是沈尘给了他第二次生命。现在，他不过是把这个生命要了回来。所以，周震死得其所，他不必为此感到内疚。

沈尘走出屋子，穿过走廊，轻轻地推开一扇门。那是沈宁的卧室。

沈宁睡着了，在睡梦中嘬着手指，像个刚满月的婴儿。床头柜上有个相框。照片中，沈宁和周震依偎在一起，甜甜蜜蜜。

　　再过一个礼拜，沈宁和周震就要结婚了。但他们永远不能结婚了，永远不能举办婚礼。沈宁失去了她的爱人。沈尘失去过爱人，知道那是什么滋味。他心疼沈宁，但他别无选择。如果周震还活着，沈宁将失去更多。所以，只能牺牲周震，这是唯一的选择。沈宁也许会很痛苦，但痛苦都是暂时的。迟早有一天，沈宁会忘记周震，认识别的男孩，结婚生子，幸福生活。沈宁还年轻，人生还很漫长，她一定会遇到更好的男孩，一定会的。如果那个男孩不够好，他也有办法改造。

　　沈尘回到自己的卧室，在床上躺下，翻了个身，很快就睡着了。

　　生活还在继续。过了今晚，太阳还会照常升起。

第九章

1

　　天沐山下有个村庄，那里不是什么世外桃源，而是一个贫瘠的地方。生活在那里的人们，也不像传说中那样平静和富足。为了活着，他们必须不停地流汗，播种，收割，日出而作，日落而息……他们生活困苦，乐趣很少。在二十世纪七十年代，那里甚至没有电灯，什么都没有。那里是沈尘的故乡，是他出发的地方，是他再也不想回去的地方。

　　沈尘的父亲是个农民，母亲也是。在他六岁那一年，他的生活中发生了一件很可怕的事情。

　　那天早晨，父母给沈尘留下早饭和午饭，出去干活了。起床后，他吃了早饭，看了一会儿小人书。在他的整个童年时期，这是他最大的乐趣，也是他唯一的爱好。小人书看完，就该吃午饭了。他吃完午饭，父母就回来了。他们是被人背回来的。回来后，父亲躺在床上，直挺挺的，闭着眼睛，脸色像焦炭一样乌黑。他以为父亲只是睡着了，过不了多久就会睁眼醒来。但是，有人告诉他，父亲死了，永远也不会再醒来。这是他第一次看见死人，死人是他的父亲。父亲曾经是个高大的男人，死后却显得衰弱而渺小。沈尘吓坏了，昏了过去。

　　醒来后，沈尘抬头看见了很多张脸——吓坏了的大人和好奇的小孩。母亲抱着他，哆哆嗦嗦，一直在哭。泪水落在他的脸上，一滴又一滴，冰凉彻骨。

　　父亲是被蛇咬死的。母亲告诉沈尘，当时，父亲干活累了，在一棵树下面坐着休息，喝了口水，忽然倒下了，口吐白沫。然后，母亲看见了那条蛇，还有父亲小腿上的那个伤口。母亲扑了上去，抱着父亲的腿，用嘴帮他吸毒。然后，母亲也倒下了，口吐白沫，脸色乌黑。幸好有人及时发现了她。母亲活了下来，并没有死去，但她从此什么都看不见了。她变成了一个瞎子。镇上的大夫说，母亲帮父亲吸出毒液的时候，蛇毒溅到了她的眼睛里，摧毁了她的视觉神经。

害死父亲的是一条蕲蛇。传说中，如果被它咬了，一般情况下走不出五步。后来，沈尘看见过一条蕲蛇。它已经死了，被人泡在酒瓶里，露着獠牙，瞪着眼睛，样子很恐怖。他不确定那是不是害死父亲的凶手，他只是觉得很恐怖，非常恐怖。那天晚上，他做了一个噩梦。梦中有一条恶龙，张牙舞爪，肆无忌惮地朝他喷火。他拼命逃，拼命逃……怎么也甩不掉它。在最凶险的时刻，一位女神从天而降。恶龙被降服，他得救了。然后，他醒了。醒来以后，他才发现自己尿床了。那一年，他八岁，这是他人生中最后一次尿床。

父亲死后，埋在天沐山脚下。后来，那里变成了水库。当水位上升以后，父亲彻底消失了，只剩下沈尘和母亲相依为命。沈尘的乐趣不再是小人书，他开始收集瓶子。他到处去捡瓶子。如果有人在喝酒，无论酒瓶里还剩下多少，他都会蹲在一边，耐心地等待它变空，然后把它带走。当他攒够一定数量的瓶子，就会往镇上跑一趟。镇上有个废品收购站，需要那些瓶子。他觉得，父亲不在了，他就变成了家里唯一的男人。尽管他能做的并不多，但无论如何，他必须照顾好自己的母亲。

有一天，母亲忽然告诉沈尘，她想喝口肉汤。现在看来，这是一个微不足道的请求。但那个时候，这是一个奢侈的愿望。为了满足母亲的这个愿望，他咬咬牙，把他攒的钱全都拿了出来。他去了镇上，花掉了这笔钱，得到了一小块瘦肉。然后，他用稻草拎着它往回走。回家的路上，他遇到了一条疯狗。最后，疯狗带走了那块瘦肉，而他手上只剩下那根稻草。

沈尘抓着那根稻草，来到了天沐水库。在水坝上，他坐了很久，一直坐到天黑，流了许多眼泪。他看着深不可测的水库，仿佛看见父亲在水底下看着他。父亲告诉他，生活就像是一条恶龙，也像一条疯狗，不要恐惧，必须与它搏斗。无论如何，必须获得胜利。

沈尘擦掉眼泪，看着远处的山崖。山崖就像是一道天然屏障，隔绝了外面的世界。他曾经以为山崖外面就是世界的尽头。现在，他发誓要迈过这道屏障，去征服整个世界。

十年后，沈尘考上了大学。他迈过了那道屏障，才发现外面的世界如此精彩，距离他童年的世界不过是百里之遥。

2

在银海大学，沈尘曾经是个另类。当他第一次走进校门，负责接待新生的学长吓了一跳，还以为他来错了地方。

那是二十世纪八十年代，大学生是天之骄子，代表了这个世界的将来。可是，沈尘的身体面貌和精神面貌实在是太差，和"天之骄子"这四个字差得太远了。他破衣烂衫，蓬头垢面，扛着被褥，汗流浃背……他甚至连个像样的行李箱都没有，只有一个麻袋，麻袋里装满杂物，都是些破铜烂铁，叮叮当当。无论如何，他都不像是一个大学生，怎么看都像是个乞丐，或者是进城务工人员，又或者是无依无靠的流浪汉。

学长认真检查了录取通知书，仔细核对了沈尘的照片，终于确认了他的身份，然后才愣了半天，才把他带进了学生宿舍。就这样，他进入了一个新的世界，开始了新的生活。

许多人的大学生活都很美好，很难忘。那是个朝气蓬勃的地方，充满了希望。但是，沈尘的大学生活和许多人不一样。至少在开始的时候，那就像是一场噩梦。

宿舍里一共有四张双层床，住着八个人。他们来自不同的地方，家庭背景也各不相同。这是官员的儿子，这是教授的儿子，这是公务员的儿子，这是医生的儿子，这是律师的儿子，这是商人的儿子……这是农民的儿子。沈尘是其中唯一的乡下人。在他面前，所有人都有优越感。优越感是他们骨子里的东西，与生俱来。

当他们都在考虑如何改善伙食的时候，沈尘只有一个选择，馒头和咸菜。

当他们在讨论如何追求那些好看的女生的时候，沈尘一声不吭，因为他知道这一切都与他无关。但这不是噩梦，接下来发生的才是。

有一天，沈尘半夜被冻醒，才发现自己躺在宿舍外面的走廊上。那是个秋天，天气很凉，地板也很凉，他感冒了。当然，这是个恶作剧，只怪他睡得太沉，被人抬了出来却毫无知觉。他问宿舍长，为什么要这么干？宿舍长说，谁让你睡觉打呼噜？宿舍长个子不高，几乎比他矮一头，眼神却高不可攀，懔然不可侵犯。他不敢侵犯，只能忍耐。

又有一天，沈尘睡着了，忽然感到下体一阵剧痛。惊醒之后，他伸手摸了摸，摸到了液体，同时闻到了一股红花油的味道。下体的皮肤很敏感，而红花油很刺激。他猜到了是谁干的，但他还来不及质问，宿舍长先说话了，装模作样地问他怎么了，然后告诉他，这是正常的生理现象，是一个男孩在青春期必须忍受的痛苦，只要做一百个俯卧撑，就可以有效地缓解痛苦。然后，宿舍里的所有人都大笑起来，笑声震耳欲聋，经久不息，仿佛这是天底下最可笑的笑话。

沈尘很愤怒，但他并没有发作，默默地躺下，继续睡他的觉。他一直在忍耐。他觉得，他们就像恶龙，像疯狗，他必须与之搏斗，但不是现在。现在他力量还不够，只能忍耐，必须忍耐。等他拥有了力量，他将一击致命。但是，忍耐让他压抑。他觉得，迟早有一天他会崩溃。渐渐地，他开始有了杀人的冲动。他觉得，如果他一直这样忍耐下去，他将变成一个坏人，做出可怕的事情。

终于，沈尘忍无可忍了。由于营养不良，他一直很瘦，看上去弱不禁风。那天晚上，他在澡堂的更衣室里遇到了宿舍长。宿舍长公然嘲讽他是个饿殍，然后开始对他动手动脚，试图掀起他的汗衫，数数他到底有几根肋骨。他奋力将宿舍长推开，试图讲道理。他告诉宿舍长，如果富人可以鄙视穷人，城里人可以鄙视乡下人，那么高个子也可以鄙视矮子，逻辑是一样的。他说，我可从来都没说过你是个侏儒。这句话彻底激怒了宿舍长。然后，他为自己的冲动付出了代价。代价就是两颗牙齿。动手的不是宿舍长，而是宿舍长的两个跟班。看在钱的份上，他们一直对宿舍长忠心耿耿。

这件事情惊动了校方。最后的结果是，宿舍长和他的两个跟班都被开除了，因为校方绝不允许黑恶势力在校园里存在。就这样，沈尘以两颗牙齿作为代价，得到了清静。更重要的是，他还得到了一个朋友，那是他大学四年中最大的收获。

宿舍长灰溜溜地搬走了。周允刚搬了进来，成为睡在沈尘上铺的兄弟。周允刚告诉大家，他是新来的宿舍长，从现在起，这里是他的地盘，在他的管辖范围内，他绝不允许任何人欺负任何人。周允刚同时是学生会主席，他说话很有分量。从此，世界变得清静了，宿舍里再没有发生过恶作剧。

周允刚是个好人，为人正派，待人热忱，充满了同情心。当他发现沈尘每天都在就着咸菜啃馒头时，他的眼圈都红了。他开始接济沈尘，帮沈尘改善伙食，替沈尘买学习资料，送沈尘各种礼物。沈尘拒绝了，他说他不需要同情。周允刚很认真地说，这不是同情，而是欣赏。他说，他从沈尘身上看到了一种别人看不见的力量。他觉得，沈尘将来一定是个干大事的人。

沈尘非常感动，掉了眼泪。他从来没有什么野心，他所有的努力只为了一个目标，想什么时候吃肉，就什么时候吃肉。现在，忽然有人告诉他，他注定是个干大事的人。这句话一下把他点燃了。他暗暗发誓，他必须努力奋斗，必须出人头地。等到他出人头地的时候，第一个要报答的人，就是周允刚。

3

大学毕业后，沈尘和周允刚服从分配，一起来到了沙州。

周允刚被分配到政府部门，当了公务员，是重点培养的对象。沈尘被分配到报社，开始当记者。

在那个年代，记者算得上是一个体面的职业，走到哪里都受人待见，时常会有车马费。住房也不是问题，由单位安排。薪水虽然不高，但不必为生计发愁。沈尘把母亲接到沙州，和她一起生活。他开始报复性地吃肉，直到母亲闻见肉味就想吐。那个时候，他认为这样的生活才是他想要的，过去的日子简直不堪回首。

就这样过了两年。两年后，周允刚已经当上了市里领导的秘书，沈尘仍然是个记者。他带过的实习生都变成了他的上司，成天对着他指手画脚，他却不得不忍受这一切。这与他的个性有关。作为一名记者，社交是一门必修课。在这门功课上，他几乎是个白痴。也许是因为他从小自卑，他一直很内向，不擅长表达，不喜欢应酬，也不会逢场作戏，更不会讨好上司。你让他去给某人送礼，还不如给他一把刀子，让他把自己捅了。他是一个很矛盾的人，既有自卑的一面，又有骄傲的人格。所以，尽管他觉得自己干得不错，但他一直没有得到更好的机会。

有一次，周允刚特意请报社总编辑吃了顿饭，让沈尘作陪。周允刚的用意非常明显。如果沈尘表现良好，给总编辑留下了深刻的印象，也许能得到机会。但是，周允刚高估了沈尘的酒量。最后，事情搞砸了。敬酒的时候，沈尘先是吐了总编辑一身，扭头又喷了周允刚一脸。当报社总编辑狼狈不堪地拂袖而去时，沈尘知道，他辜负了周允刚的好意，也失去了升职的机会。

这件事被传为笑谈。不过，酒后失态并不是什么大不了的事情，沈尘并没有因此而受到任何惩罚。周允刚为他感到遗憾，他自己却觉得这没什么。他觉得，如果日子能一直这样过下去，他已经很知足。那个时候，他几乎忘了周允刚对他的预言，忘了他注定是个要干大事的人。直到他遇见了一个自己喜欢的姑娘，命运才发生了转折。

那个时候，周允刚已经结婚了，他的妻子在教委工作，同样也是个秘书。就是在他们的婚礼上，沈尘认识了那个姑娘。她姓宁，在银行工作，父亲是银行副行长。沈尘对她一见钟情，她对沈尘印象也不错。然后，他们恋爱了，拉手了，接吻了……接下来就是拜会双方父母。问题就出在拜会父母这件事上。副行长喜欢喝酒，沈尘只好奉陪。然后，他又喝多了，人事不省。他不知道自己醉酒后做了什么，只知道副行长反对这门亲事，理由是他酒品太差，人品一定也有问题。这个逻辑太牵强了。他知道，真实的理由是副行长看不上他，担心自己的女儿跟着他受苦。一般情况下，这会是一个悲剧，最后却是一个喜剧。由于副行长的女儿非沈尘不嫁，并以死相逼，副行长不得不妥协，同意了这门亲事，接受了这个他并不满意的女婿。

他们结婚了，从此过上了幸福的生活。但幸福并没有维持多久。接下来发生了几件事，彻底改变了沈尘的命运。

第一件事，他们生了一个女儿，取名叫沈宁。第二件事，副行长被捕了，然后被关进监狱，因为经济问题。第三件事，副行长的妻子和女儿都被银行辞退了。从此，沈尘要靠他一个人的工资，养活五口人，其中包括他自己，也包括妻子和女儿，还有两位母亲，一位是盲人，另一位快哭瞎了。从此，他每天都生活在眼泪中，母亲的眼泪，妻子的眼泪，女儿的眼泪……他觉得自己快要疯了。

在沈尘就要疯掉的时候，发生了第四件事。由于注意力不集中，他在工作上犯了一个错误。在一篇法治报道中，他把原告和被告的关系写反了。这是一个低级失误。他以为登报致歉就可以了，最多损失一笔奖金。但是，报社总编辑认为，这并不是简单的笔误，而是一场灾难，沈尘的这个错误严重损害了报纸的公信力，而报纸的公信力是所有编辑和记者赖以生存的基础。这一次，周允刚也帮不上忙了。沈尘被停职了，失去了生活来源，一家五口彻底陷入了绝境。

绝望之下，沈尘去找周允刚喝酒。周允刚告诉他，沙州也许不适合他生存，可以考虑去外面的世界闯一闯。作为老同学，周允刚做到了仁至义尽，他不仅答应帮忙照顾沈尘的家人，还借给沈尘一笔钱，作为沈尘出去闯荡世界的资本。

那天晚上，沈尘又喝多了，天昏地暗。酒醒之后，他买了一张去往银海的火车票，从此踏上了一条不归路。

4

沈尘来到了银海。除了周允刚借给他的十万块钱，他什么都没有。没有门路，没有资源，没有人脉……他什么都没有，只有一颗渴望致富的心，还有一双勤劳的手。他天真地以为，再加上一点儿运气，这就足够了。

他错了。当一个人倒霉的时候，所有努力都是徒劳。那是噩梦般的两年。沈尘倒腾过服装，倒腾过手机，倒腾过光盘……无一例外，最后的结果都是失败。当他的口袋里只剩下五千块钱的时候，他决定认命，找份工作，朝九晚五，按月领薪水。可是，除了当记者，他什么都不会，他能做什么呢？这时，他忽然在报纸上看到了一条广告，有一家报社在招聘记者。

应聘的路上，沈尘遇到一个老乡。那是个男人，岁数比他大。他不认识对方，但对方认识他，知道他父亲是被蛇咬死的。他感到亲切，决定改道去参观一下老乡的公司。那是一间黑黑的小屋。屋里有几个男人，开始还笑眯眯的，突然就变脸了。最后，他们夺走了他的银行卡，还用刀子逼他说出了密码。那个时候，他感觉自己就像父亲一样，被蛇咬了一口。

沈尘很愤怒，决定报警解决。警察赶到时，那里已经人去楼空。后来，警察抓住了那几个骗子。但他没能要回自己的钱。那个时候，钱已经被他们挥霍一空。

沈尘万念俱灰，决定离开银海，回沙州生活。离开之前，他决定去看看大海。在银海读了几年大学，他还从来没看过海。就是在看海的时候，他的命运再一次发生了转折。在一个码头上，他遇到了一位贵人。他当时在抽烟，那位贵人也想抽烟，但没带打火机，向他借个火。然后，他们交谈起来，发现他们都有烦恼。不过，他们的烦恼不同。沈尘的烦恼是赚不到钱，而贵人并不缺钱。那是个农民企业家，倒腾的是农产品，他的苦恼在于他的公司在银海打不开局面，于是他决定离开银海，回南方继续经营他的产业。他们一见如故，相谈甚欢。最后，那位贵人给沈尘留下一张名片，并且向沈尘发出邀约。如果沈尘愿意的话，他欢迎沈尘去南方，加入他的公司。

沈尘去了南方，给贵人打工，开始学做生意。这段经历深刻地改变了他，也让他变得更深刻。他变成了一个社交达人。他不再自卑，不再怯场，不再惧怕应酬。他学会了逢场作戏，学会了侃侃而谈。给他一个话筒，他可以畅谈两个小时，思维敏捷，反应神速，绝不卡壳。另外，他的酒量也变得更大了，不再一喝就倒。他忽然意识到，他已经变成了另一个人。他觉得，周允刚对他的预言是对的。命中注定，他是一个干大事的人。

　　一年后，沈尘自立门户，拥有了自己的公司。他赚到了钱，不仅归还了周允刚当初借给他的钱，还在沙州买下两套房产。除此之外，银行卡里的存款还在不停地增长。他重新过上了幸福的生活。

　　当生计不再是问题，沈尘发现自己又有了更高的追求。他想要的东西更多了。他开始追求名望，追求进入上流社会。有人告诉他，如果他想获得名望，想进入上流社会，这需要包装。于是，他开始包装自己，参加各种公益活动，邀请媒体参观他的公司，接受记者采访。当然，做公益需要花钱，在报纸上露面也需要花钱。钱不是问题。问题是他花了钱，却没有进入上流社会。他祖祖辈辈都是农民，他吃了那么多苦，终于改变了命运，摆脱了农民的身份。可是，在媒体上他仍然被称为农民企业家。他生气地告诉记者，他只是经销农产品，他本人并不是农民，他是城市户口，所以他不是什么农民企业家。记者并不生气，笑着安慰他，都一样，都是企业家。他知道，企业家和企业家并不完全一样，企业家和企业家之间也有阶层，也有鄙视链。他加入了企业家联合会，每次开会时只能坐在最后一排。坐在前排的未必比他富有，只是他们的生意听起来似乎比他体面。他知道，他仍然在鄙视链的底端。

　　有一次，一位主管经济的官员出席了会议。报社记者赶了过来，会后给大家照了一张合影，沈尘站在最后一排。第二天，他兴冲冲地买来了报纸。这是他第一次与领导合影，他想用这张照片来装点门面，提升公司的格局。当他看到报纸的时候，就像被雷劈了一样，目瞪口呆。报纸上登出了那张照片，但是，合影里的最后一排被裁掉了。

　　沈尘感受到了伤害，深深的伤害。他再次发誓，他一定要干一番大事，一定要出人头地，一定要进入上流社会。

5

带着他的誓言，沈尘回到了沙州。和周允刚一起喝酒时，他讲述了自己的苦闷。他吃了那么多的苦头，确实赚到了钱，但他仍然只是一个非主流企业家。他想要进入上流社会，却找不到门路，不知道该怎么做才能推开上流社会的大门。

那个时候，周允刚已经不再是秘书，他变成了市里的领导，手中掌握着实权。他也有自己的烦恼。他的升职速度太快，自然引发了一些争议。所以，他需要一份"投名状"，让那些人闭嘴。但是，他一直找不到方向。他知道，现代化的浪潮正在席卷全国，沙州必须跟上潮流，才不会被时代抛弃。但具体要怎么做，他一直在思考，一直找不到答案。

沈尘眼前一亮。他知道，在那个年代，地产商是顶流，站在企业家阶层的最顶端，开会永远坐在前排，合影永远居中。他告诉周允刚，沙州的市容实在太糟糕，当飞机降落时，他从空中俯瞰到的沙州就像是一片废墟。如果能让沙州改头换面，这算不算是一份合格的"投名状"？

就这样，他们一拍即合。沈尘出钱，周允刚出批文，帮助他搞定地皮和银行贷款。然后，沈尘卖掉了他的农产品公司，得到了一大笔现金。接着，他在沙州注册成立了恒泰地产公司。最后，他得到了批文，得到了地皮，也得到了银行贷款。

从此，沈尘不再倒腾农产品，开始盖起了房子。他摇身一变，从一个农民企业家变成了一个地产商。

勘察地形，设计图纸，采购建材，监督进度……沈尘亲力亲为，不敢有丝毫懈怠，也不敢有任何疏漏。他知道，这是他最大的机会，也是他最后的机会，只许成功，不许失败。他押上全部身家，开始了一场豪赌。如果他成功了，他将闯入真正的上流社会，享受更多的财富和更高的名望。但是，如果他失败了，他将一贫如洗，声名狼藉，沦为社会底层，永无出头之日。除此之外，他还会连累周允刚，让周允刚感到难堪，政绩上蒙羞。周允刚对他有恩，他不能让他的恩人蒙受任何损失。

那是一个尘土飞扬的年代，整个沙州就像是一片巨大的工地。塔吊在转动，机器在轰鸣，工人在劳动。到处都在施工。在现代化浪潮中，一栋栋老房被推倒。当尘埃散尽，一座座高档小区拔地而起。沈尘和周允刚一起干成了一件大事。沙州彻底变了，焕然一新，变成了一座井然有序的现代化城市，变成了他们想象中的样子。

沈尘赚到了钱，彻底征服了沙州。在电视上，在报纸上，他谈笑风生，指点江山。开会时，他永远坐在主席台。合影时，他永远站在前排。在报纸上，他的照片再也不会被裁掉了。他扬眉吐气，意气风发。他知道，他已经无限接近他梦寐以求的上流社会。

沈尘投资拍摄过一部电影，认识了老曹。老曹充当了他的保镖，兼做司机。作为市领导，周允刚也有自己的专职司机。那是个年轻人，姓贾。有一天，两个大人物在茶馆里谈事，两个司机在外面等待。小贾在抽烟，老曹随口问他抽的什么烟。小贾告诉他了。那是一种不入流的香烟，很廉价。老曹很吃惊，他对小贾说，你是市领导的司机，你应该注意自己的形象，抽什么烟也应该有所讲究。小贾很尴尬，不知道该说什么。周允刚和沈尘刚刚谈完事，正在往外走，恰好听到了这段对话。周允刚一向自律，从不抽烟，但这一次他破例了。他让小贾给他一支烟，又和蔼地让老曹帮他点上。沈尘很吃惊。他认为，周允刚这样做也许只是因为不忿，想帮自己的司机挣回一点儿面子。但是，周允刚告诉他，他不只是想要帮小贾挣回面子，更重要的是，他想让沈尘明白一个道理。他问沈尘，什么是上流社会？沈尘一直想进入上流社会，但究竟什么是上流社会，他并没有答案。他从来没有思考过这个问题。周允刚告诉他，要进入上流社会，必须同时满足两个条件，一是足够的财富，二是良好的修养。如果只有足够的财富，而缺乏良好的修养，只会被认为是暴发户，不会被认为是上流社会的人。沈尘如梦初醒。他觉得，周允刚一直是他的贵人，又给他上了一课。从此，他戒掉了香烟，朝上流社会又迈进了一步。

沙州毕竟是个小地方，无法填满沈尘的胃口，实现不了他的野心。当沙州的版图被他占领以后，他开始想要更大的版图。他想要打下一片大大的疆土，缔造一个属于他的商业帝国。

6

在沈尘的版图上，他最想征服的地方，就是银海。他曾经在那里跌倒过，他必须在那里站起来。

然而，银海是个神奇的地方，那里藏龙卧虎，能人辈出。在没有绝对把握之前，沈尘不想轻举妄动。为了达到他的目的，他选择了保守，选择了迂回。他一直是个谨慎而周全的人。他知道，要征服银海，他还需要积蓄力量。

沈尘去了津州，去了元安，去了江城……所到之处，风生水起。他盖起了一座又一座高楼，改变了一个又一个地方的面貌。他的财富和名望与日俱增，没有什么能阻挡他前进的步伐。他仿佛脱离了地心引力，朝着上流社会飞去。当他的版图连成一片，将银海团团围住时，他知道，是时候了。

沈尘闯入银海，站稳了脚跟。他大手一挥，气势恢宏的恒泰大厦拔地而起，伫立在银海的核心地带。这里是他的指挥部。从空中俯瞰，它就像一艘巨轮，在财富和名望的海洋里乘风破浪。他每天在办公室里运筹帷幄，指挥着千军万马冲锋陷阵。他说过的每一句话，签署过的每一份文件，都在影响着商业世界的格局，影响着社会的方方面面。

在银海站稳脚跟之后，沈尘开始投资公益事业，投资文化产业，投资体育产业，投资科技产业……他四处出击，全面布局。他实现了自己的理想，建立了属于他的商业帝国。他实现了周允刚的预言，命中注定，他确实是一个干大事的人。

接下来，沈尘变成了银海大学的客座教授，又变成了电视台财经频道的顾问。在课堂上，在电视上，他口若悬河，侃侃而谈，讲述他的为人之道，讲述他的成功学。他的成功学只有十个字：做正确的事，正确地做事。他认为，每个人来到这个世界，老天都会提前安排，其中包括他是来干什么的，他应该怎么干。但老天爷不会告诉他答案，这一切必须由他自己去经历，在经历中慢慢地领悟。有的人领悟到了，于是他成功了。有的人浑浑噩噩，不知道自己要干什么，或者知道自己要干什么，却不知道怎么干，于是他失败了。所以，沈尘认为，在世为人，必须做正确的事，必须正确地做事，才能抵达成功的彼岸。

沈尘确实成功了。他变成了一个大人物，进入了上流社会。为了稳固这一切，他大手一挥，把贫民窟变成了"尘世间"，变成了肉眼可见的上流社会。他觉得，他已经到达了人生的巅峰，无所不能。

当然，沈尘也有遗憾。在他狂飙突进的时候，病魔像个幽灵一样出现了，先是袭击了他的母亲，然后又袭击了他的妻子。他拥有足够的财富和名望，但这些在命运面前不值一提。他可以改变自己的人生，却无法改变她们的命运。他失去了母亲，然后又失去了妻子。他穷尽了一切努力，终究没能留住她们。这就是他的遗憾。

弥留之际，母亲告诉沈尘，她一直很想念他的父亲，死后想要和他的父亲葬在一起，这样她就能每天看见自己的丈夫了。沈尘无法满足母亲的这个愿望，因为那个地方已经变成了水库，父亲已经消失在水下。最后，他在天沐山脚下买了一块墓地，安葬了自己的母亲。从那里可以俯瞰水库。他想，母亲也许可以和父亲隔水相望。母亲去世后，这是他唯一能做的。

妻子去世后，沈尘也给妻子买了一块墓地，但并没有将妻子安葬。火化后，他将妻子的骨灰盒带回了别墅，安置在他的卧室，安置在他的床头。这样他每天都能看见他的爱人，每个夜晚都能和妻子说说话。妻子是个苦命人。当沈尘还是个穷小子的时候，她看上了沈尘，并发誓非他不嫁，婚后为他生了孩子，一直对他很好。沈尘曾经发誓要善待妻子，让她变成这个世界上最幸福的女人。过去他做不到，现在他能做到了，妻子却等不到了。过去他们曾经共苦，现在却不能同甘，这让他感到遗憾，深深的遗憾。所以，妻子死后，沈尘发誓对她忠诚，余生不再娶妻生子。他是这样想的，也是这样做的。

沈尘是一个懂得感恩的人。他觉得，在通往成功的路上，他遇到过许多贵人，他必须报答他们。

7

在沈尘的通讯录上，有一份白名单。名单上罗列的，都是他的贵人。在他的人生中，他们都非常重要。其中最重要的，也是他第一个要报答的人，就是周允刚。

沈尘常常感慨，人生险象环生，每一步都至关重要。大学四年，他曾经饱受屈辱，内心阴暗至极，如果周允刚没有出现，他也许会变成一个坏人。工作中，他曾经走投无路，生活窘迫至极，如果没有周允刚的资助，他迈不出那一步。创业以后，他曾经找不到方向，迷茫无助，如果没有周允刚的提携，他走不进上流社会。这一切都让他无法忘怀。所以，他必须报答。

沈尘曾经问周允刚，我应该如何报答？周允刚说，我不需要报答。沈尘又问，那你需要什么？周允刚说，我什么都不需要。沈尘认为周允刚只是在跟他客套。一个人怎么可能没有任何欲望，怎么可能没有任何需要？周允刚衣食无忧，但生活并不富足。沈尘想让周允刚过得更好一点儿，周允刚拒绝了。周允刚对沈尘说，当初我给你批文，帮助你解决银行贷款，我这样做并不会犯错误，因为沙州确实需要像你这样的企业家，你也确实为沙州做出了很大的贡献，这说明我当初的决定是正确的。但是，如果我从这件事情里得到了额外的好处，那么性质就不一样了。周允刚是个好人，好人都想要一个好的名声并保持下去。沈尘当然理解，但他认为这件事天知地知，绝对不会泄露出去。周允刚不这样认为，他用那位副行长举例说，你的老丈人当时也以为天知地知，最后还是露馅了，现在，他老人家还在牢里，准备把牢底坐穿，在他坐牢期间，他的老婆和女儿都离开了人世，你说他痛苦不痛苦，后悔不后悔？他当然后悔，可是，他现在后悔还来得及吗？如果你不想让我后悔，你什么都不要做，否则，我会和你绝交，老死不相往来。

沈尘当然不想和周允刚绝交，他不能失去这个重要的朋友。所以，这件事情到此为止，不再提起。可是，他仍然放不下，总觉得欠了周允刚的人情，急于归还却找不到机会。这让他感到苦恼。就是在这个时候，周震的母亲忽然找到了他。

周震的母亲也是沈尘的大学同学。由于周允刚的关系，他们过去也无话不谈。她告诉沈尘，她和周允刚正面临着困境。这个困境和他们的儿子有关。在沙州，人人都知道他们的儿子是个纨绔子弟。无论如何，这让他们脸上无光。她无法预料这个浪子将来会给他们带来多大的麻烦，所以她必须未雨绸缪，解决这个问题。她苦思冥想，终于想出了一个办法。但是，仅凭她一个人的力量，不可能达到她的目的。当然，她也不能去找周允刚帮忙，因为她很了解自己的丈夫。在某些方面，周允刚有"洁癖"，不可能同意她的计划。她想了很久，忽然想起了沈尘。她觉得，也许沈尘愿意帮忙。

沈尘同意了。他很高兴能为周允刚做点儿什么。尽管周允刚对此毫不知情，但这并不妨碍他报恩的热情。

接下来，沈尘开始执行这个神秘的计划。首先，他让老曹代表他去找贺超谈判。高考年年都有，母亲只有一个。他知道，贺超是个孝子，不可能拒绝。然后，他策划实施了对周震的软禁计划，因为事成之后，周震需要给所有人一个合理的解释。最后，他兑现承诺，花了一大笔钱，动用了许多资源，挽救了贺超母亲的性命。

计划进行得很顺利，结果如沈尘所料。周震考上了大学，贺超挽救了母亲。听起来皆大欢喜，整件事似乎没有受害者。没有人追问，更没有人追究。在整个计划中，知情面很窄。知情人都是一根绳上的蚂蚱，没有人会出卖别人，因为出卖别人等同于出卖自己。所以，他并不担心什么后果。

沈尘当然知道，这不是一件正确的事，这样做事也并不正确。但是，报恩是一件正确的事，和报恩相比，这不算什么。除此之外，他很高兴能挽救一个女人的性命，同时挽救了一个浪子的前程。这是一件善事，一举两得，功德无量。他觉得，他做了善事，不应该受到惩罚。

8

历经十年发展，恒泰集团早已经进入快速发展的轨道。惯性和加速度，使这艘巨轮行驶得越来越快。沈尘招募了许多精英，替他打理那些日常事务。他不再亲力亲为，不再凡事都过问。他只需要处理那些最重要的事务，不再理会那些琐碎的小事。事实上，他变得更轻松，更从容。或者说，他闲了下来。当他闲下来的时候，他开始感到很不习惯。悠闲是许多人的理想，但悠闲只会让他感到空虚。他必须让自己忙碌起来，才能感觉到日子充实而有意义。投入公益事业当然是一个不错的选项。自从他创业以来，他从来没有忘记过自己的社会责任，给这里捐款，给那里捐款……这让他获得了很好的名声。除此之外，还有一种方式能让他感到充实，那就是继续寻找他的贵人，继续报恩。

在沈尘的报恩计划里，第二个重要人物，就是那位农民企业家。

那是沈尘在海边认识的贵人，一个真正的农民企业家。他叫老杨。那个时候，农民企业家的公司已经破产，老杨落魄了。他当年积累财富的速度有多快，破产的速度就有多快。开始只是因为经营不善，后来则是因为市场风向发生了变化，而他显然跟不上了这种变化。当他迷恋上了赌博之后，破产就成了必然。事实上，老杨变成了一个穷人，成天躲在一间小黑屋里，足不出户，借酒浇愁，唉声叹气，怨天尤人。就连他自己的儿女都躲他远远的，不愿和他亲近。老杨感到失落，想要东山再起，但他再没有本钱，银行也不可能再给他贷款。而且，他的岁数大了，已经干不动了。

沈尘听说了这件事，找到了老杨。当他看见老杨失魂落魄的样子，同情地掉下了眼泪。然后，他决定为老杨做点儿什么。他花了一大笔钱，在天沐山上买下了一片山林，交给老杨替他打理。根据他的计划，山林将改造成果园，全部种上桃树。老杨问他，为什么是桃树？他告诉老杨，因为他的父母生前都爱吃桃。现在，他的父亲在水库底下，母亲被埋在天沐山下，他们在天有灵，春暖花开时，一定能看见漫山遍野的桃花，一定会感到欣慰。至于桃子的销路，不用老杨操心，他自有办法。如果实在卖不出去，大不了分给恒泰集团的职工，就当是公司福利。

事实上，老杨不必亲自操劳，他每天要做的事情，只是监督那些工人们干活。工人就是当年欺骗过沈尘的那几个老乡，他们都受到了惩罚，已经出狱了。现在，他们也已经老了。他们走进监狱的时候，还没有智能手机。等到他们出来的时候，智能手机已经无数次更新换代。所以，他们所掌握的骗术已经跟不上这个时代，只好回到农村，成天无所事事，游手好闲。他们虽然老了，但种树的力气还是有的，所以他们接受了沈尘的邀请，变成了果农。他们对沈尘感恩戴德。为了报答沈尘，他们每天卖力地干活，不停地流汗。

这个以德报怨的故事在报纸上传为佳话。报纸上说，沈尘是一个高尚的人，真正的大人物。他成功地改造了几个坏蛋，使他们变成了对社会有用的人。

报纸上的说法给了沈尘启发，他找到了新的乐趣。现在，赚钱对于他来说太容易了，并不能使他获得多么大的成就感。这一次，他通过改造别人，得到了全新的乐趣，那是完全不一样的成就感。那是一种掌控别人命运的快感，就像上帝一样。当然，他不是想当上帝，他还没有那么狂妄。他只是想改造更多的人，获得更多的乐趣。

9

随着年岁增长，沈尘必须考虑一个问题：当他老去的时候，谁是他的接班人？

在这个世界上，沈尘只有一个亲人。他爱沈宁，就像当年爱她的母亲。他给不了沈宁想要的母爱，给她的父爱却过度了，这让沈宁变得狭隘。沈宁觉得，她是世界的中心，所有人都应该像父亲一样哄她开心。她从来不在乎别人的感受，只在乎自己。她以为她的感受就是全世界的感受。她开心，全世界就开心。她痛苦，全世界就痛苦。沈尘可以改造别人，却无法改造沈宁。对于自己的女儿，他实在狠不下心来，也下不去手。

沈宁太任性了。作为接班人，她并不是最好的选择，也许是最坏的选择。

可是，除了沈宁，沈尘似乎并没有别的选择。

有一天，当沈宁和周震手拉着手出现在他面前的时候，沈尘眼前一亮。他知道，关于接班人的问题已经不存在了。当然，他改造周震，并不是为了解决这个问题，而是为了获得乐趣，就像他改造那几个骗子一样。只不过，这一次除了乐趣之外，他得到了额外的回报。

人生有时候非常奇妙。三十多年前的一个夜晚，在银海大学的一间男生宿舍里，沈尘和睡在他上铺的兄弟开了个玩笑。他说，如果将来各自有了儿女，一定要结为亲家。那个时候，他们不会想到，三十多年后，这句玩笑话居然会变成现实。

所以，沈尘很高兴地把五千万创业资金交给周震，鼓励他自立门户，独自去闯荡。作为接班人，周震确实还需要历练，才配得上从他手中接过指挥棒。他也很高兴沈宁有了创业的打算。如果沈宁能干点儿正事，无论成功或失败，他都不在乎，他在乎的是沈宁不要学坏，不要给他带来任何麻烦。

但是，生活中总是会有麻烦。当沈宁把叶诺带到他面前的时候，沈尘知道，麻烦出现了。

周震的表现太反常了。在沈尘的改造之下，周震已经变成了一个稳重的人。当叶诺出现的时候，周震却丢掉了他的稳重，变得恍恍惚惚。沈宁也许毫无察觉，但这一切逃不过沈尘的眼睛。很快，他知道了叶诺是谁，也知道了叶诺和周震的关系。他知道，和沈宁共同创业一定是个幌子，叶诺一定还有别的目的。这让他感到不安。谨慎起见，他让老曹暗中调查叶诺的底细。当他发现叶诺还有个妹妹时，他吃了一惊。

沈尘和叶舟相识是一种缘分。沈尘是个文艺爱好者，但他自己并没有这个天分。为了满足他的这个爱好，他花了一笔钱，使当时濒临倒闭的天沐艺术团活了下来。有一天，他忽然想起了童年时期的那个噩梦。为了摆脱这个噩梦，他找来了编剧，打算把他的梦境改编成音乐剧，取名《印象·天沐山》，表达他对故乡的一种情怀。剧本写完了，艺术团找来了几个女演员，他都不满意。她们都很漂亮，但不是他心目中的那位女神。所以他一直不满意，直到他遇见叶舟。

当时，叶舟正在为报考艺术团失败而哭泣。沈尘也有女儿，不能忍受女孩子受人欺负。他安慰了叶舟，给叶舟递了一张纸巾。当叶舟擦干眼泪抬起眼睛看着他时，他惊呆了。他知道，他终于找到了那位女神。事实证明，他很有眼光。叶舟很有才华。叶舟降服了那条恶龙，帮助他从折磨他几十年的噩梦中挣脱出来。

沈尘喜欢叶舟，欣赏叶舟。这不是非分之想，而是一个父亲对女儿的情感。他觉得，他应该对她好。他也一直对她很好。他以为自己了解叶舟，可是，他一直不知道叶舟还有个姐姐。他忽然觉得，这个世界太小了，命运就像和他开了个玩笑。

凭沈尘的阅历和经验，他能猜得到叶诺想干什么。这是一个爱情悲剧，始乱终弃，一个姑娘怀恨十年，从来没有放下……听起来很麻烦，但这并不是什么大不了的事情。他确实感到不安，不过他并不担心什么。他唯一担心的是，如果处理不当，沈宁也许会受到伤害。所以他警告周震，尽快了结这件事情。他相信周震的能力，相信周震一定能处理好这一切。

但是，沈尘把事情想得太简单了。无论他的阅历和经验有多么丰富，他都猜不到这个故事的结局。

10

八月十日，一个倒霉的日子。十二年前的这一天，沈尘失去了母亲。十二年后的今天，他又将面临一场灾难。

白天，沈尘让老曹开车，回到了天沐山。在母亲坟前，他看见了一个稻草人。这是一个晴朗的下午，稻草人歪着脑袋，在阳光下张开双臂，看起来很亲切的样子，充满了善意。这是老杨亲手做的稻草人，它代表的是沈尘。老杨是个善解人意的朋友。他说，沈尘的母亲太孤单了，他希望这个稻草人能代替沈尘多陪陪她。

给母亲扫完墓，沈尘就离开了。离开的时候，他不经意地回头，忽然愣住了。这个时候，太阳已经落山，天已经黑了，暗影中，稻草人似乎丢掉了它的善意，看起来很阴沉的样子，面目狰狞。这让沈尘感觉很不舒服。为什么不舒服呢？他自己也说不清楚。

然后，沈尘找到老杨，和老杨一起喝了顿酒，回忆起了许多往事。喝完酒，他就告别了天沐山，踏上了回程。

当沈尘回到银海的时候，已经是晚上十一点钟了。沈宁不在家。正常情况下，沈宁应该在家，应该睡了。沈尘给她打了个电话。不知道为什么，沈宁没接电话。他又给周震打了个电话。周震也不知道沈宁在哪儿。这让他感到很不安。他能想到的最糟糕的事情，就是沈宁被人绑架了，接下来他会接到一个电话，让他准备一笔赎金。果然，他的手机响了，然后他听到了沈宁的哭声。

"爸，救救我！"

二十分钟后，沈尘赶到了城乡接合部。在一个漆黑、僻静的路口，他找到了沈宁。沈宁并没有被绑架，她坐在自己的车里，哆哆嗦嗦，像一摊烂泥。她一直在哭，哭成了泪人儿。车前躺着一个男人，一动不动。沈尘上去探了探男人的鼻息，松了口气。男人并没有死，只是昏了过去。

沈宁喜欢刺激，喜欢飙车，喜欢用肾上腺素刺激她的神经，刺激她空虚的心灵。沈尘曾无数次警告她，沈宁却没有任何改变。现在，她终于为这个爱好付出了代价。她撞了一个人。她吓坏了，不确定这个人是死是活。她从来没有遇到过这样的事情，不知道接下来应该做什么，只知道哭。然后，她想起了自己的父亲。她相信，父亲一定有办法帮助她解决这个问题。

沈尘观察四周。这是个监控盲区，没有摄像头。这个时候，他有两种选择，一种是打电话叫救护车，同时打电话报警，让警察来解决问题。另一种是带上女儿，悄无声息地离开这里，就当这一切都没有发生。无论是哪一种选择，都很艰难。

地上躺着一条生命，沈尘不能见死不救，这不是他的风格。无论如何，他不能拔腿就走，不能一走了之。如果这个人死了，也许会给他和女儿带来更大

239

的麻烦。即使警察没有找到他们，他也会在愧疚的折磨中度过余生，每天带着头疼睡觉。但是，他也不能把女儿交给警察。尽管沈宁已经二十四岁了，但在沈尘的眼中，沈宁永远是个孩子。他不能让自己的女儿再受任何刺激，不能让沈宁的人生履历上留下任何污点。妻子去世之前，他曾经发过誓，他一定会照顾好沈宁。他必须保护好沈宁，这是一个父亲的责任。

当然，这只是一桩再普通不过的交通肇事案。只要那个人还活着，后果就不会太严重。但是，如果肇事者是个普通人，这件事就很普通，媒体不会有多大兴趣。如果是沈宁，性质就发生了变化。因为她是沈尘的女儿，这件事也许会成为热点。当沈尘获得了成功，当赚钱成为一种惯性，他最在乎的不再是财富，而是名声。其中包括他自己的名声，也包括沈宁的名声。他是上流社会的代表，他不能让沈宁身上有任何污点，不能让别人在热搜上对着他和女儿指指点点。他不能让这一切发生。

最后，沈尘做出了第三种选择。他带着沈宁回家了。老曹留了下来，处理接下来的事情。他知道，老曹会处理好一切。接下来，老曹会变成肇事者，会打电话叫救护车，同时打电话报警，告诉警察他不小心撞了一个人……事实上，老曹确实是这样做的。这只是一场交通事故，并没有死人，老曹只需要赔一笔钱，不会有牢狱之灾，没什么大不了的。

回家后，沈宁仍然魂不守舍，似乎在担心什么。沈尘告诉她，不用担心，好好睡一觉，睡醒就没事了。老曹是自己人，不可能出卖他们。除了老曹，整件事再没有别人知情。

"不。"沈宁摇了摇头，"除了老曹，还有一个人知道。"

"谁？"沈尘吃了一惊。

"匹诺羊。"

"叶诺？"沈尘吓了一跳。

"她让我送她去一个地方，我答应了。没想到路上会出事。"

"然后呢？"

"我当时吓坏了，不知道该怎么办。她跟我说，别害怕，给你爸打个电话，你爸一定会有办法。"

"叶诺呢?"沈尘追问,"她后来去哪儿了?"

"她走了。"沈宁告诉他,"她说她晚上还有直播,不能迟到,不能放粉丝鸽子……"

沈尘眼前一黑。

直播一定是个借口,叶诺一定没有走远,也许就躲在某个阴暗的角落里,悄悄地看着接下来发生的一切。她举着手机,手机开着摄像头……

沈尘倒吸了一口冷气,出了一身冷汗。

接下来,沈尘开始等待,在等待中胡思乱想。他知道,叶诺曾经被人碰瓷儿,损失了一笔钱。所以,这不是一场交通事故,而是碰瓷儿,是骗局,是叶诺刻意编织的一张网。这张网困住了沈宁。为了拯救自己的女儿,他也被困在了网中。现在,他什么都做不了,只能等待,等待叶诺出手。

等待并不漫长。两天后,沈尘接到了那个电话。

"今晚十点,'尘世间',108 房,我会在那儿等你……"

他知道,灾难降临了。

11

天黑了。雨越下越大,铺天盖地。气象台说,这是一场暴雨,五十年不遇。

沈尘担心路上堵车,九点钟不到就出发了。当他赶到会所的时候,时间还早,还不到九点半。

沈尘敲开了那扇门,走进了客厅。叶诺看着他,似乎感到意外。

"约好的是十点钟,你来得太早了。"叶诺说。她本来打算让沈尘看一场好戏,一场捉奸在床的好戏。可是,周震迟到了,而沈尘来早了。所以,这场好戏无法上演了。她感到遗憾。

沈尘没有理会这句话的意思,他不知道叶诺还约了周震。他的大脑里只有一个念头，尽快解决问题，尽快结束这一切。

"你想要什么？"沈尘问叶诺。

"你觉得呢？"叶诺反问。

"你想要钱，对吗？"

"你愿意出多少钱？"

"你开个价吧，我们可以谈。"沈尘说。他愿意付出代价。即使再大的代价，与他和女儿的名声相比，这都不算什么。

"我不要钱。"叶诺摇了摇头。

"那你要什么？"沈尘很困惑。

"你应该问我，"叶诺看看四周，"为什么约在这个地方见面？"

"为什么？"

"因为这里是上流社会，我喜欢上流社会。"

沈尘心里一动，似乎明白了叶诺想要什么。过去，曾有许多人找他谈判，想要收购这个会所，他都拒绝了。

"你想要这个会所？"沈尘问。

"你能给吗？"叶诺反问。

"可以谈。"沈尘说。这是他一手创造的地方，他从来没有想过要将它拱手送人。但是，和他的名声相比，这仍然不算什么。

"除了这个会所，"叶诺继续说，"我还想要点儿别的。"

沈尘呆住了。这是一条巨蟒，她的胃口太大了。

"你还想要什么？"

"我想要的，你都能给吗？"

"未必。但是，都可以谈。"

"我想要你！"叶诺抬手一指，指向沈尘的鼻子。

"我？"沈尘愣住了。

"我想要你娶我！"

"什么？"沈尘不相信自己的耳朵。

"我想要你娶我！"叶诺重复了一遍，"我想做你的老婆！"

妻子去世后，沈尘曾经发誓余生不再娶妻生子。他信守了这个诺言。尽管有无数女人愿意嫁给他，其中有许多漂亮女人，他都拒绝了。不是因为她们不够好，也不是因为他不需要。他是个正常的男人。无论心理和生理，他都很正常。十几年来，无数个夜晚，他也曾寂寞难耐，想找个女人陪伴。但他仍然拒绝了。他觉得，他不能对不起死去的妻子，不能对不起沈宁。他担心自己有了新欢，会冷落了自己的女儿。所以，尽管他也需要一个女人，但他一直在忍受，在孤独中忍受煎熬。现在，一个年轻漂亮的姑娘正在向他求婚。正常情况下，即使他不同意，他也应该感动。但他并不感动，反而感到恶心。

这是赤裸裸的敲诈，用他和女儿的名声来敲诈他。叶诺想要的，是他的一切，其中包括他的财产，甚至包括他的人生！

沈尘看着叶诺，忽然明白了一件事。叶诺不是真的想嫁给他，也不是贪图他的财富，叶诺仍然是在报复。当年，周震抛弃了叶诺，选择了沈宁。叶诺无法成为周震的新娘，于是她想变成周震的丈母娘，变成沈宁的后妈……

这太可怕了！这是一个邪恶的女人，他怎么可能娶一个邪恶的女人为妻？

"荒唐！"沈尘说，"你知道的，这不可能！"

"你必须答应！"叶诺很强硬。

"我不能答应！"沈尘更强硬。

"那好。"叶诺不急不恼，"那我现在就把这段视频发到网上去，听听网友们怎么说，看看警察是什么反应。"

叶诺掏出手机……沈尘扑了上去。

沈尘一直是个稳重的人，稳如泰山。现在，他却丢掉了他的稳重。为了他和女儿的名声，他失态了，下意识地扑了上去。

这是一场拔河比赛，奖品是一部手机。沈尘轻易地获得了胜利，夺取了手机。然后，他愣住了。

叶诺躺在地上，闭着眼睛，太阳穴上有一个洞，鲜血从洞里流出，流到地板上。地上有个茶几，茶几的四个角都很尖锐，其中一个正在滴血……

243

殷红的鲜血刺激着沈尘的神经。他忽然感到恶心，胃里一阵翻腾。

沈尘走进洗手间，拧开水龙头，捧起水洗了把脸，感觉清醒了，开始后悔他的冲动。可是，事情已经发生，后悔已经来不及了，他必须考虑接下来应该做什么。

现在，沈尘又有两种选择。一种选择是，打电话报警，然后告诉警察这里发生了什么。另一种选择是，悄无声息地离开，就当他没有来过这个地方，就当什么都没有发生过。无论如何，这仍然是一个艰难的选择。

当然，这不是谋杀，是误杀，是过失致人死亡，纯属意外，如果认罪态度好，应该不会判得太重。也许过不了几年，沈尘就可以走出监狱，继续当他的老板。可是，他是上流社会的人，无法忍受囚徒的生活。即使他能忍受坐牢的滋味，他还会是上流社会的人吗？不会的。他将跌落云端，堕入凡尘，带着杀人犯的烙印，在痛苦中度过余生。他忙碌了大半辈子，吃尽了苦头，才得到现有的一切，他不能让一个网红毁掉他的人生，不能让一个意外毁掉他的一切。

沈尘也无法逃离。地上躺着一条人命，迟早会被人发现，警察迟早会找到他。当然，他可以掩埋尸体，抹掉所有的痕迹，就当这一切都没有发生过。可是，停车场上的那台白色的宝马应该如何处置？它一定会引起警察的注意。然后呢，然后会发生什么？让一个女孩人间蒸发已经很不容易，再加上一台车……这几乎是一个不可能完成的任务。

沈尘感到头疼，他忽然想起了老曹。老曹是自己人，只会帮忙，不会添乱，更不会出卖他。他掏了掏口袋，没找到手机。"拔河"的时候，他的手机掉出口袋，落在了客厅。

沈尘走出洗手间，回到客厅，然后吓了一跳。

周震站在门口，看着地上的叶诺，瞪着眼睛，呆若木鸡。

沈尘很快镇定下来，问出了那个问题。

"你是要报警，还是要帮忙？"

这是一场赌局，人命关天的赌局。他赌对了。他的命运决定了周震的命运，其中包括周震的过去，也包括周震的将来。如果他完了，周震也就完了。所以，周震别无选择。

现在，沈尘已经不需要老曹了。他相信，周震可以处理好这一切。

漫天大雨中，沈尘悄悄地离开了会所，把剩下的事情都交给了周震。

12

凌晨三点，沈尘从噩梦中醒来，呆呆地看着天花板。头疼又开始了，他再也睡不着了。

现在，贺超上路了，周震也上路了，一切都结束了。可是，他为什么仍然会做噩梦，仍然会头疼？

沈尘知道，他之所以还做噩梦，是因为这一切并没有结束。让他头疼的，还有两个人，还有几个问题。

杜川到底是谁？周震为什么会输，杜川为什么会赢？这个沉默寡言的门童，身体里到底蕴藏着多大的力量？

沈尘近距离接触过杜川，让杜川帮忙把一个花瓶带回别墅。有许多人愿意帮忙，但他唯独选中了杜川。因为周震告诉他，杜川很可能就是"那个人"，他需要亲自确认一下这是不是事实。结论是否定的。杜川留给他的印象，除了沉默，就是懦弱。他不相信这个懦弱的男孩会有那样的勇气。可是，事实证明，他错了。凭他的阅历和经验，居然看走眼了。这让他感到懊恼。

接下来杜川会做什么？如果他亲自上场与杜川掰掰手腕，他会不会输？不会的。杜川确实很有勇气，但杜川毕竟年轻，不过是个门童，一个微不足道的小人物，除了勇气，杜川什么都没有。而他是一个传奇，一个无所不能的大人物，一个商业帝国的缔造者，每天号令着千军万马，要风得风，要雨得雨，他怎么可能输呢？他不可能输。关于这一点，他很确定。所以，没什么可担心的。

至于叶舟……沈尘对叶舟的感情很复杂。他相信，他对叶舟是真诚的，就像一个父亲对待自己的女儿。过去他看见叶舟，只会觉得亲切。现在他看见叶舟，却充满了愧疚。叶舟是个好姑娘，他喜欢她，欣赏她。可是，他亲手杀死了她的姐姐，那是她唯一的亲人。他为此感到愧疚。他觉得，他应该对叶舟更好一点儿。也许只有这样，才能让他自己心里好过一点儿。但是，如果叶舟一定要纠缠到底，没完没了，他不排除继续使用暴力。他为此感到痛苦。

沈尘忽然想起了母亲坟前的稻草人。他觉得自己就像是那个稻草人，在阳光下充满了善意，在暗影里却是面目狰狞。他自己也分不清哪一个才是最真实的自己。然后，他又想起了那个童年的噩梦，想起了那条恶龙。他曾经被恶龙伤害过，后来他战胜了恶龙，现在，他变成了一条恶龙。

他觉得这很讽刺，但他别无选择。

第十章

1

天空中下着小雨，陵园里冷冷清清。叶诺在墓碑上微笑，报纸在火盆里燃烧。

报纸上讲述了一个创业者和一个网红的初恋往事，讲述了他们从相识到相爱再到相杀的故事。最后，创业者丧心病狂，动了杀机。他杀了一个人，又杀了一个人……在杀第三个人的时候，他失手了，真相无法再掩盖。他败露了，选择了逃亡，途中汽车失控，车毁人亡……这是一个爱情悲剧，一宗连环杀人案。关于这个故事，报纸的消息来源包括但不仅限于警察，还包括一本电子日记和许多数码照片。照片中都是创业者与网红年少时的合影，日记里则描述了创业者始乱终弃后的愧疚和恐惧。它们曾被删除，后来通过技术手段从一台电脑里复活了。它们串联起来，共同讲述了一个令人震惊又让人遗憾的悲剧。

报纸快烧完了，又一张纸扔进了火盆，然后是下一张……这仍然是一个爱情悲剧，与贺超有关，是上一个悲剧的续集。有一个记者，不知道通过什么手段得到了贺超的日记，他把日记发到网上，引发了一片唏嘘。有一个作家，她看到了日记，把它改写成了长篇小说，在网上连载，又引发了一片唏嘘。在这个作家的笔下，这是一个爱而不能的故事。在这个故事里，贺超从一个可怕的帮凶，变成了一个令人同情的痴心汉。而叶诺从一个可悲的受害者，变成了一个令人生厌的女魔头。

叶舟哭了，泪流满面。抖动的火焰中，姐姐的面目越来越模糊。这个人到底是谁？是可爱的姐姐，还是一个可恨的陌生人？无论这个人是谁，无论她可爱或可恨，她都是自己的姐姐。在叶舟的人生中，如果没有姐姐，就没有她，没有过去，没有现在，也没有将来。从小到大，姐姐一直都是她的保护神。现在，姐姐不在了，去了另一个世界，她不想再打扰姐姐。但她觉得，姐姐是当事人，有权知道真相。所以，她决定把她所知道的一切都告诉姐姐。

可是，真相到底是什么？真相就是报纸和小说里讲述的那样吗？也许是，也许不是。贺超知道真相，周震也知道真相，可是他们都死了，他们不可能再说话。他们不可能告诉大家，真相到底是什么。

杜川默默地拉起叶舟，将她揽入怀中，用自己的身体给她温暖，给她安慰。他也在思考同样的问题：真相到底是什么？

周震的死亡，真的是意外吗？

杜川也不知道真相究竟是什么，他只是本能地觉得，真相似乎并没有这么简单。

首先，叶诺死了，被伪装成一个意外。然后，贺超败露了，败露的当天夜里，贺超就死了，从十二楼掉了下来。最后，周震也败露了，败露的当天夜里，周震也死了，从山崖上摔了下去。一个意外，又一个意外……该死的意外！

听起来，这一切似乎很合理，似乎又不合理。究竟哪里不合理，杜川也说不上来。他只是本能地觉得，在整个故事里，似乎还有一双看不见的手，这双手一直在编写着剧本，一直在操纵着一切，一直在推动故事发展。

叶诺死的时候，杜川亲眼所见，那不是一场意外。贺超死的时候，本能告诉他，那不是自杀，也不是意外。本能是对的，他已经证明了这一点。现在，周震死了。几乎是一种条件反射，本能再一次告诉他，这不是意外。

不是意外，是什么呢？

杜川忽然想起了俄罗斯套娃。在一本侦探小说里，作者打了个比方，把探求真相的过程比作玩俄罗斯套娃。打开一个，还有一个，再打开一个，还有一个……无穷无尽，没完没了，你不知道真相到底有几层。他觉得，这个比方并不是很恰当。因为玩俄罗斯套娃可以给人带来乐趣，而探求真相的过程只会让人越来越困惑，越来越不安，甚至，越来越恐惧。

头疼又开始了。杜川晃了晃脑袋，把困惑、恐惧和不安从大脑里赶了出来。

就这样吧。生活还要继续，让这一切都结束吧，别再没完没了。

2

告别厅很安静。周震躺在那里，闭着眼睛，无声无息。殡仪馆的化妆师很用心，周震看起来就像活着一样。

尸检报告中说，周震摔断了腿，摔断了手臂，摔断了脊椎，摔断了肋骨。事实上，周震全身上下，没有一处完好无损。一根折断的肋骨刺进了他的心脏，这是致命的伤害。法医说，就是这根肋骨杀死了周震。但是，周震知道，杀死他的不是这根肋骨，而是他的义父。沈尘才是杀死他的凶手，尽管沈尘并没有亲自动手。不过，他知道这一切又有什么用呢？他不能再说话了，不能告诉任何人这个事实。

哀乐声很低沉，仿佛在讲述一个年轻人短暂又曲折的一生。在遗像中，周震露出了微笑。活着的时候，他喜欢热闹，不喜欢孤独。他曾经意气风发，为自己代言，这给他带来过许多欢呼和掌声。现在，他却安安静静地躺在那里，忍受着寂寞和孤独。为他送行的，只有四个人。沈尘搀扶着他的女儿，周允刚搀扶着他的妻子。

沈宁很痛苦。如果一切正常，她就要结婚了。在婚礼上，她将成为所有人羡慕的新娘，那将是她人生中最幸福的时刻。现在，幸福消失了，她失去了爱人。婚礼变成了葬礼，她哭成了泪人儿。

周震的母亲也哭成了泪人儿。如果不是周允刚搀扶，她早已经成了一摊烂泥。她辛辛苦苦把周震养大，不求他大富大贵，只求他平平安安。她从来没有想过会失去这个儿子，从来没有。在她的想象中，周震将给她带来一个孙子，或者是孙女，是男是女并不重要，重要的是她将变成一位祖母。再过两年，她就要退休了。她退休以后，把这个孩子带大将是她的责任，也是她生活中最重要的事情。就像她当年把周震养大一样，有烦恼，也有乐趣。现在，周震不在了，这一切都不存在了。

周允刚掉了眼泪，苍老了十岁。他是个父亲，不可能不爱自己的儿子。他斥责周震是个废物，说周震是个没用的东西，那只是恨铁不成钢，仍然是出于对周震的爱。可是，他从来都没有向周震表达过他的父爱，至少在言语上没有。这不是他的风格。现在，他想要表达他的父爱，周震却什么都听不见了。他这一辈子都很要强，儿子和他的仕途一样重要。他希望周震争气，不要给他带来任何麻烦。过去，周震并没有让他失望，曾经让他引以为荣。现在，周震却给他带来了巨大的麻烦。作为一个杀人犯的父亲，他可以想象接下来会发生什么。回到沙州，他应该如何面对那些质疑？

沈尘泪湿眼眶。过去，他一直是周震的义父，眼看就要成为周震的岳父。他与周震之间也有亲情。他看着周震长大，看着周震脱胎换骨。他亲手塑造了周震，又亲手毁灭了周震，就像一个作家亲手撕毁了自己的作品，怎么可能无动于衷？在他充满波折的人生中，周允刚一直在支持他，一直在鼓励他，是他生命中最重要的贵人。可以说，没有周允刚，就没有他的今天。他一直在寻找机会，一直想要报答。结果，他却杀死了这位贵人的儿子。他感到愧疚，无法原谅自己。可是，除了愧疚，他又能做什么呢？

告别仪式很简短，很仓促。毕竟，这是一个杀人犯的葬礼，不便张扬。然后，周震被推走了，推进了火化炉。

一个小时后，他们得到了一捧骨灰。这就是周震的全部。周震曾经是个婴儿，后来变成一个少年，又变成了一个浪子，又变成了一个青年才俊，又变成了一个杀人犯……最后，他变成了一捧骨灰。

周允刚捧着骨灰盒，搀扶着妻子，决定回沙州去，把他们的儿子带回故乡。

沈尘也是一个父亲，他当然能理解周允刚的感受，他也希望周震尽快入土为安。但是，他知道周允刚和妻子回到沙州后将会面临很大的麻烦。所以，他希望他们在银海多待几天，避避风头，散散心。更重要的是，他想利用这段时间，陪陪他们，对他们好一点儿。也许，只有这样，才能让他自己心里好过一点儿。

周允刚接受了沈尘的建议，决定留在银海，先不回沙州。他也想找个地方静一静，等待那些流言蜚语慢慢地消散。他觉得，妻子的精神状态实在太差，她不能再受任何刺激。

就是在回别墅的路上，周允刚忽然想起了一个问题：周震的手机在哪儿？

结案后，警察向他们移交了周震的遗物，都是从周震的死亡现场发现的东西，其中包括周震的身份证、驾照、钱包、钥匙、眼镜……不包括周震的手机。警察说，他们搜遍了现场，没有找到那部手机，最后不得不放弃。

"手机应该是随身带的，怎么会不见了呢？"周允刚感到困惑。

手机？沈尘心里咯噔一下。他知道，麻烦就像个幽灵一样，又出现了。

3

麻雀飞了过来……麻雀又飞走了。会所越来越萧条，日子越来越无聊。

从叶诺到贺超，再到周震，三条人命，都与"尘世间"有关。一个受害人在这里死去，两个凶手在这里工作，其中一个是会所的总经理，另一个是会所的执行董事。没有什么比这个更让人耸动了。杜川仍然是个门童，仍然每天守在会所门口迎来送往，但他不必用耳朵来欢迎光临。他听得到那些声音。其中有一个声音说，这哪里是豪门游乐场，分明是杀人俱乐部，如果你喜欢杀人，或者喜欢被杀，那你就来"尘世间"吧，这里可以满足你的所有变态需求。

天沐剧场的演出照常进行。依照沈尘的计划，每天都会邀请一个顶流明星来站台。但是，这个计划只坚持了一个礼拜，就无法再继续了。无论剧场经理说什么，那些顶流明星都不肯赏光，出场费再高也请不来，尽管他们都是签过演出合同的。他们宁可承担违约责任，宁可赔钱也不肯赏光。当然，那些豪门大佬也不会再出现了。所以，剧场里每天都在上演一出闹剧。演员在舞台上卖力地表演，台下却没有一个观众。终于有一天，演员们都懈怠了，他们中止演出，在舞台上摊开扑克牌，斗起了地主。"飞机""管上""通天顺""王炸"……不亦乐乎。

就这样，会所又变得萧条，越来越萧条。

会所里人心惶惶，都在担心失业的问题。沈尘专门派人来安抚过大家。替沈尘传话的是个律师，恒泰集团的法务顾问。律师说，沈尘一手创造了这个地方，不可能让它沉沦。所以，会所现在面临的困境只是暂时的，沈尘一定会想办法解决问题。大家一定要相信沈尘的能力，事情一定还会有转机。大家也不用担心什么生计问题，只要有沈尘在，只要恒泰集团没有破产，这里的所有人都不会失业。无论会所有没有客人，无论会所是赢利还是亏损，沈尘都不会亏待大家，工资照发，奖金照给。沈尘是这样说的，也是这样做的。但是，人们仍然感到惶恐，开始考虑是否要换个工作，其中当然也包括杜川。

早晨，杜川骑车路过地铁站的时候，看见了周震。"周震"不在广告墙上，在垃圾桶里。海报被人撕了下来，扔进了垃圾桶。"周震"在垃圾桶里皱成一团，微笑变成了苦笑。看着这个苦涩的笑容，杜川红了眼圈。

下午，杜川又看见了周震。新的总经理来了，视察了周震的包房。收拾屋子的时候，杜川被叫去帮忙。他一直很恍惚，仿佛能看见周震。周震在喝茶，周震在说话，周震在刷手机……他明明知道周震已经死了，可是，他忍不住时常想起周震，有时候还会在梦中遇见周震。周震在梦中笑着对他说，你做得很好，继续！这真是一种奇怪的感觉。在包房的一个抽屉里，他发现了一张照片。在照片中，周震露出自信的微笑。杜川问新来的总经理，这个怎么处置？总经理接过照片，看了一眼，随手扔进了垃圾桶。这让他感到难过，感到悲凉。他想，也许，这就是一个人的结局，无论高尚或卑劣，无论显赫或卑微，无论富有或贫穷，无论风光或落魄……最后的结果都是一样的，被人遗忘，甚至被人当成没用的东西，扔进垃圾桶。

这时，沈尘忽然出现了。他蹲了下来，从垃圾桶里拾起周震的照片，掸掸尘土，站了起来。

"你为什么把它扔了？"沈尘问新来的总经理。他一直很温和，但这一次，他的表情很严肃，眼神咄咄逼人。

"他已经死了。"总经理说。

"死者也有尊严，不该任人践踏。"

"他是个杀人犯。"总经理是个海归，刚刚回国不久，大概还不了解沈尘和周震的关系。

"杀人犯也有尊严！"沈尘大声说，"对待杀人犯，我们也应该公平。更何况，他已经死了，已经付出了代价！"

"是。"总经理不再争辩。他不了解周震，但他知道沈尘是谁，也知道轻重。

"如果你不懂得尊重别人，"沈尘仍然严肃，"那么，这份工作也许不适合你。"

"对不起，沈总。"总经理低声说，"我知道错了，今后一定改正。"

沈尘点点头，收起周震的照片，转身走了。

杜川看着沈尘的背影，心里充满了感动。他想，这是一个有修养的人，一个品德高尚的人，一个真正的大人物。

4

沈尘走进自己的包房，关上百叶窗，坐在沙发上，在黑暗中思考问题。

周震的手机在哪儿？

过去，沈尘只要打开手机，打开定位软件，就会看见一个光标。光标不停地闪烁，忽然距离他很近，忽然又距离他很远。这个光标代表的是周震，而光标的源头就在周震的手机上。所以，只要周震带着手机，无论周震走到哪儿，他都了如指掌。他一直是个谨慎的人。周震是他选中的接班人，他不能容忍任何闪失，必须掌控全局，不然他无法安眠。为了掌控周震，他必须这样做。现在，周震上路了，光标也消失了，定位软件上一片空白。这说明周震的手机关机了。也许是没电了，也许是摔坏了，无论是什么原因，它都不会凭空消失，一定在某个地方。

可是，周震的手机在哪儿呢？

可以确定的是，在那个夜晚，在沃尔沃失控之前，这部手机还在周震手里。因为周震当时在车上，沈尘和周震通过电话。他在电话里安慰了周震，告诉周震失败也没关系，他会想办法解决问题。然后，老曹开启了"无人驾驶"模式，周震跌落山崖，变成了一具尸体。所以，最大的可能是，沃尔沃失控之后，周震与汽车分离，而手机与周震分离，掉落在山崖底下。

周震的手机会落在哪儿呢？

老曹也一直是个谨慎的人，他当然知道这件事的轻重。这是人命关天的大事，不容任何疏漏。所以，事发的当天夜里，他下到了谷底，验证了周震的死亡，清理了自己的痕迹。他把一切都处理好了，还拍了几张照片，通过微信发给了沈尘，以便让沈尘安心。他当然也找过周震的手机，找了一夜。也许是天太黑，也许是他不够仔细，总之，他没有找到手机。天蒙蒙亮时，他担心自己被人发现，只好放弃寻找，匆忙逃离了现场。天亮后，有过路的司机发现了周震，打了电话报警。警察赶到后，在现场展开了搜寻，结果也没有发现那部手机。

那么，周震的手机到底在哪儿？

每个人的手机里都会隐藏秘密，或多或少。周震也不例外。那么，周震的手机里会有什么不可告人的秘密呢？

当然，沈尘也可以不去理会这些问题。周震上路了，警察也结案了，不会再有人追究，追究也追究不到他的头上。但是，他仍然是一个谨慎的人，谨慎已经变成了在他血液里流淌的东西。他思考问题永远比别人更深更远，不然他走不到今天。

因为谨慎，沈尘做事永远留有后手，喜欢一切尽在掌握。周震会不会像他一样，喜欢给自己留条后路？比如，叶诺死后，事态逐渐失去控制，当沈尘需要打电话向周震交代下一步计划的时候，周震会不会在通话中悄悄地触碰录音按钮？

周震会这样做吗？也许会的。他一直视沈尘为偶像，一举一动都在模仿沈尘，说话的腔调，走路的姿态，做事的方式……所以，他也许会这样做。在沈尘的改造之下，他的野心越来越大，如果有必要，他也可以把偶像变成奴隶。

这太可怕了！所以，那不是一部手机，而是一颗炸弹。炸弹一旦引爆，他将粉身碎骨，万劫不复。

当然，还没有人发现这颗"炸弹"，也许它永远不会引爆。但是……万一有人发现了它，接下来会发生什么？沈尘不敢想象。无论如何，这是个隐患。他必须找到这颗"炸弹"，在它引爆之前将它拆除。只有这样，才能万无一失。

敲门声。然后，老曹出现了，恭恭敬敬地站在沈尘面前。

"出事的地方，叫什么？"沈尘问老曹。

"喜鹊岭。"老曹回答。

喜鹊岭？沈尘觉得很讽刺。喜鹊是报喜鸟，这一次却被用来报丧。

"描述一下那儿的环境，越详细越好。"沈尘说。

老曹开始描述。那是老曹熟悉的地方，他去过两次喜鹊岭，第一次是去拍戏，第二次是去杀人。

陡峭的坡道，坡道尽头是个拐角，拐角外面是山崖，山崖落差大概百米，底下有一块巨大的岩石，周震跌落在岩石上，岩石下面是一片水潭，深不可测……

水潭？沈尘心里一动。他觉得，他已经找到了答案。

5

夕阳西下。老曹开着他的越野车，离开了会所。杜川骑上他的电动车，悄悄地跟了上去。

对于杜川来说，这仍然是一种本能。本能告诉他，周震死了，但一切并没有结束，而老曹很可能是他的下一个对手。

首先，周震曾经设下圈套，想要杀死杜川。为了让杜川进入死亡区域，周震利用了一个包裹。当时将包裹交给杜川的，就是老曹。当然，老曹曾向杜川解释过，他只是依照周震的吩咐做事，并不知道周震到底要干什么，更不知道这是个阴谋。老曹的说法听起来很合理，但杜川并不完全相信。没有理由。他只是觉得，老曹看上去一点儿也不像是一个局外人。

其次，老曹曾经追问杜川，周震为什么想杀他，当瓦刀脸把他扔进电梯井的时候，他是否绝望，绝望时想起了什么？他问老曹为什么对这个感兴趣。老曹解释说，他只是好奇。好奇心人人都有，这不是破绽。破绽在于，老曹知道的太多了。当然，瓦刀脸栽在了警察手里，他知道自己完了，也就没什么可隐瞒的，把该说和不该说的都说了。但是，为了保护证人，警察从来没有向外界透露过杜川的姓名。为了杜绝模仿，警察也从来没有向外界透露过犯罪嫌疑人所采用的具体犯罪手段。老曹的解释是，他有一个当警察的朋友，所以他知道这一切。这个解释也很合理，但杜川仍然不完全相信。仍然没有理由。他仍然觉得，老曹应该不是"路人甲"，而是一个很重要的角色。

最后，老曹变得反常。过去他和杜川说话，永远是上司对下属的口吻，眼神和表情不容置疑。自从他知道了杜川是谁，他开始有了一些微妙的变化，眼神和表情都变得警惕，还有一点点……恐惧？没错，就是恐惧。老曹是个老手，但老手也有短板，眼神和表情就是他的短板。杜川坚信，他的判断没错，老曹很可能是他的下一个对手。

越野车远离城市，在山路上盘旋。电动车竭尽全力，继续尾随。

电动车出现在越野车的后视镜里，但老曹并没有在意。他看见的只是一个黑黑的头盔，并不知道头盔遮挡的到底是谁。即使他知道是谁，也不会太在意。甩开一辆电动车，对于一辆越野车来说，这太容易了，轻而易举。

越野车开足马力，越开越快。电动车马力有限，渐渐跟不上了。终于，越野车彻底消失了，不见踪影。杜川停了下来，摘下头盔，叹了口气，决定放弃。他掉转车头，忽然愣住了。

路边有指示牌：喜鹊岭，五千米。

喜鹊岭？一个似曾相识的地名。杜川在大脑里搜索记忆，然后吃了一惊。报纸上说，那里是周震出事的地方。

所以说，老曹要去的地方，就是案发现场？凶手杀人后，往往会重返现场，在推理小说中，这是常用的桥段……

杜川戴上头盔，掉转车头，继续前进。

天黑的时候，电动车赶到了喜鹊岭。越野车藏在路边的小树林里，车厢里没有人。

老曹去哪儿了？

杜川站在山崖上，探头俯瞰谷底。月亮钻出云层，照见一块巨大的岩石，泛着白光。岩石下面是一片水潭，深不可测。他四处看看，四处不见老曹的踪影。忽然，水潭表面荡起波纹，紧接着，一个黑影浮出了水面。

潜水服、氧气瓶、护目镜、探照灯……这是个蛙人。

蛙人摘掉护目镜，杜川吓了一跳。

老曹！

老曹游出水潭，踏过岩石，迈步朝山崖上走来。

老曹在干什么？他一定是在找什么东西。他找到了吗？没有，因为他浮出水面的时候，两手空空。那究竟是什么东西，让他迫不及待，连夜来寻找？没有答案。接下来，我应该做什么……

杜川忽然高兴起来。他骑上电动车，在老曹发现他之前，离开了喜鹊岭。

6

沈尘拉开百叶窗，阳光照进了包房。他看看窗外，天气很好，鸟语花香。

等待中，杜川出现了。这是杜川第一次走进这间包房。沈尘的包房比他想象中更大，也比他想象中更豪华。

"坐吧。"沈尘露出慈祥的微笑，冲杜川招了招手。

杜川坐下了。他感到忐忑，不知道沈尘为什么突然找他。

"接下来，你有什么打算？"沈尘问杜川。

"打算？"杜川不知道沈尘指的是什么。但他知道，会所最近很萧条，越来越萧条。也许，这是裁员之前的例行谈话？可是，如果要裁员，找他谈话的应该是人事部，而不会是沈尘。毕竟，沈尘是个大老板，高不可攀。而他不过是个门童，微不足道。

"你打算一辈子都当门童吗？"沈尘追问。

果然是裁员。会所面临困境，杜川不可能不受影响，不可能不考虑退路。他考虑过辞职，离开这个地方，换一份工作，换一种活法。可是，他并没有把握在短期内找到新的工作，而他还欠着一屁股债没还。债主是叶舟。叶舟替他垫付过房租，后来又替他母亲垫付了医药费。尽管叶舟是他的女朋友，但他从来没有想过欠债不还。这不是他的风格。所以他留了下来，继续当他的门童。他需要这份薪水，这份工作对他很重要。现在，他就要失去这份工作了。

"你有没有想过，从头再来？"沈尘继续说，"你有没有想过，给自己一个规划，重新经营自己的人生？"

"我明白了。"杜川感到沮丧。

"你明白什么了？"

"我这就收拾东西，再去找份工作。"

"不。"沈尘摇了摇头，"我不是这个意思。"

杜川愣住了。不是这个意思，那是什么意思？

"你还年轻，天资也不差。"沈尘仍然慈祥，"你为什么不考虑一下继续深造呢？"

深造？一个奢侈的梦想，可望而不可及。杜川觉得，这很不现实，至少不是现在他应该考虑的事情。

"你是在担心钱的问题？"沈尘似乎猜透了他的心思，"钱不是问题。你不用担心，我可以帮忙。"

"您为什么要帮我？"杜川不明白。

"我帮过许多人，为什么不能帮你呢？"沈尘反问。

杜川被问住了。他知道，沈尘是个慈善家，一直在做公益，资助过许多贫困大学生。沈尘可以帮助那些素不相识的人，为什么不能帮他呢？

"你考虑一下，如果你愿意，我可以帮你联系学校。"

"不。"杜川摇了摇头，"我坐过牢，底子不干净，不会有学校愿意收我……"

"这个你不用担心。"沈尘打断他，"我可以为你担保，给你写推荐信。"

杜川感动了。他拼命控制，不让自己流泪。忽然，他想起一个问题。在此之前，他从来没有向沈尘提起过坐牢的事情，沈尘为什么看上去一点儿也不吃惊？

"您知道我坐过牢？"杜川问沈尘。

"知道。"沈尘点点头。

"您知道我为什么坐牢？"

"知道。"

"那您还愿意帮我？"

沈尘微微一笑，从口袋里掏出一支录音笔。

在录音笔中，贺超和陆子强一问一答，揭示了一个埋藏多年的秘密：六年前，一个男孩，遭遇了一场灾难，从此，男孩和他的父母都变成了穷人。但是，灾难并没有结束，坏人还在继续作恶。为了保护自己的母亲，男孩忍无可忍，夺过刀子，捅伤了那个恶棍，然后被送进了监狱。

杜川惊呆了。

"现在，你知道我为什么要帮你了？"沈尘问杜川。

杜川点点头。他呆呆地看着录音笔，仿佛看见了贺超。

"这是哪儿来的？"杜川问沈尘。

"前两天，有人收拾贺超的办公室，在一个角落里找到的。他们不知道应该怎么处置，就把它交给我。我听了录音，很震撼。我没有想到，过去你居然受了这么大的委屈。我也没想到，受了这么大的委屈，你居然一声不吭。"

眼泪很不争气。杜川继续控制，不让眼泪掉下来。

"贺超确实做错过事情。"沈尘继续说，"但是，在他死之前，总算是做对了一件事情，他帮了你一个忙。"

眼泪终于掉了下来。泪眼蒙眬中，杜川仿佛看见贺超从录音笔里探出了脑袋，脸上带着标志性的坏笑。

259

沈尘默默地递上一张纸巾，同时将录音笔交给杜川。

"给你几天假，回老家去吧。"沈尘说。

"回去干什么？"杜川不明白。

"把这个交给警察。"沈尘指指录音笔，"警察一定会查明真相，还你清白。"

"然后呢？"

"然后，检察院会以欺诈和勒索罪名起诉陆子强。另外，你也可以起诉陆子强，要求民事赔偿，你父母当初损失多少，你可以连本带利地要回来，再加上你的名誉损失，他必须做出赔偿。如果你不知道应该怎么做，我可以找律师帮你。"

"事情都过去那么久了，这样做还有意义吗？"

"有意义！"沈尘说，"一个人做了好事，必须受到赞扬。一个人做了坏事，必须受到惩罚！"

这句话铿锵有力，仿佛一阵鼓点，猛烈地敲打着杜川的心脏，让他眼窝湿润，心灵震撼。

沈尘同样震撼。他忽然意识到，他不应该这样说，这句话几乎是对他自己的一种诅咒。

杜川继续感动，丝毫也没有觉察到沈尘的反常。他觉得，沈尘是对的，陆子强做过许多坏事，他必须受到惩罚。但是，在惩罚陆子强之前，他还要去做另一件很重要的事情，他必须让另一个人受到惩罚。他必须结束这一切，给叶舟一个交待，同时让他们的生活恢复正常。当生活恢复正常之后，他才有机会报答沈尘。

7

黄昏，老曹走进更衣室，找到了杜川的衣柜。

老曹很懊恼。他在水潭里找了那么长时间，氧气都耗尽了，结果也没能找到周震的手机。沈尘很生气，说他是个废物。他觉得，他那么努力都没能达到目的，这只能说明沈尘的判断有问题，周震的手机也许根本就不在那片水潭里。退一步说，即使沈尘的判断是正确的，他那么努力都没找到周震的手机，那么，别人也不会找到它。所以，没什么可担心的。

如果一定要担心，老曹认为，他应该提防的是杜川。杜川最近很反常。过去杜川和他说话，永远是下属对上司的口吻，眼神和表情都很卑微。自从周震出事以后，杜川开始有了一些微妙的变化，和他说话的口吻变得更强硬。在杜川的眼神里，他还发现了一种很奇怪的东西。那是什么东西呢？是……蔑视？没错，就是蔑视。杜川看着他，就像是在看着一只蟑螂。他确实有短板，但杜川也有短板。杜川是个菜鸟，菜鸟最不擅长掩饰自己。这就是杜川的短板。老曹坚信，他的判断没错，杜川也许知道他是谁，也许正在琢磨如何对付他。

老曹将他的顾虑告诉了沈尘。这让沈尘感到紧张。其实，沈尘一直对杜川怀有戒心，从来都没有放下，所以他很紧张。依照沈尘的习惯，他必须掌控一切。只有一切尽在掌握，他才能消灭头疼，才能安眠。

老曹是个急性子。在剧组里，他曾经担任过动作指导。动作戏往往都是要人命的戏码。所以，他绝对有把握弄死杜川，并且不留痕迹，看起来像是一场意外。除了交通事故，高空坠落，还有煤气爆炸，食物中毒……他有的是办法弄死杜川。但是，沈尘不想再杀人了。他告诉老曹，他心里缠绕着太多的杀戮，这让他头疼欲裂，彻夜难眠。另外，杜川是个证人。如果证人死了，一定会引起警察注意，也许会给他们带来麻烦。沈尘的意思是，先不要着急动手，只要盯着杜川，一旦发现杜川行为异常，立刻想办法弄死他。

现在，杜川正在洗澡。所以，杜川的手机应该在衣柜里。对于老曹来说，这是一个机会。可是，衣柜上了锁，怎么办？这难不倒他。他是保安队长，保安队长拥有一种权力，手上有一把万能钥匙，紧急情况下允许使用。现在就是紧急情况，没有什么情况比现在更加紧急。他掏出万能钥匙，打开了杜川的衣柜，找到了杜川的手机。

杜川的手机也上了"锁"，万能钥匙对它是无效的。现在，老曹需要的是密码，六位数。

杜川的生日？输入错误。

六个六？输入错误。

六个八？输入错误。

杜川的全拼？D、U、C、H、U、A……不对，多了一个字母。

只剩下最后一次机会了。如果再输入错误，手机将被锁死，也许还会报警，惊动杜川。

老曹满头大汗，苦思冥想，忽然眼前一亮。

叶舟的全拼？

Y、E、Z、H、O、U……密码输入正确，手机解锁成功。

五分钟后，杜川洗完澡出来了。在他出来之前，老曹已经悄无声息地离开了。

十分钟后，沈尘在车上打开手机，一个光标重新出现在定位软件上。光标不停地闪烁，从会所出发，穿越大半个城市，最后停留在城乡接合部。

一切尽在掌握。沈尘收起手机，松了口气。

8

现在是晚上九点钟。正常情况下，杜川该睡觉了。从小到大，他一直很自律，习惯了早睡早起。

杜川把灯关了，但他并没有躺下。他走到窗口，屏住呼吸，将窗帘拉开一道缝，在黑暗中悄悄地观察楼下。

楼下有一条小街。小街上不见人影，也没有路灯，黑漆漆一片。远处有个电话亭，电话亭里有个流浪汉，大声呼喊着，为了胜利，向我开炮！不远处有一家便利店。便利店里有人在看电视，电视里发生了枪战，枪声乒乒乓乓，在夜空中回荡。便利店外面的角落里，一个小男孩脱下裤子撒了泡尿，提上裤子就跑，从一辆越野车旁边跑过。越野车黑着灯，无声无息。车厢里似乎没有人，但车窗内隐约有一点火光，一明一暗。那是老曹在抽烟。

其实，从杜川离开会所那一刻起，他就知道自己身后有"尾巴"。但他什么都没做，骑上电动车，头也不回，径直回到了公寓，再没有出来过。他当然知道身后的"尾巴"是谁，这让他更加坚定了自己的判断。老曹绝不是"路人甲"，而是他的下一个对手。现在，对手已经盯上他了。所以，他必须抓紧时间。在老曹对他和叶舟做出更可怕的事情之前，他必须结束这一切。

五分钟后，香烟抽完了。老曹把烟头弹出车窗，打了个呵欠，伸了个懒腰。他真的累了，总不能二十四小时瞪着眼睛。而且，杜川已经睡了，监视一个睡着了的人并没有任何意义。于是，他发动了汽车，离开了这个地方。

杜川掏出手机，发了一条微信。然后，他拉开房门，走出了屋子。当他走出公寓楼的时候，一辆白色的宝马刚刚赶到。宝马悄无声息地将杜川吸入车厢，又悄无声息地穿过小街，离开了城乡接合部。

开车的是叶舟，杜川在副驾驶座上。

"都准备好了吗？"杜川问叶舟。

"准备好了。"叶舟指指后座。

后座上有两套潜水服，四个氧气瓶，两副护目镜，两只探照灯……两套标准的潜水装备。

"你一定要跟我去吗？"杜川追问。

"当然。"叶舟毫不犹豫。

"你会游泳吗？"

"会。"

"真的会吗？"杜川不相信。

"当然，一会儿游给你看。"叶舟开了个玩笑，试图让他放松，"你是要看蛙泳，还是要看狗刨？"

"水很深。"杜川仍然不放心，"也许会有危险，你不害怕吗？"

"你呢，你害怕吗？"叶舟反问。

"我不怕。"杜川摇了摇头。他并不害怕，只是有点儿紧张。

"既然你不害怕，"叶舟满不在乎，"我为什么要害怕呢？"

"你再想想？"杜川说。

"没什么可想的。"叶舟调皮地冲他笑，"我是你女朋友。从现在起，我缠上你了。你去哪儿，我就去哪儿。你干什么，我就干什么。你永远也别想把我甩了，想都别想。"

杜川闭上嘴，不吭声了。他了解叶舟。叶舟是一个执拗的姑娘，除非她自己改变主意，否则没有人能说服她。

其实，杜川不知道水到底有多深，他只是想结束这一切。而结束这一切的关键，也许就藏在那片深不可测的水潭里。现在，他们要去打捞一件东西。他也不知道那个东西究竟是什么。但他知道，无论那是什么，他们都是在打捞一个真相，一个人命关天的真相。

宝马穿过黑夜，远离了城市。导航仪中的女声很温柔，给他们规划出最佳路线。叶舟踩下油门，将车速提到了六十迈，飞快地朝着喜鹊岭驶去。

9

深夜，沈尘回到别墅。他刚刚走进家门，就听到了沈宁的哭声。

沈宁抱着膝盖，坐在沙发上，哭得很伤心，像个泪人儿。周震的母亲抱着沈宁，在她耳边絮絮叨叨，不知道说些什么。周允刚站在门口，皱着眉头，一声不吭。

"怎么了？"沈尘感到莫名其妙，"出什么事儿了？"

沈宁抬起眼睛看他一眼，哭得更伤心了。沈尘扭头看看周允刚，周允刚仍然一声不吭。他只好去问周震的母亲。

当沈尘知道发生了什么的时候，他惊呆了。

晚饭时，沈宁吃得很少。这并不奇怪。周震死后，她一直食欲不振，睡眠也不好。过去，她曾是一个公主病患者。现在，她变成了一个抑郁症患者。她终于知道，她并不是这个世界的中心，她开心或不开心，其实与许多人无关。除了飙车之外，过去她还有一个爱好，喜欢在网上写评论。她经常在网上指名道姓地骂人，肆无忌惮，口无遮拦。所以，她得罪过许多人，许多人都在等着看她的笑话。现在，周震不在了，他们感到开心。听说她抑郁了，他们更开心了。他们的开心反过来又刺激了沈宁，使她变得更抑郁。有一天，她告诉沈尘，她不想活了，因为这样活着没意思。沈尘吓坏了，给她找了个心理医生。心理医生给她讲了一个故事。有一个大学生，利用假期出去打工。他在一个景区找到了一份临时工作。景区正在准备一场热气球表演，大学生的任务是在热气球升空之前，抓住那个吊篮，防止它失控。结果，热气球还是失控了，提前升空。其他人都撒手了，只有他没有撒手，被带到了半空中。这时，有人发射了飞镖，刺破了热气球，使它慢慢降落。但是，大学生终于坚持不住，摔了下来，当场死亡。十秒钟后，热气球稳稳落地……沈宁听懂了这个故事，从此开始读秒。十、九、八、七、六、五……她知道，她被命运悬吊在半空，必须坚持下去，才能从痛苦中挣脱。当然，她也可以撒手，撒手也能让她摆脱痛苦。但是，这样做只会让爱她的人更痛苦，让恨她的人更开心。她不想让这一切发生，所以她决定坚持到底。她做得很好，越来越好，情绪越来越稳定，直到这一天吃完晚饭。

晚饭后，沈宁忽然感到恶心，然后吐了一地。周允刚和妻子都以为她病了，把她送到了医院。检查结果让他们大吃一惊。大夫说，沈宁并没有生病，那只是典型的妊娠反应。

"沈宁怀孕了？"沈尘目瞪口呆。

周允刚点点头，默默地递给他一张纸。那是大夫签署的检验报告，不容置疑。

现在，沈宁的子宫里有一个生命，这个生命面临着一个问题：活着，还是死去？

沈尘认为，他别无选择。沈宁毕竟还没有结婚，如果生下这个孩子，这将对她未来的生活产生极其深远的影响……

扑通一声，周震的母亲忽然跪下了，双膝跪地，泪流满面。

"求你了，老沈！给我们留点儿念想吧，我求求你了！"

周震的母亲，一个要强的女人，她一生都很要强。可是，为了挽救一个小生命，她却跪在地上，双膝跪地，像个弱者，更像是一个可怜巴巴的乞丐。

　　"我求求你了，老沈！给我们留点儿念想吧！我求求你了，你可怜可怜我们吧！"

　　沈尘心软了。他不是木头人，也不是石头人。在他的内心深处，也有非常柔软的一面。过去，他一直以强硬面目示人，从不流泪。但是，在这样的局面之下，他再也无法控制自己。终于，眼泪流了出来。他流着眼泪，扶起了周震的母亲。

　　"你不要这样。"沈尘说，"你先起来，有话咱们慢慢说……"

　　扑通一声，周允刚忽然也跪下了，双膝跪地，跪在沈尘面前。

　　"老沈，我也求你了。看在我过去对你不错的份上，看在我们几十年交情的份上，给我们周家留个后，可以吗？"

　　周允刚同样一生强硬。过去，他一直是个强者，从不向任何人示弱。可是，在这一刻，他却变成了一个弱者，看上去如此卑微，如此懦弱。

　　沈尘惊呆了。他从来没有想象过，有一天周允刚会跪在他的面前，低三下四，苦苦哀求。看着周允刚，他的心都碎了。他无法拒绝。他觉得，他不能太残忍，不能再伤害周允刚，也不能再伤害那个无辜的孩子，过去他心里缠绕着太多的杀戮，他确实不应该再杀人了。

　　不过，在做出决定之前，他把选择权交给了孩子的母亲。

　　"我没有意见。"沈尘说，"让沈宁自己决定吧。"

　　所有人都看着沈宁。沈宁也看着他们，像是在发呆……然后，她轻轻地点了点头。

　　孩子保住了。周允刚和妻子都满意了。

　　沈尘离开了客厅。他太累了，心力交瘁，需要休息。

　　沈尘回到自己的卧室。在躺下之前，他打开手机，看了看定位软件。定位软件上的光标仍然在闪烁，停滞在一个地方。

　　喜鹊岭！

　　沈尘吓了一跳，他再也睡不着了。

10

水下是另一个世界。水草在黑暗中摇曳，水生物游来游去，自由自在。杜川和叶舟就像两条大鱼，在水底下四处寻觅。两盏探照灯在他们头顶，时而错开，时而交汇。

水潭像是蓄水池，上游是一条小溪。漂流物随波逐流，沉积在这里，经年累月。这里有一只凉鞋，那里有一只茶缸……尽管他们不知道要找的究竟是什么，但这些杂物显然对他们没有任何意义。

终于，氧气耗尽了。他们手拉着手，浮出水面，登上了那块岩石。叶舟累了，躺了下来，对着天空，呼呼地喘息。

月亮钻进云层，夜空一片漆黑。四周静得出奇，某处传来蛙鸣。起风了，远处的树林里风声诡异，像是鬼哭狼嚎。叶舟忽然抓紧了杜川的手。

"你害怕了？"杜川轻轻地问叶舟。

"不。"叶舟轻轻地回答，"和你在一起，我什么都不怕。"

杜川伸出手，默默地将叶舟揽入怀中。

"还找吗？"叶舟问杜川。

"找。"杜川回答。

"可是，氧气都用完了。"

"那也要找。"杜川很坚定。就像叶舟一样，杜川也是一个执拗的人，除非他自己改变主意，否则没有人能说服他。

杜川站了起来，重新跳入水潭，消失在水底。这一次，叶舟没有下水。她太累了，浑身无力。她知道，如果她也下水，不但不能帮忙，反而会给他添乱。

一分钟过去了，又一分钟，再一分钟……水面波澜不惊，杜川始终没有出现。这让叶舟感到不安，越来越不安。网上说，水下憋气最长的世界纪录是二十二分钟。那是一个专业潜水员，一个"不需要氧气的人"。但杜川不是这样的人，他需要氧气。他已经在水下待了太久，他太累了，筋疲力尽，极度缺氧。所以……杜川溺水了？叶舟忽地站了起来，忽又停了下来。

水面荡起波纹，杜川出现了。他看上去很兴奋，手臂高高举起，向叶舟展示着他的"奖品"。

那是一部手机。尽管它无法开机，但是，杜川知道，他们即将获得胜利。

他们登上崖顶，回到了车厢。叶舟看着杜川，百感交集。杜川很疲惫，但他仍然兴奋。

这是一个喜悦的时刻。他们长久地注视着对方，然后紧紧地拥抱在一起。他们终于成功了！接下来，日子将恢复平静，生活将回归正轨……

但是，一切还没有结束，他们高兴得太早了。

两盏车灯突然点亮，从后视窗直直地照射进来。紧接着，他们听到了马达的轰鸣声，一辆越野车疯狂地扑了上来。

巨大的碰撞声。天旋地转……

宝马落入水潭，激起巨大的浪花。他们回到了水底。水底一片漆黑。

叶舟呛了口水，睁开眼睛。在安全带和安全气囊的保护下，她受了伤，但伤得不重。她伸出手，在黑暗中摸到了杜川。这一切发生得太突然，杜川来不及系上安全带，所以他伤得很重，昏迷不醒。叶舟拼命推他，用力打他，杜川没有任何反应。

破碎的车窗被踢开，叶舟游了出来。她拖着杜川，奋力朝水面游去。她游出水潭，将杜川拖上岩石，给他做人工呼吸。然后，她像疯了一样，拼命拍打杜川的胸膛，希望他睁眼醒来。可是，杜川始终闭着眼睛，无声无息。

叶舟停了下来，开始哭泣。然后，她擦掉眼泪，抬起头来，看着崖顶。

山崖落差百米。这是叶舟人生中最艰难的一百米，也是她人生中最漫长的一百米。正常情况下，她只是个柔弱的姑娘，给她一袋大米，她也未必背得动。然而，在这个时刻，她却充满了力量，仿佛女神附体。她背起杜川，朝山崖上走去。

五米、十米、十五米……渐渐地，叶舟背不动了。不过，她并没有扔下杜川，也没有停止前进。她跪在地上，用膝盖支撑，继续前进。膝盖很快被磨破，鲜血流了出来，一滴又一滴。她丝毫感觉不到疼痛。此刻，她的大脑里只有一个念头……

杜川不能死！杜川必须活着！杜川必须活下去！

叶舟成功了。她背着她的爱人，登上了崖顶。然而，噩梦并没有结束。老曹出现了，像个幽灵一样，慢慢地向他们靠近。

"手机呢？"老曹问叶舟。

叶舟没有回答。她太累了，无力回答。

"我问你手机呢？"老曹重复着他的问题。

叶舟仍然不吭声，只是看着老曹，仿佛看着一个面目狰狞的恶魔。

老曹抓住叶舟，开始搜身。叶舟无力抗拒，任由他摆布。他搜出一部手机，那是叶舟的手机，不是他想要的东西。他想要的东西不在叶舟身上，于是他扔下叶舟，扭头看着杜川。杜川躺在地上，仍然无声无息。

老曹迈步朝杜川走去。叶舟拼尽全力，抓住他的脚腕。他轻易地甩开了叶舟。但叶舟并没有放弃，再一次抓住他的脚腕。他觉得很麻烦，决定先解决叶舟。他抓住叶舟，拖到悬崖边缘，抬起脚，打算将叶舟踢下悬崖。

叶舟绝望地闭上了眼睛……

突然，事情发生了变化。一个黑影扑了上来，像一只豹子一样，将老曹扑倒在地。

在叶舟最需要他的那一刻，杜川醒了。醒来以后，他没有任何犹豫，做出了他人生中最重要的一个决定。叶舟得救了。然后，杜川拼尽最后一丝气力，死死地抱住老曹，滚下悬崖。

在滚落悬崖的那一刻，老曹才看清了他的对手。然而，在那个时刻，他想要做什么都已经来不及了。

他们落到一棵树上，弹了起来，又掉了下去，最后落在了那块岩石上。

山崖上忽然变得异常寂静，只剩下一个孤独的身影。

叶舟泪流满面，俯瞰谷底。

"杜川……"

谷底传来回声，在黑暗中经久不息。

天亮以后，沈尘请来一位大夫，给沈宁做了检查，确认了沈宁怀孕这个事实。大夫说，沈宁需要安静，不能再受刺激，除非你想杀死她肚子里的孩子。沈尘不想再杀人了。他杀死了周震，不能再杀死周震的孩子。所以，他同意留下这个孩子，给周允刚一个交待，也给周震一个交待。在周震死后，这是他唯一能为周震做的。

沈宁的事情总算是安顿好了，沈尘终于有时间坐下来思考他自己的问题。老曹失联了，打电话不接，发微信也不回，这让他感觉很不好。他知道，老曹出事了，接下来也许该轮到他了。不过，他并不惊慌，也没有失去分寸。他还有后路。他一直是个谨慎的人。在他的剧本里，写出了各种可能。他已经为所有的可能性做好了准备，其中包括最坏的打算。

签证已经办好，机票也买好了。沈尘随时都可以离开，也许永远不会再回来。不过，在这样做之前，他必须先稳住自己，不让任何人觉察到异常，其中包括沈宁。即使是自己的女儿，他也并不完全相信。当然，这不代表他不爱沈宁。他爱沈宁，所以他必须带走沈宁，不能留下沈宁独自面对麻烦。可是，他要怎么做才能说服沈宁和他一起离开呢？即使他能说服沈宁，他应该如何向周允刚解释？周允刚不可能放心地让他带着沈宁离开，毕竟沈宁的肚子里怀着周家的后代。周允刚也许会起疑心，然后给他制造各种麻烦，拖住他，直到更大的麻烦降临。所以，他应该怎么办？这是个问题，暂时没有答案。不过，他还有时间。在麻烦降临之前，他还有时间。时间不多，但应该够用了。

在沈尘的日程表上，下午还有一个安排，去电视台录一档节目，讲述他的成功学。他实在不想去，但他觉得他应该去。如果他不去，也许会使人生疑，也许会给他带来麻烦。他是个体面人，不能言而无信。

沈尘去了电视台。在演播厅里，他像往常一样，对着镜头，笑容温和，侃侃而谈。

"每个人降生到这个世界上，都有自己的使命。你是干什么的，你应该怎么干，冥冥之中，这一切都自有安排。但是，老天不会告诉你答案，需要你自己去领悟。你必须做正确的事，必须正确地做事，你必须正确，不能有任何侥幸心理……"

沈尘觉得自己发挥得不错，一如既往。但是，录制中还是出了点儿问题。在最后的环节中，一个实习编导的手机忽然响了，打断了他的总结陈词。他很生气，觉得那个实习生很没有修养，在这样的场合中，她应该关掉手机，至少把手机调成静音。不过，他并没有丢掉自己的修养。他是上流社会的人，修养是进入上流社会的必要条件。他仍然很温和。当他们诚惶诚恐地向他致歉，希望他重录一遍的时候。他表现得很大度，愿意配合他们的工作。

沈尘继续侃侃而谈。在他总结陈词的时候，他再一次被打断了。不过，这一次打断他的，不是实习生，而是警察。

接下来，沈尘被带进了一间小黑屋。小黑屋四面无窗，让他感到压抑。对面的警察很严肃，这让他更压抑。

警察向沈尘展示了一部手机，然后播放了手机里的录音。在那段录音里，沈尘听到了周震的声音，也听到了他自己的声音。

"我不管你用什么手段，也不管要花多少钱，贺超必须死！如果贺超不死，我会有麻烦，你也一样……"

就像是落水了，沈尘感到窒息。但他仍然抱有一线希望，继续挣扎。

"你们抓人，就凭这一段录音？"

"当然不是。"警察掏出自己的手机，"你再看看这个。"

手机里有一段视频。视频中，老曹躺在病床上，全身裹着绷带，像个木乃伊。镜头推近时，可以清楚地看到，老曹睁开了眼睛。

在那一刻，沈尘闭上了眼睛。他知道，一切都结束了。

12

叶舟拉开窗帘，光线照射进来，照在杜川的脸上。杜川躺在床上，闭着眼睛，呼吸均匀。

从山崖上跌落的时候，老曹先落地，然后才是杜川。老曹充当了肉垫，缓冲了力量，所以杜川并没有死去。他还活着。但是，他并没有醒来。落地时，他的脑袋受到了巨大的冲击，昏了过去，从此再没有睁开眼睛。事实上，他变成了一个植物人。大夫说，他也许会醒来，也许不会。

所有人都很悲观，包括杜川的父母。但叶舟很乐观，她坚定地相信，杜川一定会醒来，一定会的。

叶舟决定向杜川求婚，求婚仪式很简单，就在病房里举行。这件事情上了热搜，网上说什么的都有。有人很感动，有人觉得不可思议，也有人认为这是在炒作。无论别人说什么，叶舟从来不去理会。我过的是自己的日子，别人说什么，关我什么事？从小到大，这一直是她的生活哲学。

有一天，乔乔忽然出现了。她看望了杜川，真诚地祝福叶舟。乔乔告诉叶舟，她和杜川有过一段往事。叶舟并不介意，一点儿也不介意。那都是过去的事情了，为什么要介意呢？乔乔说，杜川帮过她，使她和父母都摆脱了坏人的纠缠。所以，她也想帮杜川。她觉得叶舟很辛苦，愿意和叶舟一起照顾杜川。叶舟很感动，不过她拒绝了。叶舟说，她要一直照顾杜川，直到杜川醒来。她坚定地相信，迟早有一天，杜川会睁开眼睛。关于这一点，她从不担心。她担心的是，当杜川醒来的时候，她不在杜川身边。她希望，杜川睁开眼睛的那一刻，看见的第一个人不是别人，而是她。

照顾病人很辛苦，但叶舟乐此不疲。她给杜川洗澡，给他剪指甲，给他换尿片，就像照顾一个婴儿。夜深人静的时候，她会轻轻地给杜川唱歌，用歌声给他讲故事。故事中有一位女神，女神降服了恶龙，让生活恢复了平静……

有一天，叶舟用轮椅推着杜川，去院子里晒太阳。路过儿科大楼的时候，她忽然停了下来。不远处，沈宁怀抱着一个婴儿，坐在太阳下发呆。叶舟呆呆地看着沈宁和那个婴儿，不知不觉地，眼泪流了下来。

她想，一个故事已经结束，另一个故事又要开始了。从这个婴儿的身上，她仿佛看见了即将到来的日子。在即将到来的日子里，她仿佛看见了所有人，看见了所有事，她仿佛看见了一切。

她想，这就是人生。人世茫茫，生生不息。终有一天，这个婴儿会长大成人。在他的人生中，他会经历些什么？在他的生活中，在他的世界里，在善意和恶意的纠缠中，他会成为一个什么样的人？她无法想象。无论如何，她都希望，他的眼神永远像一个婴儿，永远那么纯净，永远那么清澈。

她想，等杜川醒来，她要和他举行婚礼，她也要和杜川生一个孩子，再一起把孩子养大。她希望，这个孩子可以在善意的滋养中长大，长大后可以用善意去滋养别人。等孩子长大了，她和杜川也许都老了，脸上会有皱纹，头发会变白，永远也不会再年轻了。但是，她相信，当她变老的时候，杜川仍然会对她很好，仍然会把她当成手心里的宝。她能想到的最浪漫的事，就是这样。